Michaela Hanauer

RULANTICA

L'île secrète

Édition originale © 2019 Coppenrath Verlag GmbH & Co. KG,
Hafenweg 30, 48155 Münster, Germany
Titre original : *Rulantica - Die verborgene Insel* (978-3-649-62722-7)

En collaboration avec

Sur une idée de : Michael Mack, Jörg Ihle, Tobias Mundinger
Univers narratif : Jörg Ihle
Texte : Michaela Hanauer
Illustrations : Helge Vogt

Cet ouvrage a été présenté à l'éditeur français par l'agence Editio Dialog
(www.editio-dialog.com)

Traduit de l'allemand par Marie-Céline Trivier-Georg

118, avenue Achille-Peretti – CS 70024
92521 Neuilly-sur-Seine Cedex
www.lire-en-serie.com

Loi n°49-956 du 16 juillet 1949 sur les publications destinées à la jeunesse

Michaela Hanauer

Rulantica

Michel Lafon

PROLOGUE

Un jour, Loki arracha une petite pierre des remparts d'Asgard, le pays des dieux. Il était jaloux du lien étroit que les autres dieux entretenaient avec les humains et voulait prouver combien les mortels étaient, en réalité, faibles et fragiles.

Il jeta la pierre dans l'océan, où celle-ci forma une île. Loki savait très bien qu'avec la pierre, un peu de la magie divine était alors tombée sur la Terre. Très satisfait, il explora son île, admira ses forêts idylliques, ses montagnes, ses fleuves. Il découvrit aussi sa nature volcanique. Il apprécia particulièrement une grotte dans laquelle bouillonnait joyeusement une source. Cela lui parut l'endroit idéal pour mettre en œuvre son idée sournoise. Il cracha un pépin de l'une des pommes d'or de la déesse Idunn dans la source : désormais, l'eau renfermerait le don de l'immortalité. Loki était sûr qu'aucun homme ne résisterait à une telle tentation.

Très content de lui, il se mit à la recherche d'une victime et la trouva rapidement en la personne de Viken Rangnak, le chef d'un clan viking. Loki se montra à lui et lui indiqua le chemin d'une nouvelle terre pleine de promesses : Rulantica.

Le jeu de la vie et de la mort pouvait commencer.

Une fois de plus, Vidar ne se sent pas à la hauteur de la tâche que son père Odin lui a léguée. Jusqu'à sa chute, Odin était le chef de tous les anciens dieux. Il était si sage et intelligent qu'il aurait certainement su ce que cette pierre était devenue. Mais lui, Vidar, se trouve désormais devant le mur qui protège le monde d'Asgard et les quelques dieux qui y vivent encore. Et c'est lui qui constate, à son grand désespoir, que le rempart est percé. Pour les géants et autres ennemis des dieux, ce serait un jeu d'enfant de franchir la muraille à cet endroit fragile et d'attaquer. Mais comment ce trou est-il apparu ? Et depuis quand est-il là ? Pour Vidar, une chose est claire : à Asgard, rien ne se produit par hasard. Ni avant ni aujourd'hui. Mais qui pourrait en savoir plus sur cette pierre manquante ?

— Hugin, Munin ! appelle-t-il.

Presque instantanément, de longues ombres tombent sur Vidar : deux corbeaux tournent autour de sa tête. Leurs plumes noir de jais brillent au soleil. Ils se posent chacun sur une de ses épaules et observent attentivement le jeune dieu.

— Je vais rendre visite à mon frère Vali pour m'entretenir avec lui. Allez dire aux fils de Thor et à la fille de Loki de nous y rejoindre au plus vite !

Les corbeaux prennent leur envol et s'en vont remplir leur mission.

Vidar retrouve son demi-frère en train de s'entraîner au tir à l'arc dans la cour de son château.

— Vidar, comme je suis heureux de te voir ! le salue Vali. Qu'est-ce qui t'amène ici ?

— As-tu déjà entendu dire qu'il manquait une pierre dans le rempart d'Asgard ? lui demande Vidar en retour.

— Désolé, mon cher frère, mais je suis plus jeune que toi. Ce que tu ignores, je l'ignore aussi.

— C'est bien ce que je craignais, répond Vidar. Mais j'espère qu'un coup d'œil sur les neuf mondes depuis le trône de notre père nous en apprendra plus.

— Alors entre, l'invite Vali.

Une coupole argentée coiffe l'immense salle de marbre dans laquelle les deux frères se hâtent vers le trône.

— Aouuuuh ! hurlent deux loups postés près d'une colonne blanche.

Vidar salue Geri et Freki. Vali a hérité ces deux loups d'Odin, ainsi que le trône depuis lequel on peut voir ce qui se passe dans tous les mondes. Vidar, lui, a reçu de son père les deux corbeaux et la lourde tâche de lui succéder à la tête des mondes.

Un braillement sonore fait sursauter les deux frères.

— Et alors, où sont les autres ?

— Il n'y a rien à boire, ici ?

Magni et Modi, les fils de Thor, s'engouffrent dans la salle, et Vidar regrette aussitôt de les avoir conviés.

— On se demande pourquoi il y a un trou dans le mur d'Asgard, intervient Vidar. On cherche des réponses.

— Si tu veux un trou dans le mur, je peux t'en faire un sans problème, propose Modi.

Vali lève les yeux au ciel.

— Vous avez toujours besoin de nous rappeler que vous avez hérité du marteau de Thor ?

Magni et Modi sourient en même temps.

— Besoin, non, déclare Magni.

— Mais nous aimons bien, complète Modi.

— Si je suis venue pour entendre ça, je peux repartir tout de suite, résonne une voix féminine.

— Je suis très content que tu sois là, Hel, s'empresse de répondre Vidar pour l'apaiser.

— Qu'est-ce qui t'inquiète ? demande-t-elle en tournant son profil magnifique vers Vidar.

— Tu lis dans mes pensées ?

— Non, mais je peux lire l'expression de ton visage. Tant d'humains passent chaque jour la porte de mon royaume des Morts... Et je n'aime pas qu'on me raconte des histoires, si tu vois ce que je veux dire.

— Alors, est-ce que tu sais quelque chose au sujet de la pierre qui manque dans le rempart d'Asgard ?

Hel incline pensivement la tête.

— Pas encore, mais je crains que mon père Loki n'y soit pour quelque chose.

Elle rejoint Vidar au pied du trône d'Odin et regarde au loin.

— Cherche dans le monde des hommes une île qui cache en son sein l'étincelle des dieux, et tu auras ta réponse.

Mais Vidar a beau faire, il ne trouve rien sur Midgard qui ressemble à cette description.

— Je ne vois rien, dit-il.

— Moi non plus, dit Vali.

— Ha, ha, ricane Magni. Encore plus aveugles que leur père avec son œil unique !

Vidar ignore cette remarque insolente et se concentre sur Hel.

— Ne cherche pas ce qui est évident, déclare-t-elle. Si mon père a quelque chose à voir là-dedans, l'île est bien cachée et lui offre un moyen détourné de répandre le malheur sur nos mondes, même après des milliers d'années.

Vidar en a froid dans le dos. Odin avait déjà du mal à maîtriser le perfide Loki, mais sans lui ce sera presque impossible de venir à bout de ses trahisons, surtout tant qu'ils ne savent pas exactement quelle ruse il a mijotée.

Vidar se tourne vers Hel pour savoir ce qu'elle en pense.

— Ne t'inquiète pas, je ne suis pas mon père ! affirme Hel. Si nous trouvons quelque chose, vous pouvez compter sur moi !

Soudain, Vali bondit du trône.

— Là, ce brouillard en pleine mer ! Est-ce que ça pourrait être ce que nous cherchons ?

Les cinq jeunes dieux se pressent autour du trône et observent l'endroit que Vali a découvert.

— Une cachette dans la brume, ce serait bien le style de mon père, déclare Hel.

— En plein milieu de l'océan, la pierre a en effet pu se transformer en île, réfléchit Vidar à voix haute, repensant à ce que disait Hel un peu plus tôt. Un morceau d'Asgard au milieu de Midgard !

— Allons-y et détruisons l'île, le problème sera résolu ! propose Modi.

— Exactement, approuve son frère Magni. Et nous récupérerons la pierre pour réparer le mur sans tarder !

— Pas si vite, les interrompt Vidar. On ne détruit rien avant d'en savoir plus.

— Et si ton hésitation nous mettait en danger ? rétorque Vali.

— Ce secret dans la brume pourrait avoir des milliers d'années, plus que toi, plus que moi, le contredit Vidar. Quelques jours de plus pour trouver ce qui a été créé là-bas n'y changeront rien. Je ne veux pas supprimer quelque chose sans m'être demandé ce que c'est. Nous sommes des dieux, pas des géants !

— Ah, tu es tellement raisonnable ! Tu nous gâches toujours notre plaisir ! se plaint Magni.

Mais Vidar ne cède pas :

— En tant que chef, je vous demande de jurer que nous allons d'abord lever ce brouillard sans intervenir sous quelque forme que ce soit !

— Moi, je ne ferais pas autant de manières, grommelle Modi.

— Alors c'est doublement mieux que ce soient les fils d'Odin qui gardent le trône, et pas les enfants bagarreurs de Thor, réplique Hel d'un ton mordant.

— Tu peux parler, riposte Magni. C'est probablement ton père qui a fait un trou dans notre mur, et nous devons encore payer les conséquences de ses vieilles bêtises !

— Ça suffit ! ordonne Vidar. Jurez d'obéir, ou bien vous pouvez tout de suite accompagner Hel dans son royaume !

Il tend la main. Vali est le premier à poser la sienne sur celle de son frère. Magni et Modi l'imitent sans enthousiasme et, pour finir, Hel pose ses doigts fins par-dessus les leurs pour sceller le pacte des cinq.

— Retrouvons-nous dans dix jours pour partager ce que nous aurons appris, décide Vidar en guise de conclusion.

I

L'ÉCOLE SUR LA BARRIÈRE DE CORAIL

— Aquina.

— Aquina, c'est à ton tour de chanter !

— AQUINA ! Ton skjol, s'il te plaît !

Aquina sent un coup dans ses côtes, venu de son ami Ophrys assis juste à côté d'elle sur le grand récif de corail. Il roule des yeux aussi discrètement que possible. Aquina suit son regard et tombe sur le visage sévère de Manati. La vieille professeure de chant lui rappelle toujours un peu un lamantin, avec ses rides et son nez plat – et même, quand on y regarde de plus près, quelques poils de moustache. De toute évidence, Manati attend quelque chose. Elle tapote ses doigts les uns contre les autres de plus en plus vite et de plus en plus impatiemment. Entre-temps, les onze autres jeunes merriens se sont tournés vers Aquina.

— Chante ! chuchote Jade qui est assise de l'autre côté.

À presque douze ans, elle a exactement le même âge qu'Aquina.

Ah, c'est donc de ça qu'il s'agit ! Aquina se lève d'un coup de nageoire, se racle la gorge et commence à chanter. Sa voix douce cherche les premières notes. En pensée, Aquina est encore auprès des gracieux nossiops qu'elle était en train d'observer au bout du récif. Ce sont des poissons qui nagent à reculons, la queue en avant. Quiconque se retrouve au milieu d'un de leurs bancs a l'impression de voir le temps défiler à l'envers. Quand elle était plus petite, Aquina a essayé, mais elle ne pourrait pas affirmer avec certitude que c'est vrai. Le bref moment qui s'est écoulé pendant le passage des poissons n'a pas duré assez longtemps pour qu'elle remarque un changement. Hormis les quelques poissons qui ont caressé son bras, en fait, il ne s'est rien passé du tout. Comme toujours ici au fond de l'océan, tout était calme et tranquille.

Aquina inclut tout ça dans sa chanson : c'est magnifique de vivre dans la ville sous-marine d'Aquamaris, sans aucun doute, mais c'est loin d'être passionnant. Elle remarque comment son chant décrit sans mots ce qui lui passe par la tête. Sa voix a désormais trouvé toute sa puissance. Du coin de l'œil, elle aperçoit une petite étoile de mer fluo accrochée près du récif sur la falaise rocheuse, qui change de couleur au rythme de la mélodie. Aquina intensifie son chant ; il s'élève, aussi clair que la mer un jour d'été, évoquant les douces nuances de rouge, mauve et orange du récif de corail qui se mêlent au bleu de l'eau. À la grâce du paysage, elle ajoute sa propre nostalgie.

Quand elle s'arrête, Manati hoche la tête avec désapprobation.

— Tu rêves encore en plein jour ! Quand comprendras-tu enfin que nous autres les sirènes, nous cherchons à effrayer les ennemis en chantant le skjol, pas à les attirer ? Assieds-toi ! (Elle balaie l'assistance du regard.) Qui peut me donner un exemple convenable de skjol ? Larima, tu veux essayer ?

La jeune merrienne au teint blafard et aux cheveux couleur de vase se lève comme si elle n'avait attendu que cette occasion. Elle entame un concert de grondements, de hurlements et de roulements de tonnerre qui ressemblent à un orage. À la fin, elle émet le chuintement d'une boule de feu et l'envoie avec un sourire supérieur dans la direction d'Aquina. Même Manati tressaille, brièvement mais clairement. Aquina aimerait elle aussi gronder de colère. C'est encore typique de cette bêcheuse de Larima : non seulement elle réussit l'exercice à la perfection, mais en plus elle agite son triomphe sous le nez d'Aquina.

— Très bien, Larima ! la félicite Manati sans surprise. Prenez exemple sur elle, voilà comment on utilise sa voix pour protéger notre île ! Tous les autres, réfléchissez jusqu'à demain aux sons de défense qui pourraient convenir à cette tâche importante.

— Ne t'en fais pas, murmure Jade à Aquina tandis qu'elles s'éloignent du récif pour la pause déjeuner. Ta voix est bien plus belle que celle de Larima.

— Mais à quoi ça sert si je n'ai jamais le droit de chanter ce que je veux ? se lamente Aquina.

Jade non plus n'a pas de réponse à cette question.

— Pour te changer les idées, viens avec Ophrys, Ruby et moi à la falaise, il paraît qu'il y a plein d'huîtres !

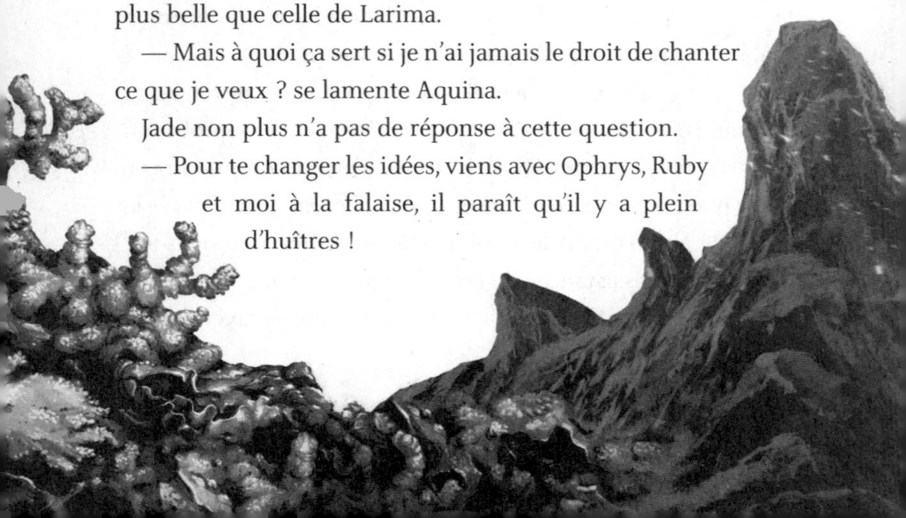

— Merci mais je ne mange plus de poisson, refuse Aquina.

Jade écarquille ses grands yeux verts.

— Sérieux ? Pas de coquillages non plus ? Tu t'y tiens vraiment ?

Aquina soupire en silence. Pourquoi est-ce que même Jade ne la comprend pas ?

— Les poissons et les mollusques sont mes amis, tout comme toi. Je ne te mordrais pas le bout du nez ni ne dégusterais tes oreilles décollées au petit déjeuner !

— Oreilles décollées toi-même ! grommelle Jade tout en ramenant rapidement ses longs cheveux noirs sur ses oreilles, ce qui ne les cache pas davantage. Qu'est-ce que tu manges, alors ?

— De la laitue de mer, des asperges de mer et du pesto d'algues, et je fais pousser mes herbes marines, explique Aquina avec fierté.

— Tu fais QUOI ?

Jade en oublie instantanément ses oreilles.

— Ma mère a réagi à peu près comme ça aussi.

— Pas étonnant ! Tu es la seule... euh, comment on dit ? *non-mangeuse de poisson* de tout Aquamaris.

— Je préfère *alguétarienne* !

— OK, espèce d'alguétarienne. Tu trouveras bien quelques algues croquantes entre les huîtres !

Jade glisse un regard vers Ruby et Ophrys qui s'éloignent à la nage vers la falaise.

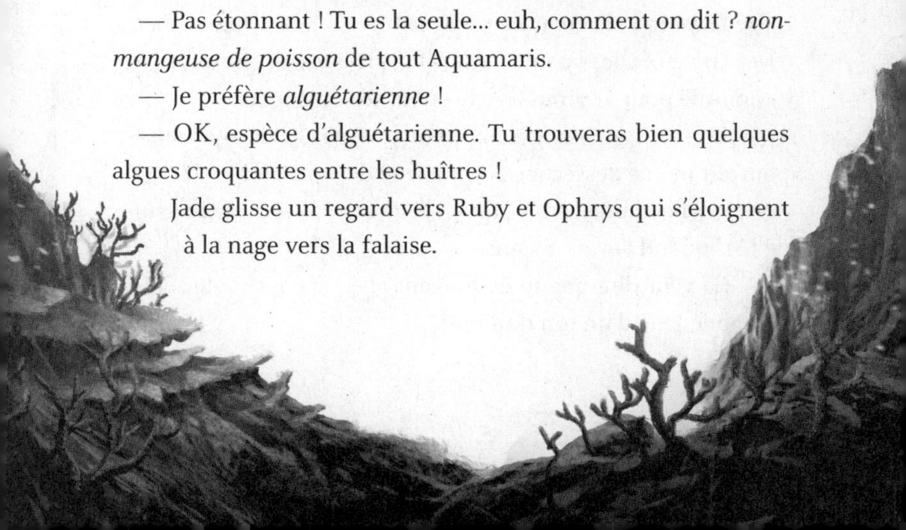

— Tu peux aussi venir avec moi, je te montrerai mon jardin, propose Aquina. En plus, chez nous, tu auras un excellent concombre de mer !

— Mais les concombres de mer ne sont pas des plantes ! s'étonne Jade.

— Je sais, sourit Aquina, ma mère espère m'avoir avec ça. Comme avec le poisson en croûte de sel la semaine dernière. Mais si tu manges ma portion, je serai tranquille pour quelques jours !

— Je préférerais ne pas m'en mêler... hésite Jade.

Aquina enroule sa queue turquoise aux reflets argentés à celle de Jade.

— Viens, tu es ma meilleure amie, on doit se serrer les coudes !

— Demain, déclare Jade, demain je viens, promis. Et je mangerai autant de concombres de mer que tu voudras. Mais aujourd'hui, allons à la falaise !

Aquina retire sa queue.

— Pas de problème, je te laisse aller voir les huîtres, moi, je vais à la surface.

De frayeur, Jade en avale presque une gorgée d'eau de mer.

— Tu veux aller là-haut ? Mais tu sais que c'est interdit !

Comme pour le prouver, elle étend ses bras blancs.

— Le soleil est dangereux pour nos peaux de merriens, il pourrait même dessécher notre queue de poisson !

— Quelle idiotie ! rit Aquina. J'ai arrêté de croire à ces contes de fées quand j'avais six ans !

— Ça veut dire que tu es souvent allée là-haut toute seule ? demande Jade d'un ton dubitatif.

— Bien sûr. Tellement souvent que j'ai perdu le compte ! Tu veux venir ?

La peur et la curiosité se disputent sur le visage de Jade. Mais elle finit par faire non de la tête d'un air décidé.

— Je n'ose pas, mais cet après-midi, tu me raconteras ? Promis ?

— Promis.

Aquina éprouve un pincement de déception, même si elle se doutait bien de ce qui se passerait. Elle est contente pour Jade et les autres s'ils s'amusent aux falaises qui surplombent la ville. Elle hésite même à les accompagner, mais la surface l'attire comme un aimant.

Aquina glisse dans l'eau presque sans effort, en donnant juste un petit coup de nageoire de temps à autre. Elle n'est pas pressée. En bas, là où se trouve Aquamaris, presque toutes les couleurs se ressemblent, comme recouvertes d'un filtre bleuté. Mais plus elle se rapproche de son objectif, plus elle voit le soleil créer comme par magie de lumineux points jaune d'or à la surface de l'eau, qui exercent un effet presque hypnotique. Mais pourquoi diable les autres merriens ne montent-ils pratiquement jamais à la surface ? Aquina adore le soleil, la chaleur et les couleurs vives. Tout en soupirant de contentement, elle s'étend sur le dos et se laisse porter par les vagues. Le monde est tellement paisible, ici. Elle pourrait rester comme ça pour l'éternité. Elle cligne les yeux sous les rayons du soleil qui lui chatouillent le nez. Qu'est-ce que ça ferait d'être humaine, comme ses ancêtres ? Elle plisse les paupières tout en réfléchissant.

Sa mère lui a expliqué que leurs ancêtres étaient humains – des Vikings – lorsqu'ils sont arrivés sur Rulantica. Leur chef s'appelait Viken Rangnak et cherchait un nouveau territoire pour son clan parce que la petite île dont il était originaire ne suffisait plus à les nourrir. Pour mener sa quête, il avait demandé l'aide des anciens dieux nordiques. Au début, aucun d'eux n'avait semblé l'écouter, et les Vikings naviguaient sans but sur la mer du Nord, jusqu'à ce que finalement le dieu Loki se montre à eux. Il avait cassé une corne de son immense casque et l'avait remise à Viken en lui expliquant qu'il devait passer encore un jour en mer avant de souffler dedans dès qu'il rencontrerait un épais mur de brouillard. Viken avait suivi les instructions de Loki et, de fait, une île enchanteresse avait surgi du brouillard. Viken et son clan l'avaient explorée et avaient décidé de s'y installer. Ils avaient baptisé l'île Rulantica, et c'est comme ça qu'elle s'appelle encore aujourd'hui.

Sous l'île se trouve Aquamaris, la ville sous-marine où réside Aquina. Après la malédiction d'Odin, les Vikings sont devenus des merriens. Pour que ni Aquina ni les autres sirènes n'oublient comment tout a commencé et pourquoi elles sont ici, Kailani, la cheffe des sirènes, a instauré le « jour de Frigg ». Ce jour-là, elle raconte la malédiction d'Odin qui les condamne à veiller sur la Source de vie pour l'éternité ou à se faire avaler par Svalgur et, naturellement, elle leur rappelle la prophétie de Frigg. Aquina connaît cette histoire par cœur – parce que Kailani n'est autre que sa mère. Aquina sait que, en tant que fille de Kailani, elle a beaucoup d'avantages : une belle maison dans le palais de coquillages, l'accès à de nombreux contes et légendes... mais le revers de la médaille, ce sont toutes ces choses qui lui sont interdites.

Aquina lève la tête au-dessus de l'eau et lorgne vers la terre qui émerge au loin. L'île est là, seule et paisible. Quel dommage que ses ancêtres n'aient pas compris à l'époque dans quel piège le perfide Loki les avait attirés ! Sinon, aujourd'hui, ils seraient encore humains et Aquina pourrait voir le monde entier, au lieu d'être restreinte à la zone des trois milles marins autour de Rulantica. Et elle pourrait chanter aussi joliment qu'elle le souhaite, sans devoir émettre cet horrible skjol pour repousser les intrus.

Lors de ses excursions à la surface, elle imagine souvent vivre comme ses ancêtres dans le village viking de Rangnakor. Depuis l'eau, elle peut apercevoir encore aujourd'hui quelques-uns des hauts bâtiments sur pilotis avec leurs pignons en bois sculpté. La peinture des poutres a disparu depuis longtemps, les maisons sont délabrées et à moitié effondrées, d'autres servent de nichoirs aux rapaces comme les grands mauks noirs. Mais dans ses rêves, Aquina est assise avec Viken au coin du feu ; elle touille le contenu d'une grande marmite et se prépare à embarquer sur l'un des fiers navires vikings. Elle veut découvrir de nouvelles villes, de nouvelles terres, parler avec des gens qu'elle ne connaît pas depuis toujours, vivre des aventures. Ou, au minimum, explorer tous les recoins de cette île qu'elle ne peut qu'apercevoir depuis la mer. Qu'est-ce qu'on ressent quand on vit sur terre et qu'on peut aller partout ?

Kailani pourrait le lui raconter, car elle fait partie des anciens, des immortels qui ont été humains avant d'être changés en merriens. Mais quand Aquina l'interroge, sa mère reste évasive :

— Nous ne nagions pas très bien, tu sais.

— Vous saviez au moins un peu, rétorque Aquina impatiemment, mais moi, je ne peux *pas du tout* marcher, même pour faire un seul pas !

— Crois-moi, la mer est bien plus belle que la terre ferme, répond Kailani chaque fois pour essayer de la calmer.

Et elle ne manque jamais de l'avertir :

— Reste à distance de Rulantica ! Même depuis l'eau, c'est compris ? Il y a peut-être des créatures dangereuses dans la vieille ville sur pilotis. Ce n'est pas un endroit pour une jeune merrienne comme toi !

— Ici aussi, il y a des créatures dangereuses. Les requins de glace ou les raies mantas, par exemple, lui répète régulièrement Aquina.

Mais Kailani reste inflexible.

— C'est différent. Tu as appris à gérer les dangers de la mer avec ton père, avec moi, ou à l'école. Ceux-là, tu es prête à les affronter. Pas les dangers de la terre ferme !

Mais pour Aquina, ces avertissements ne font que rendre l'île plus attirante. Depuis peu, elle s'aventure toujours plus près des côtes, en essayant de voir le plus possible de la surface de l'île.

Et elle a la prudence d'éviter de raconter ses expéditions à sa mère.

La curiosité et la nostalgie tiraillent Aquina comme la brûlure du sel sur sa peau quand elle tourne trop longtemps le visage vers le soleil. C'est encore supportable, mais ça ne disparaît jamais complètement, et ça ne disparaîtra pas tant qu'elle n'entreprendra rien…

Comme si quelqu'un avait lu dans ses pensées, un hurlement assourdissant s'élève soudain, à côté duquel même le skjol de Larima serait mélodieux. Aquina se retourne aussitôt et cherche la source du bruit. Rien en vue, mais il provient indubitablement de l'île, et Aquina a un terrible pressentiment. Elle se dirige vers le rivage à une vitesse qui ferait passer un espadon pour une limace de mer.

La plage de Rulantica brille sous le soleil. C'est pour cela qu'on l'appelait la plage d'or, autrefois. Mais depuis, toutes sortes d'épaves s'y sont accumulées. Principalement celles des nombreux navires qu'Exena, la cheffe des gardiens de la Source, a coulés au fil des siècles, et dont les restes se sont progressivement échoués.

Aquina se glisse entre les morceaux d'épaves tout en observant ce qui l'entoure. Elle évite de justesse un mât qui se dresse comme une lance vers la surface. Sa queue racle un autre mât. Pourvu qu'elle ne se soit pas éraflé les écailles ! Elle plonge la tête sous l'eau pour repérer les prochains obstacles. C'est de la pure folie que de se perdre dans le labyrinthe des épaves. Il n'y en a qu'un qui serait assez fou pour s'y risquer et tenter de gagner la plage...

Ses soupçons se confirment alors qu'elle est encore loin. Dans le sable doré, elle aperçoit une tête ronde bleu vif et cinq tentacules s'agitant furieusement dans tous les sens. Le sixième semble coincé dans des déchets échoués, car la petite tête tire et s'agite en poussant des cris déchirants. Aquina s'approche aussi près que possible, mais il reste au moins une longueur de bateau entre eux.

— Snorri ! appelle-t-elle.

La petite tête se tourne vers Aquina. Contrairement à cette dernière, son ami le poulpe est capable de se promener à terre avec ses six bras. D'habitude, elle l'envie, mais aujourd'hui, sa curiosité semble l'avoir pris au piège.

— Mais pourquoi est-ce que tu es venu te perdre ici, Snorri ? La plage est dangereuse, avec tout ce bazar pourri !

— SNRRR, SNG, SNGG ! répond le poulpe d'un cri perçant.

Aquina sait parfaitement qu'il l'a comprise, même si elle ne peut que deviner ce qu'il exprime. Mais les plaintes de Snorri lui suffisent pour comprendre qu'il s'est coincé un tentacule et ne peut plus quitter la plage.

— Qu'est-ce que je peux faire ? se lamente Aquina. Je ne peux pas venir à terre pour t'aider.

— SNNN-NN, répond Snorri en guise de suggestion.

Il se démène tant que sa crête rose est gonflée et rouge vif. Aquina tente de s'élever un peu au-dessus de la surface pour voir ce qui retient Snorri, mais à cette distance c'est impossible. Par-delà les vagues, elle sent la panique monter chez le petit poulpe. Snorri est capable de rester un certain temps hors de l'eau, mais s'il reste coincé là, il fera une proie facile pour les phoques ou d'autres prédateurs. Ou alors le soleil desséchera progressivement sa peau fragile. Aquina déglutit : elle ne peut pas rester là sans rien faire ! Ah, si seulement elle pouvait simplement aller à terre et libérer son ami ! Si seulement elle avait des jambes... Mais elle n'en a pas, alors elle doit trouver une autre idée. Elle refuse de regarder son ami subir une fin aussi horrible. C'est le seul qui comprenne son envie irrésistible de découvrir le reste du monde, alors même qu'ils n'échangent aucun mot. Et avec lui, elle peut partir à l'aventure sans qu'on lui rabâche que c'est dangereux pour une jeune merrienne.

Snorri continue à tirer sur son bras, mais à intervalles de plus en plus espacés. Elle entend qu'il est à bout de souffle. Affolée, elle regarde partout autour d'elle. Pas encore d'ennemi en vue, mais pas de solution non plus, hormis ces stupides épaves. Et si... ? Peut-être que ces vieux navires pourris ne sont pas si stupides que ça, après tout. Aquina plonge brièvement et aperçoit une planche à moitié détachée. Peut-être parviendra-t-elle à atteindre le rivage avec ça ? Elle arrache la planche du pont et remonte à la surface. Zut, elle n'est pas assez longue ! Mais si elle en trouve une intacte qui fasse toute la longueur du bateau, cela devrait marcher. Aquina replonge et se dirige vers l'épave suivante. Ce n'est pas si facile de démonter les planches d'un navire !

Aquina tire presque aussi fort que Snorri là-haut. Heureusement, dans l'eau, son poids n'a guère d'importance. Mais les vieux clous rouillés qui assemblent les planches jouent encore étonnamment bien leur rôle après tant d'années. Enfin, dans un grand craquement, les clous du milieu se détachent et la planche ne tient plus que par un côté. Aquina en attrape l'extrémité et sursaute lorsqu'un poisson à l'allure de serpent surgit : une murène gris-brun montre ses dents pointues. Non seulement la jeune merrienne l'a tirée de sa sieste, mais en plus elle a détruit sa maison, ce qui la rend furieuse. En grondant, elle jaillit des entrailles de l'épave, droit vers le visage d'Aquina. Celle-ci s'entend à merveille avec la plupart des habitants de l'océan, mais avec les murènes, surtout celles qui habitent dans les épaves, il ne faut pas plaisanter. Seulement, aujourd'hui, elle ne peut pas simplement se sauver, Snorri est en danger ! Aquina recule en zigzaguant, le bras gauche replié pour se protéger le visage tout en continuant à tirer la planche de la main droite. Plus qu'un petit effort, le dernier clou va céder. Mais la murène a fait volte-face et ne compte pas laisser détruire son repaire sans réagir. Elle mord. Aïe, ça brûle ! Aquina contemple les méchants petits trous que les dents viennent de percer sur le dos de sa main. C'en est trop ! La jeune merrienne est hors d'elle, et sans plus réfléchir elle hurle à la murène :

— VA-T'EN !

Une vague de colère repousse le poisson, qui est au moins aussi surpris par cette explosion qu'Aquina elle-même. La murène est probablement plus habituée à voir les autres s'enfuir à sa vue, ou du moins quand elle mord. L'espace d'un instant, elle fixe Aquina de ses yeux ronds et blancs, dans lesquels les pupilles ressemblent à de petits cratères noirs, puis c'est elle qui bat en retraite dans le ventre du navire.

Aquina se frotte la main avant de se remettre à tirer sur la planche.

— Ce truc devrait enfin... Oups !

Aquina dérape à moitié quand le dernier clou cède enfin et jaillit comme un ressort du pont du navire. La longue planche suit à toute vitesse et s'abat dans ses bras. Même si tout est plus léger sous l'eau, cette planche est sacrément lourde à manier. Aquina tangue de gauche à droite, revient au centre, repart à gauche... Elle arrive à peine à tenir le morceau de bois, comment est-ce qu'elle pourrait le faire glisser jusqu'à Snorri ? Tous ces efforts, plus une morsure en prime, pour rien !

Aquina repose la planche et passe la tête hors de l'eau pour voir où en est Snorri. Pas de changement. Il est toujours coincé, mais sa résistance diminue en même temps que ses forces. De son bras libre, il lui fait un signe implorant et émet une nouvelle plainte qui pousse Aquina à agir. Elle doit trouver une solution. Vite. Près d'elle, quelque chose émerge de l'eau. Pas très haut, quelques longueurs d'écailles. C'est le plus haut mât de l'épave et, juste en dessous, ce que les marins appellent le nid-de-pie : la vigie, où l'on envoyait le matelot le moins sujet au vertige pour qu'il regarde au loin et prévienne si la terre était en vue ou si un danger menaçait. Pour ce navire, ça n'a servi à rien. Même si le matelot était assez réveillé pour voir la vague de glace arriver, il n'aurait pas réussi à sauver sa vie, ni celle du reste de l'équipage. Exena est aussi glaciale que sa magie, et quand elle aperçoit un navire qui s'approche trop près de l'île, celui-ci se retrouve rapidement en route vers le fond des mers, avec tout son équipage transformé en blocs de glace, sans la moindre chance d'échapper à la mort. C'est ce qui fait la différence entre les sirènes et les gardiens de la Source conduits par Exena : eux, ils agissent contre les humains, ils ne se contentent pas de chants effrayants. Normalement, Aquina trouve ça horrible. Mais maintenant, le mât du navire naufragé tombe à pic : si elle réussit à soulever la planche jusqu'ici, elle pourra peut-être utiliser le nid-de-pie comme support.

Aquina devient presque aussi rouge que la crête de Snorri en essayant de mettre son plan à exécution. La planche lui glisse sans cesse des mains, et elle réussit presque à s'assommer parce que ce fichu bout de bois commence à tourner sur lui-même.

— Tiens bon ! crie-t-elle dans l'eau, s'adressant autant à Snorri qu'à elle-même.

Elle aurait bien besoin d'aide, mais il n'y a personne en vue, sauf quelques poissons qui n'arriveraient même pas à soulever un clou. Allez, un dernier essai ! Avec l'énergie du désespoir, Aquina soulève la planche qui est presque retombée au fond de l'eau. Prudemment, pour qu'elle ne glisse pas, elle la fait remonter petit à petit. La sirène oscille et tangue, s'aide de sa queue de poisson pour soutenir la planche, ce qui la ralentit mais la stabilise. Comme si la mer, au moins, était de son côté, les flots s'apaisent complètement, le temps qu'Aquina ait tiré la planche jusqu'à la hauteur du nid-de-pie pour l'y poser. Maintenant, tout est plus simple : elle peut la faire glisser comme sur un rail en direction de Snorri sans avoir à la porter.

— Attention ! crie-t-elle à son ami. Voilà les secours !

Au début, Snorri regarde la planche comme si un serpent s'attaquait à lui, et il recule aussi loin que le lui permet son tentacule coincé. C'est seulement quand il comprend que la planche n'a pas l'intention de le manger mais qu'elle est maniée par Aquina qu'il se calme un peu.

— Vas-y, accroche-toi avec tes bras libres ! l'encourage Aquina.

Encore sceptique, Snorri tâte la planche du bout des tentacules. Malgré la gravité de la situation, Aquina ne peut pas s'empêcher de sourire. Les gestes prudents de Snorri sont tellement mignons !

— Vas-y, aie confiance !

Snorri aurait peut-être préféré tournicoter autour de la planche pendant encore un moment, mais une ombre tombe soudain sur lui. Snorri et Aquina lèvent la tête en clignant des yeux. Dans le ciel tournoie un mauk noir !

— Mrk, mrrrk !

L'appel du gigantesque oiseau sonne comme un cri de triomphe.

— Il te veut pour son déjeuner ! crie Aquina. Attrape la planche, dépêche-toi !

La vue de l'oiseau donne à Snorri l'élan nécessaire. Il agrippe la planche de toutes ses forces et ferme les yeux.

D'abord, Aquina tente de tirer la planche à elle dans l'eau, mais elle se rend vite compte que la force de ses bras ne suffit pas. Il faudrait...

— MRRRRRK !

Le mauk amorce un piqué. Plus le temps de réfléchir. Aquina n'aura pas de deuxième chance. Elle s'élève sur le nid-de-pie, aussi haut que possible, et se laisse tomber, ses fesses de sirène les premières, sur l'extrémité la plus courte de la planche.

Tout se passe en même temps. Aquina ressent le choc douloureux de la planche qui se casse sous son poids. Elle se retrouve dans l'eau. Un sifflement retentit dans l'air. Quelque chose file au-dessus de sa tête. Un grand plouf. La planche s'envole au ras de ses oreilles. Le mauk crie. La planche fait un tour complet et retombe. Aquina plonge.

Est-ce qu'elle a réussi ? Est-ce que son élan a suffi à libérer Snorri ? Ou le mauk l'a-t-il attrapé dans son bec pointu rouge vif ? Aquina se dirige vers l'endroit d'où est venu le premier plouf. Pas de trace de Snorri. Non, c'est impossible ! Il doit bien être quelque part ! À chaque coup de nageoire, son désespoir grandit.

— Snorri ! Snorriiiiii !

— Snr...

C'est à peine un murmure, mais Aquina l'a entendu. Il est là, étendu au fond de la mer, se tenant la tête à deux bras.

— Tu vas bien ? demande Aquina en se posant près de Snorri avant de compter : Un, deux, trois, quatre, cinq... six.

Ouf, tous les tentacules sont là !

Snorri lui en tend un, rouge et visiblement gonflé. Aquina le caresse du bout des doigts.

— Ça fait très mal ?

Snorri fait la moue en hochant la tête.

— Tu peux encore le bouger ?

Il soulève le tentacule et dessine un cercle dans l'eau, mais fait la grimace.

Aquina lui adresse un sourire encourageant.

— Si ça, ça marche encore, tu seras très vite rétabli.

Elle passe le bras autour de la petite pieuvre et la serre contre elle.

— Mais qu'est-ce que tu cherchais à terre ?

Snorri la regarde d'un air innocent.

— Raconte, insiste Aquina.

Un sourire malicieux se dessine sur le visage du jeune poulpe qui se décale sur le côté pour qu'Aquina puisse voir sur quoi il était assis. La jeune merrienne contemple un objet non identifié réduit en miettes. Avant sa chute, la chose devait être grande comme une soucoupe et de forme ronde, avec une espèce d'enveloppe jaune-rouge dont l'intérieur, complètement aplati, semble s'échapper en taches brunâtres. Au centre émerge une petite tige de bois. Cette bouillasse ne peut pas être la raison pour laquelle Snorri a fait preuve d'autant de témérité.

— C'est pour ça que tu t'es coincé le bras ? demande Aquina stupéfaite. Et tu n'as pas lâché ce truc alors qu'il fallait t'accrocher de toutes tes forces à la planche ?

Snorri baisse la tête et lui coule un regard contrit avant d'acquiescer.

— Tu es devenu fou ou quoi ? On ne risque pas sa vie pour ça !

Pour toute réponse, Snorri plonge un bras dans la bouillie avant de l'engouffrer dans sa bouche. Il roule des yeux de plaisir et mâche bruyamment. Aquina frissonne de dégoût.

— Tu ne vas pas me faire croire que c'est bon !

Snorri déplie à nouveau le tentacule, prend délicatement un peu de bouillie et la tend à Aquina.

— Je ne vais pas manger ça !

Mais la petite pieuvre ne renonce pas et agite le bras sous le nez de son amie jusqu'à ce qu'elle sente une odeur sucrée.

— L'odeur est plus agréable que l'aspect, concède Aquina.

Snorri sourit et se lèche les babines. Est-ce qu'elle va oser ? Ce n'est sûrement pas toxique, et si ça a vraiment mauvais goût, elle pourra toujours recracher. Aquina ouvre donc la bouche et laisse Snorri lui donner la becquée. Elle n'en espère pas grand-chose. Quelque part entre le goût marin des algues et l'arôme délicatement épicé des herbes de son jardin, avec peut-être un petit arrière-goût de vase. Mais la bouillie dépasse toutes ses espérances, elle n'a jamais rien mangé de tel de toute sa vie ! C'est juteux et sucré, frais et croquant en même temps, mais sans les grains de sable qu'on retrouve habituellement dans toute la nourriture tirée de la mer. Peu importe son aspect, elle pourrait avaler la totalité de cette bouillie et ne plus jamais rien manger d'autre.

— Snorri, c'est délicieux ! D'où est-ce que ça vient ? Il y en a encore ?

Snorri se fend d'un large sourire, ravi d'avoir convaincu son amie de goûter. Avec empressement, il fait un signe vers le haut.

— Évidemment, ça vient de la terre, traduit Aquina. Mais comment est-ce que je fais pour y aller, moi ?

Il lui fait signe de le suivre et s'élance. La douleur dans son tentacule semble déjà presque oubliée. Snorri est une vraie boule d'énergie. Aquina nage derrière lui. Dès qu'ils font surface, ils commencent par examiner le ciel. Heureusement, le mauk noir est reparti. Snorri se dirige vers Rulantica, sans s'arrêter devant la plage.

— Tu sais que je ne peux pas aller sur terre ? lui rappelle Aquina.

Snorri lâche un gloussement moqueur.

— Ne te moque pas de moi, grogne Aquina. La prochaine fois, je ne te sauverai pas quand tu seras coincé quelque part !

Pour la consoler, Snorri se blottit contre elle et lui montre, un peu plus loin, de grandes plantes alignées sur le rivage, qui se dressent presque jusqu'au ciel. De leur tronc jaillissent plusieurs petits bras qui se ramifient sans cesse et sont couverts de feuilles vertes. Émerveillée, Aquina contemple ces végétaux géants auxquels elle n'avait encore jamais fait attention. Bien qu'elle soit souvent venue observer la terre depuis la surface de l'eau, jusqu'à présent son regard avait été captivé par les vieux navires et les ruines de Rangnakor.

Snorri a été bien plus attentif, car c'est seulement maintenant qu'Aquina remarque les boules rouges accrochées entre les feuilles vertes. Quand elles ne sont pas écrasées, elles ont l'air aussi appétissantes qu'elles le sont en réalité. Aquina sent l'eau lui monter à la bouche. Mais sa joie est de courte durée. Même si les plantes géantes sont relativement proches de la berge, elles lui sont inaccessibles. Elle soupire et regarde Snorri. Contrairement à elle et aux poulpes à huit bras qu'elle connaît, il est capable de se déplacer sur terre, mais elle doute qu'il soit capable d'escalader les troncs et de lui cueillir une de ces boules. À moins que... ?

— Comment est-ce que tu as eu cette boule, Snorri ? Avec ta magie ? Elle est vraiment si puissante ?

Aquina se souvient qu'il y a quelque temps le petit poulpe lui a montré un secret : quand il se concentre sur un objet, Snorri est capable de le faire venir à lui sans le toucher. Il lui en a fait la démonstration avec un grand coquillage irisé qui s'est mis à flotter vers elle comme s'il était dans la main d'un fantôme. Mais ça se passait sous l'eau, et Aquina a pensé qu'il s'agissait d'une sorte de magie des vagues. Et s'il était capable de le faire sur terre, et dans l'air ?

Snorri hoche la tête et, comme pour confirmer son hypothèse, dirige ses tentacules vers les plantes géantes aux boules rouges. Aquina voit la crête de son ami se gonfler sous l'effort, et effectivement les boules s'agitent un peu, comme si une main invisible tirait dessus. Mais leur tige de bois reste bien attachée aux bras de la plante. La force de Snorri n'est pas suffisante pour les décrocher. Néanmoins, Aquina est impressionnée : une magie qui fonctionne sous l'eau, mais aussi à l'air libre !

Snorri replonge brièvement et ressort avec une pierre. Il se retourne la tête en bas et tend les bras pour imiter une des plantes géantes. Il agite ses tentacules et finit par laisser tomber la pierre. Aquina applaudit.

— J'ai compris ! Les boules finissent par tomber et tu n'as plus qu'à les ramasser par terre !

Snorri acquiesce, ravi qu'Aquina ait compris sa pantomime.

— Et il faut attendre combien de temps avant que la prochaine tombe ?

Snorri lève les bras et les laisse retomber. Pendant un moment, tous deux observent avec envie les boules rouges. Soudain, les plantes géantes commencent à vibrer.

Aquina ouvre de grands yeux. Ça ne peut pas être Snorri.

— Mais qu'est-ce que c'est que ça ?

— Snrr, snrr, répond Snorri en désignant Rulantica.

— C'est ce que j'ai compris aussi, ça vient de l'île.

— Sn, soupire la pieuvre.

— Oui, je sais, parfois ce serait mieux si nous parlions la même langue.

Mais avant qu'ils puissent s'inquiéter encore des moyens de se comprendre, le tremblement s'intensifie. Il n'y a pas que les plantes géantes qui vacillent, toute l'île tremble. Aquina s'éloigne un peu pour mieux voir.

— Sn, sn ! fait Snorri en désignant l'intérieur des terres.

— Mais qu'est-ce que... ?

Au même instant, Aquina comprend ce qu'il veut dire. Au centre de l'île se dresse une gigantesque montagne. Même si elle est loin de la mer, Aquina ressent toute la puissance qui en émane. Il manque une pointe au sommet, comme si quelqu'un la lui avait arrachée, laissant un cratère à la place. Justement, ce cratère commence à fumer. D'abord, c'est seulement une mince colonne de fumée gris clair, mais elle

devient rapidement de plus en plus dense et sombre. En même temps, la terre continue à trembler ; l'eau turquoise limpide qui entoure Aquina forme des cercles et se trouble. Et soudain, c'est l'explosion. La montagne se met à cracher des pierres incandescentes qui s'envolent en traversant la moitié de l'île. Certaines s'éteignent tout de suite, mais d'autres se liquéfient au contact du sol et s'écoulent comme des langues de feu.

— La montagne de feu, murmure Aquina.

Elle a entendu sa mère et les plus vieilles sirènes murmurer ce nom, lui raconter à voix basse combien elle est dangereuse, surtout quand elle ne se contente pas de balancer quelques cailloux dans les airs comme aujourd'hui, mais qu'elle explose vraiment en déversant toute sa colère en flux brûlants sur la terre, transformant même l'eau proche du rivage en lave bouillante.

« La montagne de feu est la magie de l'île elle-même », a dit un jour Bror, le père d'Aquina. Et Kailani a ajouté : « C'est parce que Rulantica est en fait un morceau d'Asgard, la terre sur laquelle vivaient les dieux. Loki l'a arraché un jour et l'a fait rouler sur le pont arc-en-ciel jusqu'à notre monde, Midgard, afin de créer Rulantica pour nous, les humains. »

Jusqu'à présent, même avec la meilleure volonté du monde, Aquina ne pouvait pas imaginer que quelqu'un ou quelque chose puisse rivaliser avec la magie de glace des gardiens de la Source. Elle les avait déjà observés à l'entraînement, lancés au grand galop sur leurs chevaux de mer, les kelpies, tirant du bout des doigts des flèches de glace qui touchaient de très loin le centre de minuscules cibles. Chaque fois, ils mettaient dans le mille, d'un tir mortel, froid et précis. Avec leur bouclier de glace, ils repoussaient les assauts. Indomptables et invincibles. Seul le puissant serpent de mer Svalgur pouvait représenter un danger pour eux, s'il se réveillait un jour dans son sanctuaire.

Mais aujourd'hui, devant l'éruption de la montagne de feu, Aquina n'est plus aussi sûre d'elle. Que se passerait-il si le feu et la glace s'affrontaient ? Elle ressent la force ancestrale de la montagne, qui l'intimide et la fascine en même temps. Elle devrait fuir, se cacher aussi loin, aussi profondément que possible. Mais elle ne peut pas détourner le regard. Les couleurs incandescentes aux pulsations jaune orangé semblent hypnotiser Aquina. Elle suit du regard chaque pierre de lave qui déverse son feu liquide sur le sol de l'île. Elle ne sait pas combien de temps elle reste là, à admirer la montagne de feu, mais progressivement les jets de pierre se font plus rares, l'incandescence diminue, la fumée se dissipe, la montagne se drape dans l'ombre, sombre et muette, puis cesse de s'agiter. Alors seulement, Aquina referme la bouche et semble sortir d'un rêve.

— Schnnn, soupire Snorri à son côté.

Le spectacle l'a tout autant impressionné, mais c'est lui le premier qui en remarque le résultat. Tout excité, il tire Aquina par le bras.

— Oui, c'était magnifique, sourit Aquina, mais Snorri ne la lâche pas.

Enfin, elle comprend.

— Ça alors ! C'était peut-être dangereux, mais la montagne de feu nous a laissé un cadeau !

Le tremblement de terre a fait tomber presque tous les fruits des plantes géantes, qui attendent au sol qu'on les ramasse.

— Tu peux les attraper, Snorri ? demande Aquina.

Le poulpe prend un air d'intense concentration et agite trois de ses bras en l'air tout en pédalant dans l'eau avec ses trois autres bras pour se stabiliser. Comme emportés par une rafale, trois fruits décollent, flottent lentement au-dessus de la mer et tournent un moment autour de la tête d'Aquina avant de tomber dans l'eau devant elle.

— Je l'ai !

Aquina attrape un fruit et le mord à belles dents.

— Délicieux ! dit-elle en se régalant.

Snorri attrape les deux autres fruits et mord dedans à tour de rôle ; il mange si voracement que du jus lui coule sur le menton. Quand il a fini, il récupère les suivants.

— Qu'est-ce que j'aimerais pouvoir faire ça ! s'émerveille Aquina. Tu ne pourrais pas m'apprendre ta magie ?

Snorri lève un tentacule, l'observe sous toutes les coutures avant de secouer la tête avec une mine affligée.

Aquina ne peut pas s'empêcher de rire.

— D'accord, tu ne sais pas comment tu fais ! Je m'en doutais depuis longtemps... Mais tant que tu restes près de moi pour faire voler de délicieux fruits jusqu'ici, je n'ai pas besoin de savoir le faire ! À la place, je peux faire quelque chose de nouveau, regarde !

Aquina tend l'index vers l'eau, le fixe et chante, d'abord doucement, puis plus fort :

— *Vatt galdur. Vatt galdur. VATT GALDUR !*

Lentement, l'eau commence à tourner autour de son doigt. Rien à voir avec le tremblement qui a réveillé la montagne de feu, c'est plutôt la danse délicate d'une mouche à la surface.

Snorri penche la tête.

— Snä ?

— Tu as raison, c'est totalement inutilisable ! Ce stupide chant magique n'est pas plus efficace qu'une touillette, soupire Aquina en retirant son doigt. Je ne sais pas pourquoi ils nous font apprendre ça, en cours de magie de l'eau. J'ai seulement l'impression que mon doigt va geler !

Elle se met le doigt dans la bouche pour le réchauffer. Soudain, elle se souvient de quelque chose.

— Zut, quelle anguille visqueuse, j'avais complètement oublié ! La classe doit avoir recommencé depuis longtemps. Qu'est-ce que j'ai comme cours, déjà ? réfléchit-elle. Zoologie et botanique avec Tradon ? Oh non, je crois que c'est magie de l'eau ! Je suis déjà arrivée en retard la dernière fois. Et la fois d'avant. Aïe, je vais avoir des ennuis !

— Snö.

D'un air compatissant, Snorri lui tend un fruit qu'elle attrape avant de se presser vers le récif.

— À demain, Snorri ! On ira chercher d'autres fruits, d'accord ?

Mats

— Hé, Mats, debout !

La porte de la chambre s'ouvre à la volée. Le voisin de Mats tambourine contre le chambranle tout en émettant un drôle de grattement du bout des ongles, comme s'il voulait le rendre fou.

— Fiche-moi la paix, ronchonne Mats en tirant la couverture sur sa tête malgré la chaleur estivale.

— Pas possible, Carla a dit qu'il fallait que je te tire du lit à n'importe quel prix ! beugle Rayk.

Mats gémit intérieurement. Impossible d'avoir la paix au foyer pour enfants Les Trois Bouleaux. Il y a toujours quelqu'un qui débarque et réclame quelque chose. Malheureusement, il ne peut pas s'enfermer dans sa petite chambre sobrement meublée. Et encore, il a la chance d'avoir une chambre individuelle. Rayk partage la sienne avec Jannik ; Sven est avec Bjarne ; et York avec Tom-Ole. Mais même Carla et Ignace, ses parents d'accueil, ont compris qu'il préférait rester dans son coin plutôt que d'être au milieu du chaos en permanence. Parce qu'en matière de chaos et de bruit, les gars de la « bande des Vikings » sont de véritables experts. Ignace laisse passer certaines choses, mais quand Carla donne un ordre, il vaut mieux lui obéir, sinon c'est corvée de cuisine garantie.

Rayk le sait bien, tout comme Mats, qui se redresse et jette les jambes hors du lit.

— C'est bon, j'arrive tout de suite !

— Tu as deux minutes, sinon je reviens avec un seau d'eau, ricane Rayk.

« Non, pas l'eau », se dit Mats, parce que c'est exactement pour cette raison qu'il n'a pas envie de sortir de sous la couette ce matin.

La journée promet d'être minable. Une de ces journées qu'il aimerait rayer du calendrier depuis exactement une semaine. Depuis que la prof de sport l'a menacé de lui mettre un zéro s'il ne se présentait pas en cours aujourd'hui. Pendant toute l'année scolaire, il a réussi à se défiler. Pour le reste, il aime bien aller à l'école, il n'a même rien de spécial contre le sport. Mais la natation ? Pour Rayk et Tom-Ole, qui sont dans la même classe que lui, et pour les autres élèves de l'école, c'est un vrai plaisir, leur matière préférée. Pour Mats, c'est l'horreur à l'état pur. D'aussi loin qu'il se souvienne, il fait des cauchemars au sujet de l'eau. Pas celle qu'on boit, ni celle de la douche, mais celle de la mer. Elle le guette, elle n'attend qu'une chose, qu'il se rapproche suffisamment pour pouvoir l'emporter vers les profondeurs et le noyer. Mats a trouvé mille ruses pour ne pas s'approcher de la mer ou de la plage. Dans une ville aux trois quarts entourée par l'océan, ce n'est pas évident. Même les leçons de natation ne se déroulent pas dans une piscine couverte mais à la plage. Et en été, pratiquement tout le monde passe son temps libre à la mer. C'est l'une des raisons pour lesquelles Mats se sent à part, mais il n'y peut rien. Il a essayé, souvent. Parfois, il observe la mer à bonne distance, depuis sa cachette dans les falaises, juste pour voir si elle lui fait encore peur. Le résultat est toujours le même : des poussées de sueur, la respiration qui se bloque, les genoux qui tremblent. Jusqu'à présent, il n'a rien dit à personne, il préfère qu'on le prenne pour un solitaire plutôt que pour un fou. Quelqu'un qui n'ose pas aller dans l'eau peut tout de suite quitter Les Trois Bouleaux : les rires et les moqueries ne le lâcheront jamais. Si seulement il avait des parents, de vrais parents qui seraient là pour lui seul et lui appartiendraient. Pas comme Carla et Ignace, qui doivent partager leur attention entre tous et toujours rester justes et neutres. Ce que ce serait de vivre avec de vrais parents, Mats ne peut que l'imaginer : il n'a jamais connu sa mère et son père. Il a été trouvé sur la plage quand il était bébé. Est-ce que ça a quelque chose à voir avec sa peur de la mer ? Personne ne peut le lui dire, et même dans ses cauchemars il n'a jamais trouvé de réponse à cette question. Il n'y a donc pas d'échappatoire : aujourd'hui, il va devoir aller au cours de natation de Mme Grenlind...

— MATS ! rugit Rayk. Je vais chercher le seau !

II

PRIVÉE DE SORTIE

Skyrn, le professeur de magie de l'eau, prouve une fois encore qu'il n'a aucune sympathie pour les retardataires. Alors qu'Aquina tente de se glisser discrètement par l'arrière du récif, il se retourne brusquement.

— Son Altesse la princesse Aquina nous fait l'honneur de sa présence. Quelle charmante attention !

D'un seul battement de sa queue dont les rayures jaunes ressortent comme des éclairs sur un ciel nocturne, il est auprès d'elle et lui fait une révérence qui n'a rien à voir avec un geste de soumission.

— Pourrions-nous savoir ce qui t'a empêchée de participer à notre petite manifestation sans importance ? Des affaires d'État urgentes, j'imagine ?

Aquina baisse la tête sans rien dire.

— Non ? continue Skyrn d'un ton mordant. Peut-être que ta chère maman est malade et avait besoin de ta présence ?

Aquina secoue la tête.

— Non plus ? Mais alors, voudrais-tu me dire pourquoi tu n'apparais qu'à la fin du cours ? demande-t-il sans cacher le mépris de sa voix. Est-ce que tu maîtrises si bien le tourbillon que tu penses pouvoir te passer de mes leçons ? C'est ce que nous allons voir !

Aquina ne dit rien, mais elle sait qu'elle ne va pas pouvoir échapper à la leçon.

— Je t'en prie, Aquina ! Nous sommes tous très impatients !

À quoi bon s'expliquer... Elle va donc essayer. Elle redresse le dos et se lève. Tout à l'heure, ça a marché, au moins un petit peu. Peut-être qu'après ça Skyrn la laissera tranquille. Elle tend l'index.

— *Va... a... t galdu... r... ch.*

Seul un murmure rauque sort de sa bouche. L'eau autour de son doigt reste immobile. Pas le moindre mouvement, même pas la danse des mouches qu'elle a montrée à Snorri.

Skyrn lève un sourcil ironique.

— Pas pire que ce que j'attendais.

Il pointe le doigt sur Aquina, et aussitôt l'eau qui l'entoure commence à tourbillonner. Ses longs cheveux blonds s'enroulent autour de sa tête comme un épais filet qu'elle tente de maîtriser à deux mains sans parvenir à lutter contre le courant. Elle perd complètement l'équilibre et se met à tourner sur elle-même de plus en plus vite. Voilà ce qu'un grain de sable doit ressentir quand le courant l'emporte. Jade, Ophrys, Larima, Ruby et tous les autres élèves du récif défilent par fragments sous son regard. Elle baisse les yeux, s'efforce de nager à contre-courant pour ne pas tomber à la renverse. Les visages ne sont plus que des taches de couleur. Les écailles des queues de poisson tournoient et se fondent, le bleu devient argent, l'argent vire au turquoise, toujours plus vite, toujours plus flou. Aquina abandonne, ça n'a aucun sens de lutter. De loin, une voix parvient à ses oreilles, on dirait Manati.

— Skyrn, par tous les dieux ! Mais qu'est-ce que tu fais ? Tu ne peux pas tester le tourbillon magique sur les élèves !

— Existe-t-il une meilleure méthode pour apprendre simultanément son efficacité et la ponctualité ? ricane Skyrn.

— Je connais le problème, rétorque Manati. Mais tu vas trop loin. C'est la fille de Kailani, tout de même !

À contrecœur, Skyrn laisse tomber son doigt.

— Cela devrait être une circonstance aggravante, pas une excuse !

Le tourbillon s'apaise et laisse apparaître une Aquina blafarde qui n'ose rien dire. Une humiliation par jour, c'est déjà assez difficile, mais deux, ça devient pénible. Et le pire, c'est que non seulement Jade la regarde avec pitié, mais Larima aussi ! Elle pourrait étrangler Skyrn avant d'aller se cacher dans un coquillage où personne ne la verrait, et où elle ne verrait plus personne. Son souhait est presque exaucé.

— Vous pouvez partir, déclare Skyrn. Demain, j'espère que tout le monde saura sa leçon sur la lame d'eau... et arrivera à l'heure ! conclut-il en coulant un regard vers Aquina.

Aussi vite qu'elle le peut, Aquina se met à nager, mais elle n'est pas assez rapide.

— C'était carrément vache ! dit Jade en la rattrapant.

— Super vache, insiste Ruby qui agite sa queue rouge vif tout en gonflant les joues.

Avec cette tête, elle ressemble presque à un poisson-globe.

— Il n'aurait pas dû faire ça, surtout à toi ! s'énerve Ophrys dont la queue blanche est presque jaune de colère.

— Tu crois qu'il aurait dû le faire à l'un de vous ? demande faiblement Aquina. Ça aurait été tout aussi vache ! Après tout, vous étiez à l'heure, vous.

— Mais quand même, ta mère est notre reine !

— Ma mère n'est pas une reine, seulement notre cheffe, corrige Aquina.

— C'est pareil, juge Jade.

— Non ! Sinon, je serais vraiment une princesse et j'aurais probablement le droit d'en faire encore moins qu'aujourd'hui, soupire Aquina.

— Il n'empêche qu'elle fait partie des immortels, Frigg lui a transmis la prophétie. Skyrn ne peut pas faire comme s'il s'en moquait ! peste encore Jade.

Elles ne se rendent pas compte qu'elles sont encore plus pénibles pour Aquina que Skyrn avec son tourbillon magique. Malgré toutes leurs bonnes intentions, elles ne comprennent pas ce que c'est que d'être uniquement « la fille de Kailani » aux yeux de tous, ou presque. Tout le monde adore Kailani, sans savoir quelle mère elle est. Parfois, Aquina préférerait n'être la fille de personne.

— Il faut que tu en parles à ta mère ! insiste Ophrys.

— Surtout pas ! Sinon, ce sera encore pire, répond Aquina.

— Mais pourquoi ? s'étonne Ophrys. C'est Skyrn qui t'a jeté un sort, pas l'inverse !

Aquina hausse les épaules.

— Ça intéressera bien moins ma mère que le fait que j'étais en retard !

— Mais où est-ce que tu étais passée, au fait ? interroge Jade avec curiosité.

— Tu vois, déclare Aquina à Ophrys, c'est exactement comme ça que ma mère réagirait. Voilà pourquoi il vaut mieux que je tienne ma langue.

— Pourquoi ? Où... ? commence Ophrys.

— Vous ne comprenez pas qu'Aquina ne veut pas nous le dire ? l'interrompt Ruby.

Jade sursaute.

— Tu n'étais pas vraiment à la surface, si ? Tu n'étais pas sérieuse, tout à l'heure ?

— Non, bien sûr que non, élude Aquina. Le soleil dessèche nos écailles, tous les gamins savent ça !

Les trois autres acquiescent d'un seul geste, mais Aquina lève les yeux au ciel mentalement. À part Snorri, personne n'est-il curieux de vérifier si ces vieilles légendes sont vraies ? Personne n'a-t-il envie de jeter un œil au-delà d'Aquamaris avec elle ? Il doit quand même y avoir autre chose que le chant des sirènes, la magie de l'eau et le récif de corail ! Et surtout, autre chose que cette Source idiote qu'ils doivent protéger depuis des siècles. Mais si elle dit tout ça à haute voix, les trois autres vont s'évanouir. Ou bien la dénoncer à Manati. Remettre en question la protection de la Source, c'est encore plus grave que nager jusqu'à la surface ou à la cité de glace, ou trouver que les gardiens de la Source sont sympas, ou ne pas avoir peur de Svalgur, ou ne pas manger de poisson...

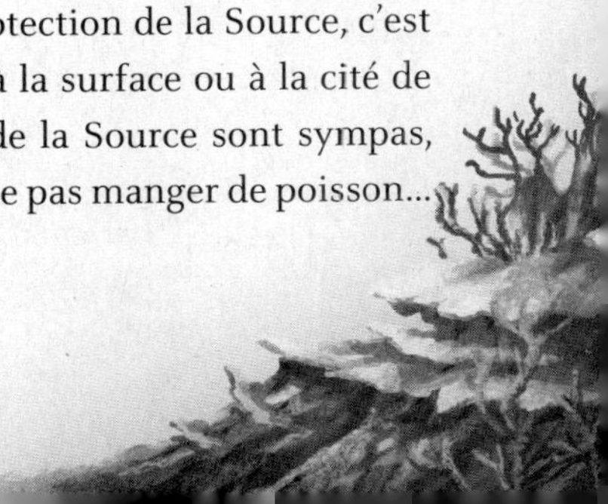

Parfois, Aquina a l'impression que toute sa vie est faite d'interdits.

Ruby interrompt ses réflexions :

— Bon, à demain, alors.

— À demain, résonnent les voix d'Ophrys et de Jade en écho.

— À demain !

Aquina bifurque vers la grande grotte où elle vit avec ses parents. Avec ses mosaïques de coquillages, le palais est la plus belle habitation de toute la ville. Ses murs extérieurs resplendissent du blanc nacré des huîtres perlières. Le portique est encadré de colonnes de stalactites et, à la place de portes massives, c'est une cascade qui ferme l'entrée. Aquina contourne la deuxième colonne de gauche et toque sur un éperon rocheux qui se dresse sur la droite pour qu'on la laisse entrer.

L'intérieur est tout aussi magnifique : le « palais de coquillages » mérite vraiment son nom. Les couloirs brillent de petits ornements fantaisie argentés et de rangées de coquillages, et dans chaque pièce Kailani a fait installer des objets qui lui rappellent son ancienne vie. Aquina traverse la salle de réception officielle. Elle n'est pas mécontente de la trouver vide, sa mère est visiblement occupée ailleurs. Néanmoins, la jeune sirène doit admettre que c'est vraiment la plus belle salle du palais, avec la coupole du firmament où scintillent les étoiles, et au centre le soleil d'or qui encadre l'image de la déesse Frigg. Frigg, la sauveuse que toutes les sirènes aiment et vénèrent.

Le salon-salle à manger est une véritable prairie d'été fleurie. Quant à la chambre de Kailani et Bror, on dirait une forêt, avec ses arbres dont le feuillage laisse passer la lumière de la lune qui tombe du centre du plafond, pile sur un lit de roche garni d'écume de mer beige.

Aquina a le droit d'aménager sa chambre à son goût. Elle aime les couleurs, et pour cela elle utilise non seulement des coquillages, mais aussi tout ce qu'elle trouve au cours de ses excursions : turbans et bigorneaux, sable coloré, pierres, bouts de bois, algues et herbes forment une magnifique mosaïque sur les murs. Ce sont rarement des objets extraordinaires, parce que la malédiction d'Odin leur interdit de s'éloigner à plus de trois milles marins de Rulantica. Et c'est justement à cause de ça qu'Aquina trouve son monde sous-marin trop étroit et limité pour son immense curiosité.

Dans sa chambre, au moins, elle change régulièrement la décoration ; il n'y a que le portrait de Snorri qui reste toujours accroché au même endroit. Elle le connaît depuis sa naissance – ou plutôt, c'est l'inverse : il la connaît depuis sa naissance, car elle ne se souvient pas de sa première année, bien sûr. Mais sa mère lui a raconté qu'il veillait déjà sur elle quand elle n'était encore qu'un bébé, et qu'il la berçait pour qu'elle s'endorme. Contrairement aux merriens, Snorri peut se promener librement au-delà de la limite des trois milles. Aquina l'envie atrocement, mais en échange il lui rapporte souvent l'un ou l'autre trésor. Les cadeaux de Snorri trouvent aussi leur place dans la mosaïque.

Tandis qu'Aquina observe les murs, tiraillée entre la fierté et la mélancolie, un souvenir lui revient. Est-ce que le fruit de ce midi n'avait pas des grains à l'intérieur ? Elle fouille dans sa sacoche en cuir de poisson, en tire le fruit rouge et croque

dedans à pleines dents. Hmm, toujours aussi délicieux ! Elle grignote la chair jusqu'au centre et... les voilà ! De minuscules pépins bruns dont la forme lui fait penser à des gouttes d'eau ou à des larmes. Aquina extirpe dix pépins de son fruit. Voilà qui fera un magnifique motif. D'un autre côté... Peut-être que ces pépins sont de vraies graines. Est-ce que les plantes géantes pourraient pousser dans son petit jardin sous-marin ? Ça vaut la peine d'essayer !

Aquina met deux pépins de côté. Les autres iront sur le mur, il reste justement une place à côté de Snorri ; elle pourrait dessiner le contour du fruit avec...

— Tu es là, mon cœur ! Comment était la classe ?

Sans qu'Aquina l'ait remarqué, Kailani vient d'entrer dans sa chambre.

Sa mère mesure juste une tête de plus qu'elle ; elle possède une puissante queue de poisson turquoise dentelée, avec une nageoire à la courbe élégante, et alors que les sirènes sont habituellement minces et frêles, Kailani a des bras étonnamment musclés. S'y ajoutent une crinière brune presque indomptable, des yeux également bruns et attentifs, et un nez remarquable.

Aquina est toujours surprise de voir à quel point elle ressemble peu à sa mère, y compris extérieurement. Jusqu'à présent, elle n'a fait qu'apercevoir le reflet flou et déformé de son visage à la surface de l'eau, mais quand elle le tâte, son nez lui semble plus menu et arrondi au bout. Elle a les yeux clairs, même si elle n'en connaît pas la couleur exacte, et ses cheveux sont aussi blancs que le sable des plages de Rulantica, encore plus clairs que les cheveux désormais clairsemés de son père.

Sa mère l'embrasse sur la joue, et son regard tombe sur la paume à demi ouverte d'Aquina.

— Ah, tu es encore partie à la chasse aux trésors ?

Aquina referme le poing, mais elle réagit trop tard, sa mère a déjà vu les pépins. L'humeur joyeuse de Kailani disparaît instantanément.

— Qu'est-ce que tu as là, Aquina ?

— Rien !

— Montre-moi immédiatement ce que tu as dans la main !

— Ça ne te regarde pas !

— Si c'est ce que je pense, ça me regarde parfaitement !

— Si tu le sais déjà, je n'ai pas besoin de te le montrer !

— Ouvre immédiatement le poing !

— Non !

— Si !

Kailani attrape sa main et l'oblige à ouvrir les doigts. Surprise, Aquina résiste à peine. Elle s'attendait aux menaces et au ton rude de sa mère, elle en a l'habitude. Mais celle-ci ne l'avait encore jamais agressée. Les larmes lui montent aux yeux, un mélange de choc et de colère monte en elle. Sa mère ne semble pas le remarquer et lui agite un des petits pépins bruns sous le nez.

— D'où est-ce que tu as ça ?

Aquina hausse les épaules.

— J'exige une réponse, Aquina, où est-ce que tu as trouvé ces pépins de pomme ?

« Pépins de pomme », note-t-elle dans un coin de sa tête. Au moins, elle sait comment s'appelle ce fruit.

— C'est Snorri qui te les a donnés ? insiste Kailani sans pitié.

Ce serait si simple. Elle pourrait faire comme si Snorri lui avait apporté les pépins, ainsi qu'il le fait de temps en temps avec un morceau de bois, un coquillage ou une pierre aux formes originales. Elle n'aurait qu'à faire un signe de tête et elle serait tranquille. Snorri se ferait gronder, au pire. Kailani ne peut pas lui interdire d'aller nager jusqu'à la surface.

Mais quelque chose en Aquina s'oppose à cette solution de facilité. Elle ne veut pas se défiler, elle ne veut pas mentir, se cacher derrière Snorri. D'ailleurs, hors de question qu'il doive payer pour elle ! La jeune sirène se redresse et regarde sa mère dans les yeux.

— Nous... *J'ai* trouvé ce fruit que tu appelles pomme là-haut, sur l'île. Et si tu veux savoir, c'est la chose la plus délicieuse que j'aie jamais mangée !

Les narines de Kailani se mettent à trembler, signe annonciateur d'une explosion de colère.

— Est-ce que je ne t'ai jamais dit que tu n'avais rien à faire à la surface ?

— Si, répond Aquina. Tout le temps.

— Et est-ce que tu voudrais bien me dire ce que tu fabriquais là-haut malgré mon interdiction ?

Aquina repense aux rayons du soleil sur son visage, à Snorri et à son tentacule coincé, au spectacle unique de la nature... Sa mère ne comprendra rien de tout cela, elle n'acceptera aucun argument.

— C'est beau, là-haut, explique-t-elle simplement.

D'un seul coup, Kailani explose presque aussi violemment que la montagne de feu :

— C'est *beau* ? C'est tout ce que tu trouves à dire ? C'est pour ça que tu prends tous ces risques ?

— Mais j'ai juste jeté un coup d'œil, rétorque Aquina.

— Pourquoi ? Tu as tout ce qu'il te faut ici !

— Je ne veux pas passer ma vie enfermée, je veux faire autre chose que chanter et faire des mosaïques de coquillages !

— Et pour ton plaisir personnel, tu penses que tu peux risquer notre vie à tous ?

— Mais je ne me suis même pas approchée de la Source, je ne m'y suis pas baignée, se défend Aquina. Je ne le ferais jamais, tu le sais bien !

— Si je le sais ? fulmine sa mère. Est-ce que je peux te faire confiance alors que tu piétines toutes nos règles ?

Cette accusation touche Aquina plus qu'elle voudrait l'admettre. C'est tellement injuste. Seules deux options s'offrent à elle : respecter des règles qui n'ont aucun sens à ses yeux ou affronter la cruelle déception qui se dessine clairement sur le visage de sa mère.

— Et pourquoi ne pourrais-je pas décider ce qui est bon pour moi ? répond Aquina, presque désespérée.

Sa mère ne la comprendra jamais.

— Parce qu'en prenant la mauvaise décision non seulement tu risques ta vie, mais tu risques la destruction de toute l'île. Tu connais notre malédiction !

Et comment ! Du plus loin qu'elle se souvienne, on lui raconte l'histoire du perfide dieu Loki, qui créa l'île de Rulantica avec sa source magique pour tenter les humains. Celui qui se baigne dans la source devient immortel, alors que c'est un privilège réservé aux dieux. Mais lorsque Viken, le chef de la tribu viking dont faisait partie sa mère Kailani, se blessa si gravement qu'il faillit mourir, les hommes firent taire tous leurs scrupules pour le sauver. Il survécut et laissa son clan se baigner dans la source.

Malheureusement, la magie monta à la tête de certains, qui se prirent pour des dieux et renièrent leurs précédents cultes. Ce qui était précisément le but de Loki. Odin en particulier, le père des dieux, se fâcha devant l'arrogance des humains. Il descendit d'Asgard sur la terre des hommes, Midgard, dans le but d'anéantir l'île de Rulantica.

— C'est seulement à Frigg, l'épouse d'Odin, que nous devons d'être encore en vie, répète encore Kailani.

— Comme si je ne le savais pas, ne peut s'empêcher de répondre Aquina. Je l'ai entendu des milliers de fois : Frigg comprit que c'était la faute de Loki et demanda à Odin de nous pardonner. Il vous a laissé la vie sauve, à toi et à ton clan, et s'est contenté de vous transformer en merriens. Ensuite, il vous a ordonné de garder la Source et de respecter la limite des trois milles autour de Rulantica.

Bla-bla-bla... Ah oui, et il a aussi laissé Svalgur comme gardien...

— Exactement ! approuve Kailani dont les yeux brillent encore de fureur. Et ce n'est pas du bla-bla !

— Mais le monstre-serpent est couché depuis longtemps dans le temple de la ville de glace et ne bouge plus !

— Si tu crois que Svalgur n'est plus dangereux, tu te trompes ! L'âge des dieux est peut-être terminé, mais Svalgur remplira sa mission pour l'éternité ! insiste Kailani. Sur ce point, je suis parfaitement d'accord avec Exena. Au moindre faux pas, Svalgur se réveillera et détruira tout, il n'y a pas l'ombre d'un doute !

— Mais même si tu as raison, pourquoi est-ce que je ne peux jamais aller à la surface ? Je veux juste profiter un peu du soleil ! rétorque Aquina.

Kailani écume.

— Aujourd'hui, c'est le soleil, demain, les pommes, et après-demain, la Source ! Reste à distance, mon enfant, ou ça finira mal !

— Mais cette stupide immortalité ne m'intéresse pas du tout ! insiste Aquina. C'est un truc pour vous, les adultes !

— La Source est notre destin à tous ! tonne Kailani. Tu ne me laisses pas le choix ! Tant que tu n'auras pas compris, tu es privée de sortie, c'est compris ?

Aquina en reste bouche bée.

— Tu ne peux pas, tu n'as pas le droit...

— J'en ai le devoir, explique Kailani. Non seulement je suis ta mère, mais je suis responsable de toutes les sirènes, et tu nous mets tous en danger. Tu ne quitteras donc plus le palais de coquillages, sauf pour aller à l'école !

Comme touchée par la foudre, Aquina reste seule dans sa chambre. « Privée de sortie. » Les mots résonnent dans sa tête et enserrent sa gorge comme une corde invisible qui l'étrangle. Privée de sortie, pour une durée indéterminée : sa vie va être encore plus ennuyeuse et réduite. Bien sûr, elle sait que les jeunes merriens n'ont pas le droit d'aller à la surface. Mais jamais elle n'aurait imaginé que sa mère la punirait vraiment pour ça. Elle ne ferait jamais rien qui mettrait tout le monde en danger. Comment est-ce que sa mère peut se méfier d'elle à ce point ? De colère et de désespoir, Aquina se met à pleurer. L'eau de mer qui l'entoure emporte tout de suite les larmes, mais elles ont le temps de brûler dans ses yeux.

Elle se laisse tomber sur son lit. Qu'est-ce qu'elle va faire, maintenant ? Passer ses journées à travailler son chant et sa magie ? Ça arrangerait bien sa mère et Skyrn. Une brave petite sirène obéissante, surtout ne rien faire d'autre que ce que font les sirènes depuis des milliers d'années. Mignonne et gentille, toujours attentive au bien de tous les merriens. Les pépins bruns flottent encore au-dessus d'elle dans la chambre. Ces traîtres !

— *Vatt galdur !* lance-t-elle furieusement sans réfléchir.

Un tourbillon emporte les pépins dans un coin, hors de sa vue.

III

LE SECRET DANS LA FORÊT DE KELP

Aquina supposait qu'elle aurait au moins le droit d'aller seule en classe, mais elle s'est trompée. Le lendemain matin, un silence gêné règne autour de la table du petit déjeuner. Aquina chipote devant son muesli aux algues et lorgne vers son père, Bror. Celui-ci capte son regard et se contente de hausser les épaules en secouant légèrement la tête. Il a donc déjà essayé de parler avec sa mère, mais de toute évidence il s'est heurté à un mur de granit. Le dernier espoir d'Aquina pour échapper à l'interdiction de sortie s'envole. Elle vient à peine de finir sa dernière bouchée que sa mère se lève.

— Je t'accompagne !

— Oh, non, pitié, je ne suis plus un alevin !

— Mais tu te comportes comme si c'était le cas, donc je vais m'assurer que tu respectes mes instructions !

Aquina se sent comme un poisson au bout d'une canne à pêche alors qu'elle traîne derrière Kailani, et plus elles se rapprochent du récif, plus elle se sent mal.

Tous les jeunes merriens bondissent de leur banc pour apercevoir leur cheffe, et tous les professeurs, Skyrn compris, forment une haie d'honneur pour l'accueillir. Aquina aimerait disparaître. Manati se hâte de venir à leur rencontre.

— Kailani, quel honneur ! (Elle jette un coup d'œil en biais

vers Skyrn.) Qu'est-ce que nous pouvons faire pour vous ?

Aquina contemple le bout de sa queue. Manati pense visiblement que sa mère vient demander des comptes à Skyrn sur l'incident de la veille.

Au lieu de cela, tout le monde va savoir pourquoi on l'accompagne à l'école comme un bébé. Certes, Kailani ne parle pas très fort, mais tous, sur le récif, peuvent entendre ses mots.

— Jusqu'à nouvel ordre, Aquina n'a pas le droit de quitter le palais de coquillages, sauf pour assister aux cours. À midi et en fin de journée, elle reviendra directement au palais. Je vous remercie d'y veiller, vous et les autres enseignants.

Aquina n'a pas besoin de voir le visage de Skyrn pour savoir combien le professeur se réjouit de son malheur. Elle imagine aussi très bien les mines déconcertées ou compatissantes de Jade, Ruby et Ophrys.

— Y a-t-il une raison... commence Manati.

— Ma fille la connaît, et je compte sur elle pour ne pas l'oublier.

Au moins, sa mère a tenu sa langue.

Manati comprend l'intention, s'incline légèrement et ne pose plus de questions.

Jade et les autres ne sont pas aussi compréhensifs. Dès que Kailani a tourné le dos au récif, ils la bombardent de questions.

— Je vous avais bien dit qu'elle trouverait mon retard plus grave que tout le reste, répond Aquina pour se dérober.

Elle ne veut rien dire au sujet des pommes, pas même à Jade.

Larima ne peut pas s'empêcher de lui faire une remarque mordante :

— Si tu chantes aussi mal à la maison qu'ici, ça ne m'étonne pas du tout !

— Silence ! ordonne Manati.

Et pour couper court aux bavardages, leur professeure de chant se lance dans un long exposé sur les avantages respectifs des tonalités majeures et mineures pour effrayer les intrus.

Personne n'apprend la vérité dans les jours qui suivent, mais c'est une maigre consolation. Aquina reste assise dans sa chambre et observe des bulles autour d'elle. Si seulement Snorri se montrait pour qu'elle puisse lui expliquer pourquoi elle est coincée là. Ce matin, c'est Bror qui s'est chargé de l'accompagner jusqu'au récif et qui est revenu la chercher à midi. Il a bien meilleur caractère que sa mère, mais il ne lui a pas laissé la moindre occasion de partir à la recherche de son ami poulpe.

— Si ça se trouve, je ne lui manque pas, s'apitoie Aquina sur elle-même. Il doit être ravi de pouvoir manger tout seul les pommes qui restent.

Un tintement sonore la sort de ses sombres pensées. Ça vient de l'entrée. Les visiteurs ne connaissent pas le code secret de la colonne devant la cascade et doivent actionner le coquillage sonneur pour s'annoncer. C'est probablement quelqu'un qui vient juste voir sa mère, mais puisqu'elle est au moins libre de se déplacer dans le palais, elle se glisse dans le couloir et guette l'entrée. Elle voit les méduses à crinière de lion s'empresser de prendre position pour illuminer l'arrivant et l'inspecter avant de l'admettre auprès de Kailani. Même si sa mère fait partie des immortels, elle a besoin d'être protégée comme n'importe quel chef. Les immortels échappent à la mort naturelle, c'est-à-dire qu'ils vivent éternellement, sauf s'ils meurent au combat ou tués par sournoiserie. Nombre d'entre eux, notamment le premier chef des Vikings, Viken, ont sacrifié cette vie éternelle pour protéger l'île. À ce jour, il ne reste que cinq immortels, dont Kailani et Exena. Aquina frissonne quand elle pense à Exena. Tout comme sa mère, celle-ci est devenue cheffe après la mort de Viken : Kailani, avec sa voix extraordinaire, est la meilleure magicienne d'eau de tous les temps, et transmet son savoir aux autres sirènes. Exena, la seule magicienne de glace capable d'opérer au-delà des frontières de Rulantica, assure la formation des gardiens de la Source.

Mais hormis le fait qu'il faille protéger la source d'immortalité à tout prix, ces deux-là ne sont jamais d'accord sur rien. Peu après la naissance d'Aquina, elles se partageaient encore le pouvoir par périodes de quatre ans, puis il a dû se passer quelque chose ; il est même question d'une agression contre sa mère, mais les gardiens de la Source le nient toujours.

Depuis un certain temps, Kailani et Exena ont décidé de séparer les merriens en deux groupes, et c'est ainsi que sa mère règne sur Aquamaris, tandis qu'Exena commande la ville de glace. Les deux camps cherchent à s'éviter autant que possible, malgré leur voisinage direct. Aquina ne croise pas souvent les gardiens de la Source, mais parfois elle se faufile dans la ville de glace et les observe en secret quand ils s'entraînent avec leurs lances de glace et chevauchent les kelpies. Elle donnerait tout pour pouvoir, elle aussi, monter sur un kelpie. Encore une chose que sa mère lui interdit strictement...

Le père d'Aquina n'est pas immortel, et il tient beaucoup aux mesures de sécurité à l'entrée.

— Tu es bien trop importante pour nous tous, et surtout pour moi. Nous ne devons prendre aucun risque ! dit-il toujours quand Kailani émet le souhait d'expulser les méduses de son palais de coquillages parce qu'elles se déplacent partout sans faire de bruit.

— Nous ne sommes jamais entre nous, et j'aimerais bien passer une nuit dans le noir, sans la lumière des méduses, ronchonne-t-elle parfois.

Ce sont les rares moments où Aquina se sent proche de sa mère, quand elle admet que ses devoirs permanents lui sont pénibles et qu'elle voudrait pouvoir laisser tomber le bien des autres de temps en temps. Mais le plus souvent, elle se reprend sans délai et évacue la fatigue d'un sourire.

C'est pour ça que les méduses sont encore là, en train de palper le pauvre Nyssa, un messager-poisson. Son corps élancé sans écailles, au teint olivâtre, sursaute au moindre contact. Il ouvre et ferme sa grande bouche et roule des yeux, qu'il a très haut au-dessus de la tête, tout en essayant de repousser les tentacules de ses douces nageoires ailées comme si on le chatouillait.

Aquina hésite entre le rire et la pitié. Avant qu'elle puisse secourir le malheureux poisson, elle entend sa mère arriver et se cache dans une niche. Deux précautions valent mieux qu'une, des fois que sa mère ait l'idée d'alourdir la punition et de l'enfermer dans sa chambre.

— Laissez Nyssa tranquille, ordonne Kailani. Vous connaissez mon messager depuis assez longtemps pour ne pas lui infliger toute la procédure chaque fois !

Obéissantes, mais à contrecœur, les méduses se retirent et Kailani invite Nyssa dans la salle de réception. Aquina les suit discrètement. D'habitude, elle ne s'intéresse pas particulièrement au travail de sa mère, mais aujourd'hui n'importe quelle distraction fera l'affaire. Cachée dans un coin, elle regarde Nyssa transmettre son message.

Les poissons ne parlent pas à haute voix comme les merriens. Mais au fil des siècles, ces derniers se sont habitués à lire sur les lèvres des poissons, et inversement. Les enfants merriens apprennent la langue muette en même temps que les jeunes poissons en classe de zoologie. Malheureusement, le cours a lieu seulement une fois par lune, parce que les poissons ne peuvent pas interrompre leur recherche de nourriture plus souvent, et toutes les espèces ne viennent pas. Ainsi, les poissons qui vivent en bancs n'envoient que très rarement un délégué. Quand elle était petite, Aquina s'en était étonnée.

— Pourquoi les poissons ne veulent pas parler avec nous ? avait-elle demandé à sa mère.

— C'est bien moins important pour les poissons de parler avec nous que l'inverse, lui avait expliqué Kailani. Ils ont le droit de quitter la zone des trois milles autour de Rulantica et peuvent très bien se passer de nous pour survivre. Nous devons être reconnaissants à tous les habitants des mers qui nous aident à protéger Rulantica et la Source.

Pour enseigner la lecture sur les lèvres, le vieux saumon bougon Tradon et la merrienne Runa se relaient. C'est un cours qu'Aquina aime beaucoup, même si ce n'est pas facile et qu'il faut bien observer son partenaire. Un battement de paupières, un instant d'inattention, et on n'a rien compris. En plus, certaines espèces de poissons ont tendance à bredouiller. Les mots de Nyssa sont assez faciles à lire, mais depuis sa cachette Aquina ne voit pas très bien sa bouche, notamment parce que Nyssa s'agite dans tous les sens. Les seules bribes de mots qu'Aquina réussit à déchiffrer sont « rencontre » et « vagues ». Peut-être que Kailani doit se rendre quelque part et rencontrer quelqu'un... Mais qui, et pourquoi ? Aquina n'a pas compris cette partie – ou alors, près des vagues ? Non, c'est l'inverse, le message vient des vagues ! Elle sait que les vagues racontent à sa mère ce qu'elles voient sur les mers du monde. Sa mère appelle ça le bavardage de l'océan. Le plus souvent des choses sans queue ni tête, c'est pour ça que Kailani n'admettrait jamais officiellement qu'elle est en contact avec les vagues. Mais aujourd'hui, on dirait que c'est important...

Avant que sa mère la surprenne à espionner, Aquina se glisse hors de la salle de réception sans se faire remarquer. L'affaire est urgente, c'est certain, sinon Nyssa ne serait pas aussi excité. Aquina entend sa mère se hâter dans le couloir derrière elle et s'adresser aux dauphins de la garde :

— Non, restez où vous êtes, je n'ai pas besoin d'escorte !

Aquina aimerait vraiment savoir de quoi il s'agit ! Si les vagues sont impliquées, c'est forcément plus passionnant que les affaires habituelles : ce n'est pas une question de manque de sel dans une zone poissonneuse, de panne d'éclairage chez les méduses qui gèrent la circulation, ni une tempête absolument normale à la surface. Et si elle osait suivre sa mère en secret ? Non ! Si elle se fait attraper, sa punition sera prolongée pendant au moins douze marées supplémentaires !

D'un autre côté... Kailani est certainement partie depuis assez longtemps. C'est l'occasion idéale pour aller donner des nouvelles à Snorri. Un petit aller et retour jusqu'à la forêt de kelp en bordure d'Aquamaris, c'est tout. Elle y sera en dix coups de nageoire, quinze maximum. Elle n'ira surtout pas chercher Snorri à la surface, elle se le promet. Ce serait trop risqué, parce que c'est là-haut que sa mère a dû aller à la rencontre des vagues. Mais la forêt de kelp, c'est autre chose, elle est pratiquement dans le palais. Aquina ne tire qu'un tout petit peu sur son interdiction de sortie. Et personne ne s'en rendra compte. Elle sourit intérieurement et poursuit son chemin vers sa chambre. Là, elle prend son sac en cuir de poisson. Lorsqu'elle a choisi de devenir alguétarienne, elle s'est demandé si elle devait s'en séparer, mais elle a décidé que non, parce qu'elle aurait trouvé ça encore plus irrespectueux de le jeter. Aujourd'hui, elle est bien contente d'avoir cette sacoche pratique pour mettre tout ce qu'elle veut emporter.

Lentement, elle se rend jusqu'au portail, où elle fait une pause avant d'appeler à mi-voix en direction de la salle de réception :

— À tout à l'heure, maman ! Je vais en cours de botanique !

Sans montrer le moindre soupçon de mauvaise conscience, elle se remet à nager vers la sortie, salue dignement à droite et à gauche, et hop ! elle est dehors. Privée de sortie, *sauf pour aller à l'école* – eh bien aujourd'hui, elle va étudier seule dans la forêt de kelp.

Aquina suit le chemin de sable clair qui sort de la ville. De loin, elle voit déjà la forêt de kelp : les grandes algues vertes poussent côte à côte du fond de la mer jusqu'à la limite du soleil. Avec leurs feuilles qui flottent doucement, elles se touchent, mais il y a assez de place pour se glisser entre elles. Dès qu'Aquina a pénétré dans la forêt, elle voit à peine plus loin que le bout de sa queue. La paisible forêt de kelp abrite des habitants et des secrets que même Kailani et Exena ne connaissent pas en totalité. Une tortue marine passe devant

Aquina ; juste en dessous, elle aperçoit d'innombrables petits crustacés, des oursins et une plie (un grand poisson plat) qui s'enfonce prestement dans le sable lorsque l'ombre d'Aquina tombe sur elle.

Si elle continuait à nager tout droit, elle sortirait de la forêt peu avant la ville de glace des gardiens de la Source. Mais elle ne veut pas aller aussi loin, le repaire de Snorri est tout près de l'endroit où la plie s'est cachée. Prudemment, pour ne pas l'effrayer, Aquina repousse le rideau de varech sur le côté et regarde sous la pierre de Snorri. L'eau a évidé la roche, ce qui laisse juste assez de place pour une petite pieuvre, et tant que les algues sont devant, Snorri est pratiquement invisible. Voire complètement invisible quand il n'est pas là, comme maintenant. Trop bête ! Aquina est déçue. L'occasion de s'échapper du palais ne se représentera pas de sitôt. Elle observe les alentours. Est-ce qu'il y a quelqu'un ici qui pourrait remettre un message à Snorri ? La plie s'est tellement bien enfoncée dans le sable qu'Aquina ne pourrait plus dire si elle est encore là. Quant aux crustacés, ils devraient se chercher un voisin moins dangereux pour eux qu'une pieuvre.

Mais Snorri doit au moins savoir qu'elle est venue. Aquina fouille dans sa sacoche. Des morceaux de craie, des plaques d'ardoise, des clips en coquillage... rien de tout cela n'est assez évident ; il n'y a que la sacoche, mais Aquina n'a pas envie de la laisser là. Il lui faut quelque chose de spécial, pour que personne d'autre que Snorri ne puisse savoir que cela vient d'elle. Elle remarque les longues tiges vertes. On en trouve partout, jusque devant le repaire de Snorri. Rien qui attire l'attention, donc.

Mais seule Aquina sait en faire quelque chose : elle attrape trois algues et commence à les tresser, exactement comme le joli bracelet qu'elle porte au poignet droit.

Il y a quelques lunes, ça avait été encore une cause de dispute avec sa mère.

— Qu'est-ce que c'est que ça ? avait aboyé Kailani quand elle avait remarqué le bijou.

Fièrement, Aquina lui avait montré la technique qu'elle venait d'inventer. Elle avait posé trois longues algues l'une à côté de l'autre et passé alternativement celle de droite et celle de gauche sur celle du milieu jusqu'à obtenir un solide ruban. Le résultat était un joli tressage, un peu comme les ornements des couloirs du palais de coquillages, et elle pouvait le porter comme un bracelet autour de son poignet. Mais sa mère ne voulait pas en entendre parler.

— Les merriens ne portent pas de bijoux, Aquina. C'est un truc inutile de terriens !

— Mais pourquoi ? C'est joli et ça me va bien ! avait rétorqué Aquina.

— Tu n'es quand même pas coquette, Aquina ? Nous nous préoccupons seulement de nos capacités et de notre mission, c'est ce qui nous différencie des humains ! avait insisté Kailani.

L'art du tressage d'Aquina avait rencontré plus de succès auprès des autres merriens. Jade et Ruby avaient été les premières à porter des bracelets. Un peu plus tard, Larima et même Manati lui en avaient demandé un. Seule sa mère serrait les lèvres d'un air morose chaque fois qu'elle voyait une sirène

en porter. Aquina s'était sentie blessée, à l'époque. Pourquoi est-ce que sa mère refusait toute nouvelle idée, surtout quand celle-ci venait d'elle ? Elle ne faisait jamais rien comme il fallait. Les disputes au dîner étaient devenues quasiment insupportables, et même Bror en avait eu assez. D'habitude, il se tenait en retrait quand Aquina se bagarrait avec sa mère.

— Je préférerais être coincé dans les rochers plutôt que rester là entre vous deux ! disait-il.

Mais cette fois, il avait pris le parti d'Aquina. Après un affrontement particulièrement violent, il était venu la voir dans sa chambre.

— Tu me montres comment tu fais ?

— Quoi ? avait demandé Aquina stupéfaite.

— Ces tresses, tu les fais comment ?

— Pourquoi ?

— Montre-moi juste, s'il te plaît ! avait dit son père du ton aimable avec lequel il réussissait plus souvent à toucher Aquina que sa mère avec toutes ses tirades furieuses.

Elle s'était réjouie de cette marque d'intérêt et lui avait montré toutes les sortes de tressages qu'elle avait inventées. Ils avaient ri jusqu'à l'épuisement quand Bror avait essayé de l'imiter. Avec ses grosses mains puissantes, il avait beaucoup plus de mal qu'Aquina et ses doigts élancés. Les algues lui échappaient sans cesse ou se cassaient. Mais ils s'étaient bien amusés, et à la fin Bror maîtrisait les tressages les plus simples. Il avait embrassé Aquina avec gratitude.

— Nous devrions faire ça plus souvent, avait-il déclaré avant de la quitter.

Aquina était d'accord, mais ils étaient trop accaparés par leurs devoirs respectifs.

Une semaine plus tard, Bror était allé encore plus loin. Alors que Kailani et Aquina se disputaient encore au dîner à propos d'un plat de poisson, il était entré, un large sourire aux lèvres et un bracelet tressé autour du bras gauche. Kailani s'était tue et avait regardé Bror d'un air stupéfait.

— Tu t'es fait contaminer ?

Le père d'Aquina avait levé le bras en le tournant dans tous les sens comme s'il venait de remarquer la présence du bracelet.

— Pour un merrien aussi, ça se porte bien, tu ne trouves pas ?

— Si c'est ce que tu penses... avait répondu Kailani d'un air contraint.

Aquina avait eu du mal à réprimer un gloussement.

— En plus, c'est très pratique, avait continué Bror. Je peux y suspendre mes hameçons, comme ça j'ai les mains libres pour nager !

— Je vois, avait soupiré Kailani, tu es du côté d'Aquina, comme toujours !

— Ce n'est pas vrai, avait contredit son père. Je trouve cette histoire d'alguétarisme aussi stupide que toi. Mais ces bracelets me plaisent ! Et comme notre merveilleuse fille m'a appris comment les fabriquer, j'ai ici quelque chose...

Bror s'était interrompu avant de dévoiler un très joli bracelet de stipe blanc argenté. Il avait même réussi à y intégrer une petite perle de lune.

— ... pour toi ! avait-il terminé en passant le bracelet au poignet de Kailani.

— C'est... Tu es... D'accord, vous avez gagné, c'est vraiment magnifique, avait cédé Kailani en souriant à Bror et Aquina.

Aquina savait que son père lui avait fait un cadeau à elle aussi ce soir-là, et elle lui en était infiniment reconnaissante. Kailani avait porté le bracelet sans plus jamais faire de reproches à Aquina à ce sujet.

C'était il y a une lune. Aquina s'essuie les yeux parce que ce souvenir l'émeut encore. Même Snorri connaît ses bracelets. Si elle en laisse un dans son repaire, il comprendra qu'elle est venue. Elle choisit trois algues et commence à les tresser lorsque quelque chose effleure son épaule. Elle sursaute et se retourne. Rien. Qu'est-ce que c'était ? Peut-être seulement une algue. Elle se remet à son ouvrage. Quelque chose lui frôle le dos. Hé ! Elle se retourne d'un bloc. Là, ce n'était pas une plante, c'est sûr. Mais une fois encore, aucun poisson ni aucun crustacé n'est visible. On lui tire les cheveux. Une seule personne oserait faire ça !

— Snorri ! appelle Aquina.

Elle essaie de retenir le bras de son ami, mais il est plus rapide.

— Mais attends !

Aquina laisse tomber sa tresse et se lance à sa poursuite. À travers la forêt de kelp, un virage à gauche, un virage à droite, vers le haut, à nouveau vers le fond, à droite, à gauche...

Où est-ce qu'il est passé ? Snorri est plus petit et plus agile qu'elle. Il se glisse entre les plantes comme à travers un parcours d'obstacles. Aquina arrive tout

juste à le suivre, et il détale toujours avant qu'elle réussisse à l'attraper. Elle ne voit plus que les pointes mouvantes des algues et le soleil qui brille déjà à travers.

— J'abandonne ! souffle-t-elle. Je voulais seulement te raconter...

Elle se tait, parce que Snorri lui pose un tentacule sur les lèvres. Quoi encore ? Mais au même moment, elle les entend aussi. Des voix. De vraies voix, pas les bruits des animaux. Aïe, quelle poisse ! C'est sans aucun doute la voix de sa mère, elle reconnaît aussi la queue de poisson bleu-vert qui s'agite nerveusement dans l'eau tandis qu'elle se tient à la surface juste au-dessus de la forêt de kelp. Le premier réflexe d'Aquina, c'est la fuite. Sa mère ne doit pas la surprendre ici ! Mais quelque chose la retient de faire demi-tour. Elle veut écouter la conversation avec les vagues. Muette comme un poisson, elle se cache du mieux possible dans les algues.

— Vous devez vous tromper, est en train de dire Kailani.

— *Non, nous ne nous trompons pas !* clapotent les vagues, produisant un écho envoûtant.

— Mais c'est impossible ! insiste Kailani. Le garçon est mort il y a de nombreuses marées, cela ne fait aucun doute !

Aquina reste figée. De quel garçon s'agit-il ? Elle ne connaît aucun jeune merrien qui soit mort. Peut-être chez les gardiens de la Source ? Mais elle en aurait entendu parler ! Dans tous les moments d'adversité, les sirènes et les gardiens de la Source s'unissent, comme avant.

Aquina se glisse vers Snorri, dont le visage rond a soudain perdu toute couleur. Est-ce qu'il connaît le garçon ? Elle doit attendre avant de lui poser la question, si elle veut pouvoir continuer à écouter.

— *Il portait l'amulette,* poursuivent les vagues.

La queue de poisson de sa mère sursaute comme si elle venait de se faire piquer par une raie.

— L'amulette ? L'amulette de Frigg ? Ce n'est pas possible, c'est complètement impossible ! Jurez-moi de n'en parler à personne. Surtout pas à Exena et aux gardiens de la Source. S'ils en entendaient parler, nous serions tous en danger !

— *Nous le jurons !*

Les vagues ont à peine prononcé leur serment quand Aquina surprend un mouvement du coin de l'œil. À quelques brasses, une roussette sort de sa cachette de kelp et s'éloigne. Elle doit avoir tout entendu. Aquina comprend tout de suite où le petit requin est parti. Vers la ville de glace. Les requins sont, avec les kelpies, les animaux marins préférés des gardiens de la Source. Ils travaillent et vivent ensemble depuis si longtemps qu'ils commencent même à se ressembler. La queue de poisson des gardiens n'est pas colorée et brillante comme celle des sirènes, mais grise et rêche pour former une sorte d'armure naturelle. Ils ont souvent des nageoires asymétriques et pointues qu'ils peuvent utiliser comme une arme supplémentaire. Avec leurs lances de glace, les gardiens sont à peine moins dangereux que leurs amis requins. Aquina les regarde s'entraîner de temps en temps, même si sa mère n'aime pas ça non plus. Elle a peut-être peur que sa fille change un jour de camp et suive la formation des gardiens en secret. Elle n'a pas tout à fait tort. Aquina admire le style de combat puissant, mais élégant, de ses voisins, et la magie de glace est bien plus cool que celle de l'eau. Cependant, elle ne peut pas laisser un espion d'Exena révéler un secret de sa mère. Si c'est aussi dangereux que celle-ci le dit, Aquina doit absolument arrêter la roussette.

Sans y réfléchir plus longtemps, elle se met en chasse. Elle trouvera peut-être ce qui se cache derrière cette mystérieuse histoire de garçon. Elle a complètement oublié l'interdiction de sortie. À son côté, un bras s'agrippe au sien : c'est Snorri. Mais il n'a pas l'air aussi excité et joyeux que lorsqu'ils se lancent tous deux dans une nouvelle aventure.

IV

DANS LA VILLE DE GLACE

Aquina fait tout son possible pour suivre l'agile requin sans qu'il la remarque. Si elle veut l'attraper, elle n'aura qu'un seul essai, et il faut qu'elle ait bien réfléchi pour ne pas rater son coup. Même si le poisson à taches grises n'est pas mortel pour elle, elle se méfie de ses dents pointues. Contre une sirène, il va se défendre de toutes ses forces, et elle se souvient encore de l'attaque de la murène. Peut-être qu'elle pourrait le coincer dans les cavernes de la falaise, juste avant la ville de glace ? Aquina fait signe à Snorri de s'approcher du requin par-dessous. Dès qu'il se détournera, elle le surprendra par-derrière. Snorri plisse les yeux. Ça ne lui plaît pas d'être utilisé comme appât, mais il se laisse convaincre par un geste énergique d'Aquina. Il n'y a pas d'autre possibilité.

Snorri plonge sous le requin et remonte juste devant lui, comme s'il ne l'avait pas remarqué. Une invitation à laquelle le prédateur ne peut pas résister. Dès qu'il se lancera à sa poursuite, Snorri devra l'attirer dans un des trous de la falaise où Aquina pourra l'enfermer. Mais au lieu de se diriger vers la pieuvre, le requin le contourne sans s'arrêter.

Aquina laisse échapper un cri d'étonnement. C'est du jamais-vu ! Un requin qui laisse passer une proie aussi délicieuse que Snorri ? L'animal jette à peine un regard de son œil globuleux sur Aquina et se lance vers les profondeurs, en direction du socle rocheux. La jeune merrienne se dépêche de le suivre, mais à cause de sa taille elle est plus lente, et le poisson accroît son avance. Désormais, les trous qu'Aquina voulait utiliser pour le piéger vont lui servir de cachette. Il doit y avoir un moyen de l'arrêter, pourtant. Elle pense au tourbillon d'eau. Ça pourrait marcher. Aquina pointe le doigt vers le requin et tente de faire sonner sa voix aussi puissamment que celle de Skyrn :

— *VATT GALDUR !*

Autour de son index, l'eau commence à s'agiter. Le tourbillon se met en mouvement, se dirige vers le poisson en fuite, le touche sur le côté. Aquina n'en revient pas. Pour la première fois, elle a réussi le sortilège. La magie de l'eau n'est pas si inutile, en cas d'urgence. La roussette commence à tournoyer, elle va être capturée, comme Aquina l'autre jour en cours. Mais sans prévenir, le tourbillon s'arrête. Aquina est désespérée. Pourquoi est-ce qu'elle n'arrive jamais à faire de la magie ? La roussette agite les nageoires comme si un frisson la traversait, avant de replonger sans dommage vers le labyrinthe de pierres. C'est fini, Aquina ne pourra plus la suivre, même en s'arrachant les écailles à force de nager. Snorri fait de son mieux, mais seul, il ne va pas s'attaquer à un requin, et au bout de quelques brasses il fait demi-tour.

Ils aperçoivent une dernière fois le requin se diriger vers la ville de glace.

— Non ! s'énerve Aquina. Maintenant, on ne pourra plus l'arrêter. Et il va répéter tout ce qu'il a entendu à Exena ! Si ce qu'on dit est vrai, elle comprend parfaitement la langue des requins. Qu'est-ce qu'on va faire ? Si je rentre sans avoir réussi, ma mère va me couper la tête parce que je ne devrais pas être dehors, se souvient-elle.

— Snö, marmonne Snorri en baissant encore la tête.

Un détail lui revient en mémoire. Après tout, Snorri est plus âgé qu'elle et a vu bien plus de choses.

— Au fait, tu connais le garçon dont parlent les vagues ? demande-t-elle.

Gagné ! La pieuvre acquiesce vigoureusement.

— C'est un ami à toi ?

Snorri pose un bras sur sa poitrine et un autre sur celle d'Aquina, là où bat son cœur. Elle ressent un pincement de jalousie : il existe quelqu'un que Snorri aime autant qu'elle ? Elle ne s'y attendait pas. Mais qui est ce garçon dont tout le monde se soucie tant ? La curiosité d'Aquina est à son comble, et sans y penser elle continue à nager vers la ville de glace dans l'espoir que toutes les réponses n'aient pas disparu à jamais avec la roussette.

Devant eux, la ville est posée comme une coupole de glace. Elle émet une lueur bleutée. Froide et inaccessible. Les gardiens de la Source ont créé une gigantesque cloche avec des blocs de glace pour repousser les indésirables. Aux abords d'Aquamaris, des chemins en étoile mènent à la ville, pour montrer aux bancs de poissons et autres visiteurs marins qu'ils sont toujours les bienvenus. Pour la ville de glace, au contraire, il n'y a qu'un seul accès. L'œil attentif d'Odin, sculpté dans la glace, surplombe l'arche d'entrée et signale immédiatement quel dieu on honore ici. Aquina frissonne, comme chaque fois qu'elle se dirige vers la ville. Les sirènes sont mal vues ici, mais on les tolère encore. Cependant, elle va se faire remarquer et les gardes vont l'interroger. Ce n'est pas en racontant qu'elle poursuit une roussette qu'elle va être autorisée à entrer. En fait, il n'y a qu'une seule raison à peu près plausible pour se rendre dans la ville de glace.

— Viens, Snorri, on va essayer ! murmure Aquina.

— Halte ! Qu'est-ce que tu viens faire dans la ville de glace, sirène ?

Le gardien de la Source est grand et maigre, ses longs cheveux sombres attachés dans le dos. De sa queue gris mat, il bloque le passage.

— Je dois aller voir Mimir, affirme Aquina.

— Qu'est-ce que tu veux à notre guérisseur ?

Aquina tourne le bras et met sa morsure de murène sous le nez du gardien. Même si elle remonte à quelques jours, la plaie est encore rouge et gonflée, et les dents ont laissé des trous bien visibles.

— Cette égratignure ? Vous, les sirènes, vous êtes vraiment des petites natures ! se moque le garde.

Aquina est furieuse, mais elle veut absolument pénétrer dans la ville, alors elle ravale sagement une réplique cinglante et lui répond ce qu'il veut entendre :

— Notre travail, c'est de chanter, pas de combattre.

— Ça, c'est bien vrai ! C'est bon, va voir ce que Mimir peut faire pour toi !

Le gardien se glisse sur le côté et lui fait signe d'entrer. Devant Aquina se déroulent des surfaces lisses comme des miroirs. Toute la ville est dominée par une immense arène sur laquelle les gardiens de la Source s'entraînent nuit et jour. Aquina en voit justement quatre qui s'affrontent à coups de lance de glace, s'évitent adroitement, s'attaquent à nouveau. Ce qui ressemble à une danse sur la surface glacée signerait l'arrêt de mort d'un véritable adversaire.

Juste sous l'arène se trouve le temple de Svalgur. Depuis la malédiction d'Odin qui a transformé les habitants de Rulantica en merriens, le serpent géant dort dans cet immense glacier qu'on appelle Vinterhal. De toute la place, on voit clairement son crâne gigantesque à travers les parois de glace polie, comme si Svalgur, malgré ses yeux fixes, observait attentivement chaque entraînement. Son regard est censé rappeler aux gardiens quelle est leur mission et ce qui les menace en cas d'échec. À travers sa gueule ouverte, les crochets du serpent géant brillent, pointus comme des dagues. On dirait que Svalgur peut s'éveiller à n'importe quel moment et dévorer tout ce qui l'entoure. Avec ses énormes arcades sourcilières et ses narines gigantesques, le monstre verdâtre inspire toujours un immense respect à Aquina, mais elle est loin d'en avoir aussi peur que la

plupart des autres sirènes. D'ailleurs, la présence du serpent semble faire encore moins d'effet aux gardiens de la Source, peut-être parce qu'ils le voient sans arrêt et s'y sont habitués.

Tandis qu'Aquina, plongée dans la contemplation de Svalgur, en oublierait presque la roussette, une autre troupe arrive sur l'arène. Snorri tire doucement son amie par le bras et attire son attention vers le bord de la place. C'est là que s'élèvent plusieurs tours de glace, où habitent les gardiens de la Source. Chaque tour fait à peu près la même hauteur, seules les entrées sont personnalisées par des runes et des ornements inspirés de leurs ancêtres vikings. Lors de ses précédentes visites dans la ville de glace, Aquina a appris qu'Exena tenait à habiter une demeure semblable à toutes les autres. On reconnaît seulement sa tour parce qu'elle est gardée. Et justement, la cheffe des gardiens de la Source est en train de quitter son logement.

Aquina la reconnaît au premier coup d'œil : sa queue de poisson brille d'un gris anthracite sombre, ses nageoires se croisent, comme chez de nombreux merriens, au-dessus de la poitrine, mais chez elle les écailles débordent largement des épaules, donnant l'impression qu'elle porte une armure dentelée autour du cou. Ses cheveux sont blancs et, contrairement aux autres gardiens de la Source, elle les porte court. Ils encadrent son visage comme des glaçons pointus. On raconte qu'ils ne poussent plus depuis qu'Exena a coulé son premier navire. La gardienne de la Source est accompagnée d'une roussette qui paraît très familière à Aquina. L'un des gardes veut se joindre à Exena, mais celle-ci refuse en faisant un vague geste de son bâton de glace vers l'arrière du temple de Svalgur.

Aquina sait parfaitement ce qu'on trouve là-bas : les grottes des kelpies. Elle ne peut plus empêcher le petit requin de faire son rapport à Exena, mais elle peut au moins essayer de savoir ce qu'il lui dit pour avertir sa mère.

Rapidement, Aquina traverse l'arène et se rapproche des grottes des kelpies par l'autre côté. Devant les grottes, des stalactites de glace s'enchevêtrent en œuvres d'art naturelles, sauvages et indomptables comme les créatures qui vivent ici. Le cœur d'Aquina bat plus fort. Dans d'autres circonstances, elle aurait jeté un œil dans chaque grotte pour apercevoir les fiers kelpies. C'est aussi pour eux qu'elle aimerait parfois devenir gardienne de la Source. Ces chevaux se déplacent comme des flèches sous l'eau, ça doit être incroyable de les chevaucher. Malheureusement, jamais un kelpie ne lui obéirait à elle, une jeune sirène. Même les gardiens de la Source ont du mal à les dompter dans le cadre de leur formation.

Aquina détourne les yeux des entrées des grottes, ce n'est pas le moment. Elle a juste le temps de se dissimuler derrière une colonne de glace particulièrement accueillante avant l'arrivée d'Exena. Snorri se glisse près d'elle.

— Sleip, Nir, venez, mes trésors, j'ai une mission pour vous ! appelle Exena en atteignant les grottes.

Dans sa cachette, Aquina retient son souffle. Un renâclement résonne à l'intérieur. Nerveuse, Aquina jette un regard à travers une étroite fissure dans la glace. Elle aperçoit seulement la clarté de leurs yeux lumineux qui leur permet de voir dans l'obscurité la plus noire. Ils se glissent souplement hors de leur grotte et courbent l'échine devant Exena. Leur longue crinière flotte autour d'eux, entoure leur tête élancée comme un voile de soie et de sable marin. Leurs sabots antérieurs sont couverts de mousse, tandis qu'à l'arrière une queue de poisson, comme celle des merriens, bat impatiemment pendant qu'ils attendent les instructions.

Aquina ne connaît qu'une seule espèce marine capable d'adapter aussi parfaitement sa couleur à celle de son environnement, et c'est son ami le poulpe. La plupart des autres habitants des mers se contentent de rester là où ils se font le moins remarquer, comme la plie près de chez Snorri, au fond de la forêt de kelp. En ce moment même, la robe écailleuse des kelpies passe du gris des grottes à la teinte de l'eau et de la glace. Dans la forêt de kelp, ils deviennent vert d'algue et, à la surface, Aquina les a déjà vus jaunes comme le soleil, avec le blanc de l'écume dans leur crinière. Sleip, le plus grand des deux, relève la tête le premier pendant qu'Exena poursuit :

— Le bâtard de Falor a survécu. Il se cache sous une forme humaine dans le monde des hommes.

Nir relève la tête à son tour ; Exena lui caresse la crinière.

— Il porte cette fichue amulette. Elle vous permettra de le reconnaître, soupire-t-elle avant de s'emporter. Frigg n'aurait jamais dû confier la tâche à cette idiote de Kailani ! Encore une fois, c'est nous, les gardiens de la Source, qui devons payer pour les bêtises des sirènes.

Elle se redresse et fixe les deux kelpies d'un air résolu.

— Trouvez sa trace ! Poursuivez-le ! Tuez-le ! Vous ferez ça pour moi ?

Un hennissement unanime retentit en guise de réponse. Les narines de Sleip et Nir tremblent comme s'ils avaient déjà senti la piste à suivre. Exena s'avance et enlève aux deux puissants animaux la bride et le mors qu'ils portaient dans la bouche.

— Prouvez-moi votre fidélité !

Comme deux flèches qui attendaient d'être lâchées, les deux kelpies s'élancent. Exena les suit du regard pendant un instant avant de faire demi-tour et de s'éloigner des grottes.

Dans sa cachette, Aquina commence à trembler. Tuer ? Ils doivent tuer le garçon ? Jusqu'à présent, elle ne voyait dans les kelpies que d'extraordinaires nageurs, capables d'emmener leurs cavaliers à toute vitesse vers leur destination. De gagner n'importe quelle course. Beaux et nobles. Jamais elle n'aurait pensé qu'on pourrait aussi facilement les envoyer tuer quelqu'un. Mais pourquoi ? Ce garçon fait apparemment partie du monde des humains, pas du leur. Là-bas, il ne peut pas représenter un danger pour Rulantica et les merriens, non ? D'un autre côté, Exena a déjà coulé d'innombrables navires qui s'approchaient de l'île, pour que personne, volontairement ou par inadvertance, ne puisse s'approcher de la Source.

Aquina frissonne à cette idée. Et il y a quelque chose d'autre qu'elle a du mal à exprimer. Elle ressent une vraie compassion pour ce garçon. Non, c'est plus que ça : elle ressent le besoin de le sauver. Un garçon qu'elle ne connaît même pas ? Elle en est toute retournée. Son cœur bat la chamade. Elle a peur, comme si les kelpies étaient à sa poursuite et non à celle du garçon. C'est complètement idiot ! Au lieu d'avoir percé le mystère, elle se pose encore plus de questions qu'avant. Qu'est-ce qui rend ce garçon humain si dangereux pour que sa mère et Exena réagissent aussi violemment ? Perdue, elle se tourne vers Snorri et remarque qu'il est encore plus bouleversé qu'elle. Blotti dans une niche de glace, il secoue la tête et ses yeux sont pleins de larmes.

— Snff, snff, snff.

Aquina passe le bras autour de son ami.

— Nous allons faire quelque chose, Snorri ! Je... euh... je ne sais pas encore quoi exactement, mais nous allons faire quelque chose pour ton ami !

— Snrr, snrrr ! répond Snorri en bondissant hors de sa cachette, prêt à partir.

Pour commencer, ils doivent sortir de la ville de glace aussi discrètement que possible. Aquina préfère ne pas penser à ce qui se passerait si Exena découvrait qu'elle l'a entendue. Qu'est-ce qu'elle ferait d'elle ? La condamnerait-elle à mort elle aussi ? Ou la remettrait-elle simplement à sa mère ? Aquina n'est même pas sûre qu'Exena la reconnaîtrait comme étant la fille de Kailani. Jusqu'à présent, sa mère ne l'a jamais emmenée avec elle lors des occasions officielles, et Kailani tomberait à la renverse si elle savait combien de fois Aquina s'est glissée en secret dans la ville de glace pour en apprendre plus sur Exena et les gardiens de la Source. Malgré les avertissements, ou peut-être à cause d'eux, pour être honnête. Jusqu'à présent, chaque visite était passionnante, et elle

n'a jamais compris ce que sa mère avait contre les gardiens de la Source exactement. Mais maintenant, elle constate combien le fossé qui sépare les sirènes des gardiens est profond. Voilà pourquoi elle n'a pratiquement jamais rencontré d'autres sirènes ici. En fait, ça arrive seulement quand quelqu'un s'est blessé, parce qu'il y a longtemps qu'il n'y a plus de guérisseur à Aquamaris. Mais à quoi est-ce qu'elle pensait ? Jamais plus elle ne se glissera dans la ville de glace, elle se le jure, la queue tremblante, tout en contournant l'arène où un vieux gardien est en train d'apprendre à quelques jeunes le maniement de la lance de glace.

En arrivant à la ville de glace, Aquina rêvait encore de les rejoindre, mais à cet instant elle espère seulement que personne ne la remarquera. Heureusement, les jeunes gardiens à l'entraînement ne tournent pas une seule fois le regard vers elle, même si elle est aussi voyante qu'un poisson tropical. Elle s'en rend compte subitement, alors qu'elle n'y avait jamais fait attention. Comment est-ce qu'elle a pu imaginer qu'elle pouvait se déplacer discrètement et tout observer ici sans qu'on l'observe, elle ? Sa queue de poisson bleu foncé passerait encore, mais sa nageoire caudale turquoise argentée ? Qu'est-ce qui lui a pris ? Lorsqu'elle est entrée dans la ville, elle était presque aussi intrépide que les gardiens. Maintenant, elle se presse contre les parois rocheuses et la panique lui sort par tous les pores de la peau. La jeune merrienne sûre d'elle s'est transformée en victime taraudée par la mauvaise conscience. C'est un vrai miracle que le garde à l'entrée l'ait laissée passer. Zut, le garde ! Qu'est-ce qu'elle va lui raconter ?

— Attends, Snorri, il faut que j'aille voir Mimir pour lui faire examiner ma morsure, sinon mon excuse ne tiendra pas !

— Snl, snl !

Le poulpe n'a visiblement pas envie d'attendre aussi longtemps. La consultation chez Mimir peut durer un certain temps, et d'ici là Sleip et Nir seront loin. Pourtant, Aquina reste au bord de la place, incapable de se décider.

— Snl, répète Snorri.

Comme elle ne bouge toujours pas, il attrape sa sacoche et commence à fouiller dedans comme un fou.

— Lâche ça ! Snorri, arrête, on se fait déjà assez remarquer comme ça !

Aquina tente de remettre dans un côté de la sacoche tout ce que Snorri est en train d'en extraire de l'autre.

— Qu'est-ce que tu fais là, sirène ?

Aquina sursaute. Le gardien qui entraînait les jeunes vient de se matérialiser dans son dos. Il se tient derrière elle comme un rocher prêt à lui tomber dessus.

— Mon cours n'est pas fait pour n'importe qui ! Ou bien est-ce que tu veux combattre, petite chanteuse ?

Sans attendre de réponse, il fait signe à ses élèves qui encerclent Aquina et Snorri, lances dressées, en leur jetant des regards hostiles. Aquina ne s'est jamais sentie aussi petite et vulnérable. Même Snorri a cessé de fouiller dans ses affaires et ne fait plus un bruit.

— Montrez-lui ce que vous savez faire, ordonne le gardien de la Source.

— Mais, maître Usgur, elle ne peut pas se déf...

Usgur se retourne. En un clin d'œil, il fait apparaître une fine lame de glace dans sa main droite et la tient comme un couteau sous la gorge de l'élève récalcitrant.

— Chez nous, on obéit aux ordres ! Si tu veux discuter, mets-toi plutôt de son côté !

Naturellement, le jeune gardien n'en a pas envie, et il est le premier à brandir son arme en direction d'Aquina. La lance de glace s'arrête à une largeur d'algue de son nez.

Un cri de détresse reste coincé dans sa gorge tandis que, l'un après l'autre, tous les élèves l'imitent et l'entourent d'un cercle de lances. Elle risque de se faire embrocher rien qu'en respirant trop fort. Snorri se presse contre sa queue, et Aquina sent qu'il tremble de peur, lui aussi.

— Dis-moi tout de suite ce que tu viens faire ici ! menace Usgur.

— Rien, souffle Aquina, la tête si vide qu'aucune autre réponse ne lui vient à l'esprit.

Un geste brusque d'Usgur, et les lances de glace reviennent en position verticale.

— Exactement ! Tu n'as rien à faire ici ! Disparais, si tu tiens à la vie !

Usgur lui fait juste assez de place pour qu'elle puisse sortir du cercle avec Snorri. Sans un mot, ils se dirigent aussi vite que possible vers la porte de la ville de glace. Mais plus ils se rapprochent, plus Aquina ralentit. Elle n'a toujours pas d'explication à donner au garde sur le fait qu'elle n'a pas vu Mimir. Mais elle ne peut pas y retourner, il y a Usgur, et elle est certaine qu'il continue à la surveiller. Elle sent encore le contact des pointes de glace sur sa peau. Elle a l'impression d'être un corail coincé entre deux crabes-araignées, qui peut seulement décider lequel des deux va le manger.

— J'ai au moins aussi peur du garde que d'Usgur, admet-elle à mi-voix.

Snorri lui caresse le bras, et Aquina pense d'abord qu'il veut la rassurer, mais elle sent qu'il lui passe quelque chose autour du bras. En jetant un coup d'œil, elle reconnaît les algues vertes qu'elle avait cueillies dans la forêt de kelp et mises dans son sac pour les tresser. Mais Snorri vient simplement de les utiliser comme...

— Un bandage ! Génial, Snorri, ça pourrait marcher !

Entre-temps, tous deux sont arrivés près du garde méfiant qui, comme Aquina le craignait, protège la sortie autant que l'entrée.

— Déjà de retour ? Alors, qu'est-ce que notre grand guérisseur a fait pour toi ?

Aquina s'efforce de ne pas le regarder en face et lève simplement le bras dans sa direction sans rien dire.

— Un bandage, hein... ? gronde-t-il.

D'une seconde à l'autre, il va arracher les feuilles vertes, les déchiqueter et elle avec. Ses doigts étonnamment fins tapotent le bandage. Il va découvrir la supercherie !

— Un bandage ! rugit-il avant d'exploser de rire. Un lamentable petit bandage ! Je savais bien que ta blessure était ridicule !

Le garde attrape Aquina et la pousse dans le passage.

— Mimir ne fait des bandages qu'à ceux qu'il considère comme des lâches ! Disparais, petite sirène. Je me souviens de ton visage, tu n'entreras plus dans la ville de glace !

Sous le choc, Aquina se retrouve en pleine mer. Elle a survécu ! Elle a vraiment survécu, et la voilà du bon côté du mur ! Plus d'accès à la ville de glace, c'est le cadet de ses soucis.

— De toute façon, je ne veux plus jamais y revenir, murmure-t-elle à Snorri.

V

UNE PARTIE DE LA VÉRITÉ

Il faut quelques battements de queue à Aquina pour être à nouveau en mesure de réfléchir un peu. Elle a eu de la chance, beaucoup de chance qu'il ne lui arrive rien de pire !

— Merci, Snorri.

— Sn, répond le poulpe, visiblement ravi lui aussi d'avoir réussi à fuir.

— Sans toi, nous n'en serions certainement pas sortis indemnes, ajoute Aquina.

Sans attendre, le poulpe désigne son cœur, puis l'océan.

— Oui, je sais, nous devons sauver ton ami des kelpies. Je vais en parler à ma mère...

Pourvu qu'elle l'écoute et ne soit pas juste furieuse à cause de sa désobéissance ! Mais Aquina doit courir le risque. Pour Snorri et pour le garçon ! Peut-être que Kailani pourra envoyer les vagues le prévenir ? Après tout, elles sont presque aussi rapides que les kelpies.

Le cœur d'Aquina bondit pendant qu'elle se dirige vers le palais de coquillages. Comment a-t-elle pu trouver que la ville de glace était plus fantastique que sa maison ? Rien que l'atmosphère libre et colorée d'Aquamaris...

De nombreuses grottes sont couvertes d'anémones aux couleurs variées, comme celle d'Ophrys et de sa mère. Mais chacune est différente des autres, comme si elle s'accordait à ses habitants : la grotte de Jade et de sa famille est vert mousse, tandis que Ruby et les siens habitent une grotte de coraux rouge vif. Tout au fond, il y a un discret bâtiment de vase où vit Larima. Aquamaris est une ville chaotique, mais adorable et tout aussi colorée que les sirènes. Les poissons pacifiques y sont toujours les bienvenus, et de nombreuses sirènes possèdent même un animal domestique.

— Pourvu qu'elle n'ait rien remarqué, prie Aquina en arrivant au palais.

Apparemment, son souhait est exaucé. Les méduses à crinière de lion n'étendent pas leurs tentacules, mais l'éclairent sans bouger tandis qu'elle se glisse devant elles sous la cascade avec Snorri.

— Maman, papa ? Vous êtes là ? appelle Aquina.

— Ici, au salon, répond la voix de Bror. Tu étais dehors ? demande-t-il en l'examinant de la tête à la queue lorsqu'elle s'approche de lui.

Aquina acquiesce. Inutile de mentir, avec ce qu'elle veut leur raconter. En même temps, elle respire : il est seul, Kailani n'est pas avec lui. Ce sera plus facile de tout lui raconter. Il va l'écouter et il l'aidera sûrement à s'expliquer avec sa mère.

— Tu ne devais pas rester ici ? insiste son père.

— Si, admet Aquina, mais il fallait que je prévienne Snorri et...

— Ta mère ne va pas être folle de joie !

— Je sais, mais ce n'est pas le problème.

— Ah bon ? C'est quoi, le problème, alors ? demande Bror en haussant les sourcils d'un air amusé.

Chez lui, ce geste est particulièrement voyant, parce que ses cheveux sont bien plus clairsemés que chez les autres merriens. Initialement sombres, ils sont désormais parsemés de fils argentés. En compensation, ses favoris sont d'autant plus vigoureux et, avec ses pattes-d'oie autour des yeux et de la bouche, ils lui donnent un air débonnaire. Sa queue de poisson argentée est mouchetée de taches jaunes, comme des rayons de soleil sous l'eau. Aquina les aime beaucoup.

— Je... j'ai... j'ai écouté une conversation.

— Allons, allons, est-ce que ton père ne t'a pas appris que ça ne se faisait pas ?

— Non, enfin si, mais ce n'était pas intentionnel, tu comprends ? Et je n'étais pas la seule à écouter ce que les vagues ont raconté à maman.

Bror retrouve son sérieux d'un seul coup.

— Tu as entendu ce que les vagues ont raconté ?

— Elles parlaient d'un garçon qu'elles croyaient mort et qui aurait l'amulette de Frigg.

Son père devient aussi blanc que la nacre, mais Aquina veut absolument se débarrasser de toute l'histoire et se hâte de continuer.

— Mais ce n'est pas tout. Une roussette a tout entendu et est allée le raconter à Exena. J'ai voulu l'en empêcher, mais je n'ai pas réussi le sortilège. Heureusement, j'ai pu suivre le requin jusqu'à la ville de glace et...

— Tu es allée dans la ville de glace ? Aquina, c'est beaucoup trop dangereux !

— Oui, oui, maintenant je le sais. Je n'y retournerai plus jamais, mais s'il te plaît, écoute ce qu'Exena a ordonné avant de me punir, supplie Aquina. Elle a envoyé ses kelpies tuer le garçon !

Le temps d'un battement de cœur, le silence règne. Aquina ne voit plus que les yeux vert sombre de son père s'agrandir de terreur avant qu'il ne lui pose une question d'une voix tremblante :

— Oh non ! Elle veut faire *tuer* ton frère ?

— Oui, j'ai entendu qu'elle... Attends un peu, qu'est-ce que tu as dit ? Mon frère ? Mais je n'ai pas de frère !

Un regard sur le visage de son père suffit à Aquina pour comprendre que ses oreilles ne l'ont pas trompée.

— Je savais que nous aurions dû agir plus tôt ! Comment avons-nous pu nous croire en sécurité ? s'exclame-t-il en secouant la tête si violemment qu'Aquina en a le vertige.

— Tu es sérieux ? Mais ce n'est pas possible ! J'ai un frère ? Un vrai frère ?

Bror acquiesce d'un air songeur.

— Un vrai de vrai. Vous avez les mêmes parents ! Je suis heureux que tu l'apprennes enfin. Il y a si longtemps que je veux te le dire !

— Mais pourquoi est-ce que tu parles si bizarrement ? *Les mêmes parents ?* Évidemment que nous avons les mêmes parents ! S'il est mon frère, c'est *votre* fils aussi ! répond Aquina, troublée.

Bror lui serre tendrement les mains.

— Nous aurions dû t'en parler depuis longtemps. Mais Kailani, tu sais... enfin... elle restera ta mère et moi, tu sais combien je t'aime...

Aquina retire ses mains. Dans sa tête, c'est comme une tempête qui menace, tout est encore calme, mais le vent va se lever. Dès que son cerveau aura tout compris. En attendant, elle doit connaître la vérité.

— Qu'est-ce que tu veux dire ? Dis-moi que ce n'est pas vrai !

Touché, Bror baisse la tête.

— Vraiment ? Tu n'es pas... Vous n'êtes pas mes parents ? C'est ça que tu veux dire ?

— Pas tes parents biologiques, précise Bror.

— Mais... Mais comment est-ce que c'est possible ? Depuis quand... ? Et pourquoi est-ce que vous ne m'avez jamais... ?

Bror se tient devant elle, les mains toujours tendues.

— Comme je te l'ai dit, je voulais le faire depuis longtemps. Mais ta mère pensait que c'était trop tôt, trop dangereux... Nous devrions peut-être attendre qu'elle revienne...

Aquina sent monter en elle une rancœur inédite contre son père. Il a toujours été celui qui l'aimait, celui qui la comprenait, celui qui prenait sa défense... « Mais il n'est pas mon *père*, et elle n'est pas ma *mère* », ne peut-elle s'empêcher de se dire.

— Non, Bror, je veux toute la vérité. Tout de suite. Tu ne peux pas me mentir plus longtemps !

Il se recroqueville comme s'il venait de prendre un coup de lance de glace en pleine poitrine. Elle ne l'avait jamais appelé par son prénom. Mais maintenant, elle ne peut plus dire « papa ». Et Bror semble le comprendre. Tout comme il comprend qu'elle ne le laissera pas tranquille tant qu'elle n'aura pas eu ses réponses. Il fait un signe à peine perceptible.

— Viens avec moi au sanctuaire de Frigg, c'est le meilleur endroit.

En fait, Aquina n'a pas du tout envie d'entendre l'une des histoires officielles sur la déesse. Elle veut seulement connaître la sienne. Pourtant, elle suit Bror deux pièces plus loin et s'immobilise devant le portrait de Frigg.

— Sais-tu pourquoi nous vénérons Frigg ? demande Bror.

— Parce qu'elle a empêché Odin d'envoyer Svalgur engloutir Rulantica et tous les Vikings, grommelle Aquina.

— C'est ça. Et sais-tu pourquoi nous nous entendons aussi mal avec les gardiens de la Source ?

— Parce qu'ils interprètent différemment la prophétie que Frigg nous a laissée. Mais qu'est-ce que ça a à voir avec moi ? Tu me fais perdre mon temps !

— Ça a tout à voir avec toi et ton frère, rétorque Bror. Je ne te fais pas perdre ton temps, j'essaie de te faire comprendre que tout est lié, mon trésor !

Il tente encore de la prendre dans ses bras, mais Aquina se détourne.

— S'il te plaît, raconte, maintenant !

Bror soupire, mais se remet à parler.

— Donc, Frigg a adressé ces mots incompréhensibles à ta mère...

— ... à Kailani, corrige Aquina, un peu énervée.

— Oui, d'accord, donc elle a dit à Kailani...

— « Un jour viendra où quelqu'un de votre nature originelle causera la fin », récite Aquina.

— Exactement. Et notre nature originelle, c'est...

— ... être humain, parce que nous descendons des Vikings qui sont venus sur Rulantica à l'époque. Pa... Bror, je sais tout ça par cœur !

Mais Bror ne se laisse pas détourner de son récit.

— Nous, les sirènes, nous pensons qu'un jour un humain mettra fin à la malédiction d'Odin et nous libérera tous, pour que nous ne soyons plus obligés de garder la Source pour l'éternité.

— Et les gardiens de la Source croient qu'un humain déclenchera la malédiction et qu'en fin de compte Svalgur nous anéantira, complète Aquina. C'est pour ça qu'ils détestent les humains et les tuent quand ils s'approchent trop près de Rulantica.

— Mais il y a des gardiens de la Source qui ne sont pas de cet avis, explique Bror, et ton père était l'un d'entre eux.

— Vraiment ? demande Aquina qui est à nouveau tout ouïe. Mon père est un gardien de la Source ? À quoi est-ce qu'il ressemble ? Qu'est-ce qu'il a fait ? Mais raconte !

— Falor était même l'un des meilleurs, confirme Bror. Il était capable de couler un navire tout seul, sans aide, et il n'y a qu'Exena qui puisse faire la même chose. Il y a de nombreuses marées, il a coulé le navire de ta mère, mais au lieu de la laisser se noyer, il a eu pitié d'elle et il l'a ramenée sur l'île.

— Et ensuite ? interroge Aquina qui en oublierait presque de respirer.

— Ensuite, c'est une histoire vieille comme le monde. Un merrien et une humaine sont tombés amoureux. Mais ça n'a pas plu aux autres gardiens de la Source. Et même si ta mère avait juré de ne jamais utiliser la magie de la Source et qu'elle a tenu sa promesse, ils ont considéré Falor comme un traître, ont refusé de lui adresser la parole et l'ont maltraité.

— Comme c'est méchant ! s'écrie Aquina.

Elle ressent une vague de colère monter en elle ; il lui semble qu'elle aussi a subi ce mauvais traitement. Des images fusent dans sa tête. Son père, encerclé par les gardiens de la Source pointant leurs lances de glace... Comme elle, un peu plus tôt, dans la ville de glace.

Bror acquiesce.

— À l'époque, Kailani et Exena exerçaient le pouvoir en alternance sur Rulantica. Et tes parents ont eu la chance de s'aimer pendant le règne de Kailani. Elle a fait preuve de compréhension et les a protégés.

Aquina oscille entre fureur et reconnaissance en pensant à Kailani. Bror poursuit son récit :

— Mais ta mère vous a eus tous les deux, ton frère et toi, au moment où Kailani devait céder sa place. Vous aviez seulement quelques soleils quand vous avez échappé de justesse à une attaque des gardiens de la Source, et on pouvait s'attendre à ce que la situation s'aggrave encore, une fois qu'Exena aurait repris les rênes. Alors ta mère a pris une décision très difficile : elle a voulu repartir avec vous dans le monde des humains, où vous seriez en sécurité.

— Et mon père ?

Aquina se doute de la réponse, mais elle veut tout savoir dans les moindres détails, et en même temps Bror n'avance pas assez vite à son goût.

— Falor ne pouvait pas quitter Rulantica. Comme tous les merriens, la malédiction l'empêchait de dépasser la limite des trois milles autour de l'île, confirme Bror.

Aquina hoche la tête, parce que c'est bien ce qu'elle soupçonnait, mais d'un coup elle se fige.

— Euh... Et moi ? Je veux dire, ma mère ne voulait pas m'emmener ?

— Bien sûr que si, c'était prévu !

— Mais je ne suis pas bloquée à la limite des trois milles ? Je ne comprends pas tout...

Visiblement, Bror n'a pas très envie de répondre à cette question.

— Nous n'étions pas sûrs...

— Comment ça ? Ma mère m'a abandonnée toute seule ici ou quoi ?

— Non, non, ta mère vous aimait par-dessus tout, sinon elle n'aurait pas quitté son mari pour vous. Parce que même sans... euh... sans cet horrible accident, elle ne l'aurait probablement jamais revu, affirme Bror.

— S'il te plaît, recommence dans l'ordre, demande Aquina. La barrière magique nous a empêchés de fuir ? Pourquoi est-ce que mon frère n'est pas ici mais dans le monde des humains ? Ne me fais pas attendre comme ça !

— Pour nous aussi, c'est une énigme. Nous étions presque sûrs que la malédiction d'Odin ne vous empêcherait pas de partir. Après tout, vous étiez, enfin vous êtes seulement à moitié merriens, et Kailani a donné à ta mère quelque chose qui devait vous protéger.

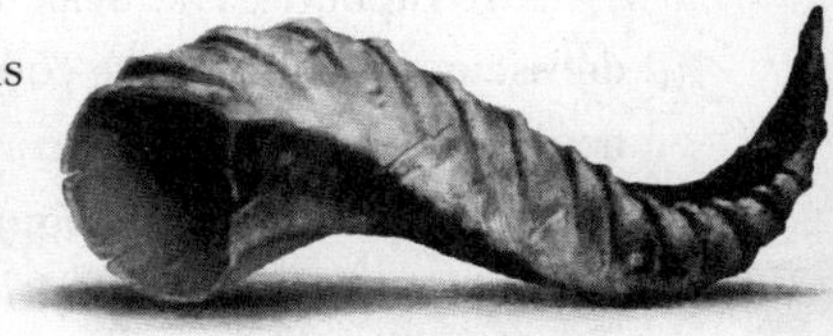

Il appuie sur un coquillage dans le portrait de Frigg. L'image glisse silencieusement sur le côté, et un coffret inséré dans le mur apparaît. Il ne contient que deux objets. De ce que peut voir Aquina, il s'agit d'une corne et d'un bijou. Bror sort le bijou. C'est une cordelette à laquelle pend une rondelle dorée, sertie d'ambre, qui a l'air bizarrement incomplète.

— L'amulette de Frigg, murmure-t-il avec respect. La déesse l'a remise à Kailani en même temps que la prophétie, et lui a dit que le porteur était sous sa protection personnelle. De plus, l'amulette devait rappeler à Odin et Loki qu'ils avaient promis de laisser Rulantica et les humains tranquilles tant qu'ils n'abuseraient pas de la Source.

— Mais cette protection, qu'est-ce qu'elle signifie, exactement ? Cette amulette, de quoi protège-t-elle ? Pourquoi est-ce que tout ce que disent les dieux est toujours tellement vague ? ronchonne Aquina.

L'esquisse d'un sourire se dessine sur le visage de Bror pour la première fois depuis le début de leur conversation.

— Honnêtement, tu n'as pas vraiment tort. Je n'ai jamais rencontré aucun dieu, mais je me suis toujours dit qu'en fait ils devaient trouver ça drôle de nous laisser tâtonner dans le brouillard.

— Et pourquoi Kailani n'a-t-elle pas demandé à Frigg ce que voulait dire sa prophétie et à quoi servait l'amulette ?

— À l'époque, elle avait tellement peur de fâcher la seule déesse qui était de notre côté qu'elle n'a pas osé lui poser trop de questions.

Aquina a du mal à imaginer que sa presque mère puisse se montrer craintive. D'un autre côté, un dieu doit certainement être intimidant, et à l'époque les Vikings ont eu de la chance de s'en sortir vivants. Les nombreuses questions ne leur sont certainement pas venues en tête tout de suite. Et quand ils ont repris leurs esprits, les dieux étaient partis.

— En fait, tout ça m'est complètement égal, sauf si ça a quelque chose à voir avec mon passé.

Aquina veut enfin en arriver à ce qui compte pour elle et n'a pas envie de discuter des anciens dieux.

Mais Bror rétorque :

— Ça a quelque chose à voir, c'est pour ça que je voulais te le montrer. Kailani a donné l'amulette à ta mère biologique en échange de la corne pour vous protéger, toi et ton frère. Tu dois savoir qu'à l'origine l'amulette était faite de deux parties presque identiques, et ta mère a décidé de vous en passer une moitié à chacun autour du cou. Nous étions presque sûrs qu'elles vous permettraient de traverser le brouillard et de quitter Rulantica.

— Mais ça n'a pas fonctionné.

C'est plus une constatation qu'une question. Parmi les innombrables zones d'ombre, une chose est sûre pour Aquina : elle ne serait pas là si le plan avait marché.

D'une voix brisée, Bror poursuit :

— Il y avait seulement une marée montante et une marée descendante que ta mère, ton frère et toi étiez partis. Nous pensions que vous étiez en sécurité quand Snorri est revenu avec un petit paquet. Et ce petit paquet, c'était toi !

— Snorri était là ?

Aquina se retourne pour le chercher. Le petit poulpe est blotti sous l'autel de Frigg et se cache les yeux avec tous ses bras. Pourtant, elle voit les larmes jaillir. Le récit de Bror semble le bouleverser encore plus qu'elle.

— Snorri ne vous a pas quittés des yeux depuis votre naissance. Cela ne nous a pas étonnés qu'il veuille vous accompagner. En fait, nous en étions très heureux, parce que nous ne pouvions envoyer personne d'autre : il fallait que votre fuite reste aussi secrète que possible. Surtout vis-à-vis d'Exena et de ses gardiens de la Source.

— Mais qu'est-ce qui s'est passé ? Pourquoi est-ce que tu m'as ramenée, Snorri ? demande Aquina en s'adressant directement à son ami.

Snorri écarte les bras de ses yeux et commence à s'agiter en tous sens comme un animal prisonnier qui cherche une issue.

À gauche, à droite. À gauche, à droite, la tête au ras du sol, puis encore à gauche, à droite.

Bror caresse doucement l'épaule d'Aquina.

— Nous n'avons jamais compris. Il fait toujours ça quand on lui demande ce qui s'est passé. Il doit avoir vu quelque chose d'horrible. Mais la seule chose dont nous sommes sûrs, c'est qu'il a réussi à te sauver et à te ramener ici. Nous n'avons trouvé aucune trace de ta mère et de ton frère.

— Et à ton avis, qu'est-ce qui s'est passé ?

Bror prend une profonde inspiration avant de lui faire part de ses soupçons.

— Je crains qu'Exena n'ait entendu parler de votre fuite et ait voulu empêcher le secret de Rulantica de revenir dans le monde des humains. À n'importe quel prix.

Depuis qu'Aquina a vu la cheffe des gardiens aujourd'hui, elle l'en croit tout à fait capable.

— Mais elle ne peut pas quitter la zone des trois milles, non ?

— Elle, non, répond Bror. Mais ses assistants, oui. Et comme tu le sais, elle est plus puissante que tous les autres gardiens de la Source, et elle est capable d'exercer sa magie de glace bien au-delà de la frontière. Ton père était convaincu qu'elle voulait vous tuer, alors il l'a défiée en duel.

— Oh non... laisse échapper Aquina.

— Tu te doutes déjà de l'issue de ce duel, approuve Bror tristement. Ton père était un excellent guerrier, mais contre sa cheffe il n'avait aucune chance. Il est tombé à la fin d'un combat qui a duré du lever au coucher du soleil, paraît-il.

Aquina se met à sangloter.

— Mais pourquoi ? Pourquoi est-ce qu'il s'est laissé entraîner là-dedans ? Il devait se douter qu'il ne pouvait pas gagner ! À quoi ça servait de combattre ?

À nouveau, Bror tend la main vers elle. Cette fois-ci, elle se laisse effleurer avant de reculer.

— Son combat n'était pas complètement inutile, répond-il pour essayer de la consoler. Exena était convaincue que Falor l'avait défiée pour venger votre mort. Il ne lui est jamais venu à l'idée que l'un de vous ait pu survivre...

D'un seul coup, Aquina comprend tout.

— Elle pense que je... Elle croit que je suis...

— ... ma fille et celle de Kailani, exactement, complète Bror. La meilleure protection que nous ayons pu t'offrir, la seule qui ait vraiment marché.

— Mais elle a dû se douter de quelque chose, réfléchit Aquina, si Kailani a eu un bébé juste au moment où ceux de Falor ont disparu !

Bror prend un air à la fois contrit et triomphant.

— Nous t'avons faite un peu plus jeune que tu ne l'es en réalité. De neuf mois, pour être précis.

— QUOOII ? Vous avez menti sur mon âge aussi ?

Aquina s'efforce de retrouver son calme.

— Qui... que... qui... qu'est-ce que je suis, alors ? Est-ce que je suis vraiment une sirène ? Ou quelque chose d'autre ?

— Tu es et tu seras toujours ma fille, toute cette histoire n'y changera jamais rien ! répond Bror pour la calmer, en essayant de la prendre dans ses bras.

Mais Aquina le repousse.

— Non, non, non ! Tu n'es pas mon père ! Et elle n'est pas ma mère ! Vous m'avez menti ! Tout le temps, depuis toujours !

Bror tente encore de la consoler, mais Aquina le repousse brusquement.

— Tu ne peux pas me laisser un peu tranquille ? Tu connais la vérité depuis douze ans, moi, depuis deux minutes. Il faut que je digère tout ça, tu comprends ?

Bror laisse retomber ses bras.

— Oui. Je comprends. Alors je vais te laisser. Si tu as d'autres questions, viens me voir. Je vais chercher ta mè... ma femme, elle doit savoir que tu es au courant.

Sur ces mots, il se retire.

Seule devant l'autel de Frigg, Aquina regarde fixement devant elle. Elle a l'impression que quelqu'un vient de faire disparaître le fond de la mer sous elle et qu'elle observe subitement le plus profond des gouffres sans savoir jusqu'où il s'étend. Elle ne sait plus ce qu'elle doit penser, ce qu'elle doit ressentir. Est-ce que son origine réelle peut expliquer pourquoi elle se sent si souvent différente ? Pourquoi elle n'arrive pas à faire ce que les autres font ? Pourquoi elle chante aussi mal et ne mange pas de poisson ? Peut-être qu'elle n'aurait pas eu besoin de s'en étonner, puisque c'est normal, puisqu'elle est une... une... une quoi, d'abord ? Une terremerrienne ? Une merhumaine ? Un mélange, une rien du tout ?

Une rien du tout, voilà comment elle se sent. Une rien du tout que certains veulent cacher et d'autres, tuer. Une rien du tout qui n'a pas sa place ici. Elle ne fait plus partie de cette famille, Bror et Kailani ne sont plus ses parents. Désormais, elle n'a plus de mère, plus de père. Elle est seule. Cette solitude l'envahit au point qu'elle regrette presque les querelles avec Kailani. Mieux vaut une famille avec laquelle on se dispute plutôt que pas de famille du tout, non ?

Une pensée s'invite dans ces sombres réflexions, une lueur d'espoir qui l'incite à agir. Elle n'est pas complètement seule. Pas encore. Même si elle ne le connaît pas, elle a un frère. Un frère qui est en danger de mort, un frère qu'elle doit protéger. Avec tout ce qu'elle sait maintenant, elle ne va pas attendre que les kelpies remplissent leur macabre mission et qu'elle se retrouve vraiment seule. Elle ne va pas attendre que son ex-mère décide de prendre des mesures de protection. Si elle peut sauver son frère... non, elle VA sauver son frère ! Et tout de suite ! Peut-être qu'il pourra lui dire ce que leur mère est devenue. S'il est vivant, peut-être qu'elle aussi a survécu ?

Alors qu'Aquina est déjà en train de quitter le sanctuaire, son regard tombe sur l'autel de Frigg que Bror n'a pas refermé. Tout ce qui peut l'aider à mettre son plan à exécution l'intéresse. Et après tout, ces objets lui reviennent. Bror a bien dit qu'ils appartenaient à sa mère, avant. D'un geste, elle retourne vers l'autel et attrape le contenu du coffret. La corne et la moitié d'amulette.

Qu'ils essaient de la retenir ! De toute manière, ils devront abandonner à la limite des trois milles !

VI

LIBERTÉ

Aquina ne se donne même pas la peine d'aller dans sa chambre prendre des affaires. Elle a toujours sa sacoche, et qui peut dire de quoi elle aura besoin là où elle va ? Son grand rêve de voir le monde des humains, d'être libre, de ne plus être obligée de rester à Aquamaris va enfin se réaliser. Elle s'efforce d'oublier que les choses se passent nettement moins bien qu'elle l'imaginait. Elle n'a plus sa place ici, c'est donc le moment idéal pour prendre un nouveau départ. C'est une bonne chose qu'elle n'ait plus besoin de se faire du souci au sujet du mur de protection magique ! Elle s'est demandé des milliers de fois ce qui se passerait si un merrien décidait de briser la promesse et de sortir tout simplement du cercle de brume. Ou si, pendant une chasse ou à n'importe quelle autre occasion, quelqu'un passait le bras ou même la pointe d'une nageoire au-delà de la limite des trois milles. Pas volontairement, juste par inadvertance. Svalgur se réveillerait-il vraiment au même instant, et ouvrirait-il la gueule pour engloutir les merriens et toute l'île ? Svalgur est gigantesque, mais il n'arriverait quand même pas à avaler Rulantica d'une seule bouchée... Personne n'a jamais essayé de savoir si l'île tiendrait dans sa gueule. Jamais, au cours de ces innombrables marées.

Aquina ne connaît personne qui partage ses rêves. Cela dit, elle n'en a pas souvent parlé. Kailani avait été tellement choquée à la seule évocation de cette idée qu'elle l'avait menacée de la priver de sortie jusqu'à ce que ces bêtises lui sortent du crâne. Bror avait tenté de la dissuader, en faisant appel à sa raison. Quant à Jade, elle avait cru à une blague et avait ri timidement. Pour la rassurer, Aquina avait ri aussi en décidant secrètement de ne plus jamais en parler à personne. À part Snorri, qui semble comprendre son désir mieux que tout le monde.

« Peut-être parce qu'il sait que je peux quitter Rulantica aussi facilement que lui, se dit Aquina. Après tout, il était là quand j'ai réussi la première fois, alors que j'étais bébé ! »

Dès qu'elle a quitté le palais de coquillages, Aquina adopte un rythme soutenu. Elle ne veut pas que Bror la suive.

Très vite, elle atteint le chemin familier qui mène aux limites de la ville. C'est un sentiment bizarre de voir cet environnement pour la dernière fois, certainement. Elle n'a pas l'intention de revenir, maintenant qu'elle sait qu'elle n'a rien à faire ici.

La fureur qu'elle ressent contre Kailani et Bror l'aide à ne pas devenir sentimentale. Est-ce qu'elle aurait dû dire adieu à Jade ? Après tout, son amie n'est pas responsable de tout ce pétrin. Mais elle devrait lui donner beaucoup trop d'explications, et en fin de compte Jade essaierait certainement de la retenir. Et Aquina aurait bien plus de mal à lui tenir tête qu'à ses parents – ex-parents ! Qu'ils trouvent une explication à sa disparition ! Après tout, ils sont très forts pour raconter des mensonges.

Et Snorri ? Où est-il passé ? Il a disparu pendant sa dispute avec Bror. Elle éprouve des sentiments mitigés à son égard. Il aurait pu lui dire la vérité sans problème, enfin, si ça avait été possible avec ses « Sn » et ses pantomimes. Mais il n'a pas essayé une seule fois, et elle se sent vexée. D'un autre côté, il lui a sauvé la vie. Aquina s'imagine comment Snorri a traversé la moitié de l'océan avec un minuscule bébé dans les bras, la protégeant contre Exena et probablement quelques monstres marins. Elle aimerait en savoir plus avant de partir. Mais Snorri reste invisible. Dommage. Elle hésite. Est-ce qu'elle doit l'attendre ? Le chercher ? Il connaît le monde au-delà de la limite des trois milles, et visiblement il connaît son frère. Et surtout, il la connaît, elle, se dit-elle en soupirant intérieurement. Mais sa colère ressurgit. Ils lui ont menti. Tous, y compris Snorri. C'est terminé ! La liberté l'attend, et elle ne laissera personne la retenir, surtout pas une fausse famille et un faux ami !

Le mur de protection magique se dresse devant elle. De loin, elle voit les épaisses volutes de brume qui forment une paroi laiteuse sous l'eau aussi bien qu'à la surface. Comme si on avait posé une grosse cloche sur Rulantica, pour protéger l'île des regards extérieurs. Aquina se rapproche, de moins en moins vite. Peut-elle vraiment être sûre que le mur la laissera passer ? Elle jette un œil à travers le voile gris-blanc. À moins d'une longueur de bras, elle ne distingue que des formes vagues, à peine plus qu'un jeu d'ombres et de lumières. Et plus loin, rien du tout. C'est l'inconnu, le vaste océan. Dans le ventre d'Aquina, la curiosité et la peur se disputent. Depuis toujours, elle veut la liberté, mais maintenant, alors qu'elle est sur le point de l'obtenir, elle a la trouille. Elle est fâchée contre Kailani et Bror, mais partir toute seule comme ça a quelque chose de définitif, elle en est consciente. S'y ajoute le doute de pouvoir vraiment traverser le mur. Si elle se trompe, ça aura peut-être des conséquences désastreuses, pas seulement pour elle-même, mais pour tous ceux et tout ce qu'elle connaît. Elle aimerait bien pouvoir laisser derrière elle sa vie d'avant, mais est-ce qu'elle a le droit de risquer la destruction de Rulantica pour y arriver ? Certes, elle ne veut plus jamais revoir Kailani et Bror, mais Svalgur n'avalera personne à cause d'elle.

Aquina tâte l'amulette de Frigg dans sa sacoche. La déesse était puissante et pleine de bonté. C'est ce qu'on raconte à tous les enfants merriens d'Aquamaris. Avec son manteau de plumes, elle était même capable de voler, et elle a convaincu Odin, son mari tout-puissant, d'épargner l'île. Son amulette pourrait bien avoir le pouvoir de surmonter le mur magique, non ? Mais Aquina hésite : et si elle se trompe ? Elle sort l'amulette et la passe autour de son cou. Est-ce son imagination, ou bien le pendentif vibre-t-il vraiment sur sa poitrine ? C'est léger et ça ne dure qu'un instant, mais quelque chose d'indéfinissable se répand à l'intérieur d'Aquina. Elle ne se sent pas plus forte ni invincible, ce n'est pas aussi intense, mais elle ressent quand même quelque chose. De la confiance, voilà ce que c'est ! D'un seul coup, elle est certaine de pouvoir traverser le mur. Elle va le faire.

Aquina ferme les yeux avant d'oser tendre la main devant elle. Elle ne ressent aucun changement alors qu'elle doit avoir atteint le brouillard. La température autour de sa main reste identique, le contact familier avec l'eau de mer est toujours là. Comme s'il n'y avait pas de barrière. Prudemment, elle jette un regard vers le mur et sursaute : sa main est invisible, avalée par le brouillard gris-blanc. Elle la retire vivement. Le nuage de brume reste à sa place, comme si elle n'avait rien touché. Elle tend à nouveau un doigt vers le brouillard. Elle s'imaginait qu'il reculerait à l'approche de la magie de l'amulette, qu'il lui ouvrirait un passage. Mais il se contente de laisser son doigt s'enfoncer et de le recouvrir. Aquina a l'impression que sa main n'a plus que quatre doigts. Elle la retire à nouveau. Son doigt a l'air normal : aucune gelure, aucune brûlure, aucune écorchure. Et aucun bruit lointain d'explosion du temple de glace, aucun grondement de Svalgur. Sa confiance se transforme en véritable courage.

Ça pourrait marcher, ça pourrait vraiment marcher ! Elle prend une grande inspiration avant de se lancer d'un puissant coup de queue vers le mur gris-blanc. Cette fois, elle garde les yeux ouverts, elle veut voir ce qu'il y a à l'intérieur du nuage. Mais elle a beau les écarquiller, elle ne distingue rien d'autre que l'épais brouillard. Elle n'aperçoit même plus sa propre queue de poisson. Comme privée de corps, elle glisse dans cet espace entre deux mondes, coupée de son foyer et encore arrivée nulle part. L'eau ne change pas, mais Aquina ne perçoit plus aucun bruit. Pas le moindre clapotis, le brouillard absorbe tous les sons. Si elle appelait à l'aide, personne ne l'entendrait.

Aquina perd la notion du temps. Elle pensait qu'elle traverserait le brouillard en deux ou trois brasses, mais elle se trompait. Elle a déjà nagé plus de dix brasses et elle n'en voit toujours pas la fin. L'épais nuage l'oppresse de plus en plus. Pourquoi est-ce qu'elle ne s'est pas renseignée sur la manière dont le brouillard fonctionnait réellement ? Elle a supposé qu'il s'agissait d'une muraille, comme celle qui entoure la ville de glace, qu'il faut traverser d'une manière ou d'une autre. Maintenant, il lui vient une nouvelle idée, qui la pétrifie d'effroi. Et si le nuage avalait simplement les merriens qui tentent de fuir, sans jamais les laisser arriver de l'autre côté ? Comme une sorte de prison de brouillard éternelle ? Mais pourquoi est-ce qu'elle n'y pense que maintenant ? Jamais elle n'atteindra la terre des humains, jamais elle ne fera la connaissance de son frère, et le brouillard ne la laissera jamais revenir vers Aquamaris mais la gardera prisonnière pour toujours dans cette soupe opaque !

Aquina ne sait même plus où se trouvent le fond de la mer et la surface, ni depuis combien de temps elle est coincée dans le brouillard. Tous ses sens sont littéralement embrumés, elle a perdu depuis longtemps la force de nager et de lutter contre la prison de brume. Peut-être que la lune a déjà pris la place du soleil, mais ça n'a plus aucune importance, elle a joué, et elle a perdu. Sa main effleure l'amulette. Ce truc l'a trompée, lui a donné une fausse assurance. Elle aimerait l'arracher de son cou et le jeter, mais elle n'en a même pas l'énergie. Trop bête, elle ne pourra pas prévenir Kailani et les sirènes de se méfier du pouvoir de Frigg.

Soudain, elle sent quelque chose lui effleurer fugitivement le dos. Ou bien est-ce qu'elle se fait des idées ? Non, ça recommence. Le deuxième contact est plus net et moins doux. Quelque chose ou quelqu'un la pousse et la fait bouger. Aquina est trop surprise pour se défendre, d'autant plus qu'elle ne voit rien d'autre autour d'elle que l'épais mur gris-blanc qui l'entoure.

Elle veut appeler, mais les sons qui sortent de sa bouche sont avalés aussitôt.

— Nage ! lui ordonne une voix féminine directement dans sa tête, l'arrachant finalement à son inertie.

« À quoi bon ? pense-t-elle. Je ne sortirai jamais de là de toute façon ! »

— Nage ! répète la voix dans sa tête sans plus d'explications.

Bon, elle n'a rien à perdre. Aquina s'ébroue, donne un coup de queue et commence à nager vigoureusement. Une brasse, deux brasses, trois brasses... Toujours rien, à part du brouillard. Mais celui-ci commence enfin à s'éclaircir, des ombres noires s'accumulent derrière le mur de brume. Est-ce qu'elle a réussi ? Encore une brasse, et l'eau devient totalement claire.

Elle est libre !

Le cœur d'Aquina bondit de joie tandis qu'elle regarde autour d'elle.

— Ohé, ohé ! Montre-toi ! Merci pour ton aide ! appelle-t-elle à la cantonade.

Ici non plus, pas de trace de son sauveur. Est-ce qu'elle a imaginé la voix et le contact dans son dos ? Ce brouillard l'a complètement perturbée, elle n'en serait jamais sortie toute seule. Aquina jette un regard sur l'amulette.

— Si c'était toi, je retire tout ce que j'ai pensé et je te présente mes excuses !

L'idée lui semble plus que saugrenue, mais puisqu'il n'y a personne en vue...

Autour d'elle, tout est comme d'habitude : de l'eau, un petit banc de poissons argentés, et même quelques anémones sur le fond. Plus elle regarde, moins elle est sûre d'elle. Tout ça ressemble exactement à l'endroit d'où elle vient. Aquina tourne sur elle-même. Est-ce qu'elle est vraiment de l'autre côté ? Ou bien est-ce qu'elle s'est tellement perdue dans le brouillard qu'elle est ressortie du côté où elle était entrée ? L'essentiel est d'avoir échappé au brouillard, mais elle n'a pas très envie de revoir Kailani et Bror. Et comment va-t-elle sauver son frère si elle échoue devant le premier obstacle ? Aquina a beau essayer, elle ne comprend pas comment les kelpies et les autres habitants des mers réussissent à traverser le brouillard. En tout cas, elle ne va pas tenter une deuxième fois, c'est certain. La peur de rester coincée pour toujours l'a pénétrée jusque dans ses os, et elle a du mal à s'en débarrasser. Maintenant,

elle a besoin de savoir avec certitude de quel côté elle est. Lentement, en regardant dans toutes les directions, elle se remet à nager. Si elle est encore du côté de Rulantica, les premiers récifs de corail d'Aquamaris devraient bientôt apparaître...

Pas la moindre trace de récif. Tout a l'air identique, et au premier coup d'œil on pourrait confondre certains endroits, mais Aquina connaît le moindre caillou près de chez elle et ce ne sont pas les mêmes. En fait, elle s'imaginait que tout serait complètement différent à l'extérieur de son petit monde : peut-être que l'eau serait violette et pas bleue, que les poissons seraient plus gros, auraient des bras, ou deux têtes, ou pourraient vraiment parler, ou n'importe quoi d'extraordinaire. Elle est déçue. Contrairement à ses attentes, le monde hors de Rulantica semble même plus pâle, et il y a beaucoup moins d'animaux. Pas d'étoiles de mer fluo, pas de champs de nénuphars, et pas la moindre ville sous-marine. Même la mer a l'air plus trouble et plus verte.

Peut-être que ce n'était pas une si bonne idée de fuir aussi vite ? En plus du fait qu'il n'y a pas moyen de rentrer, elle doit retrouver son frère. Mais où est-ce que les humains habitent ? Pas là-dessous bien sûr, puisqu'ils ne peuvent pas respirer sous l'eau, Kailani le lui a dit au sujet des Vikings. À Rulantica, ils vivaient dans les maisons sur pilotis qui tombent aujourd'hui en ruine. Aquina doit admettre qu'elle en sait bien trop peu sur les humains. Zut, elle aurait dû emmener quelqu'un ! Avec Snorri à son côté, elle se sentirait beaucoup mieux. Pas seulement parce qu'il s'y connaît, mais aussi parce qu'à deux c'est bien plus drôle et moins effrayant.

« Arrête de pleurnicher comme une moule, se gronde Aquina. Je rêve de cette occasion depuis la moitié de ma vie, je ne vais pas laisser tomber à la première contrariété ! Puisque les humains ne sont pas ici au fond, je vais aller regarder à la surface. »

D'un mouvement énergique, elle se laisse monter vers la surface. Peu avant de l'atteindre, elle s'immobilise et se frotte les yeux. Est-ce qu'ils lui jouent un tour en lui montrant ce qu'elle a tellement envie de voir ? Ou bien est-ce réel ? À quelques brasses, déjà éclairé par le soleil, un petit poulpe bleu est en train de nager.

— Snorriiii ! se réjouit Aquina en se dépêchant de nager dans sa direction.

— Sno ! répond Snorri en agitant ses tentacules.

C'est lui, c'est vraiment lui ! Maintenant, tout va bien se passer ! Elle le serre très fort dans ses bras.

— Tu m'as tellement manqué, Snorri ! Mais comment est-ce que tu as fait pour traverser le brouillard ?

— Sno, sno, sno-o ! répond Snorri tout excité.

Soudain quelque chose glisse comme un voile dans l'eau et entoure Aquina. Elle le sent plus qu'elle ne le voit. C'est un filet. Un filet de pêche. La sensation est encore plus oppressante que celle du brouillard. Elle doit sortir d'ici tout de suite ! Elle donne de grands coups de queue pour se défendre. Une sirène ne se laisse pas emprisonner dans un filet de pêche ! C'est un truc pour les petits poissons, pas pour elle ! Ses doigts tâtent les mailles étrangement invisibles, elle tire de toutes ses forces. Les fils devraient se casser, mais non. Ils enserrent Aquina et Snorri, et peu à peu les privent de leur liberté de mouvement. Aquina se débat, Snorri proteste en essayant de tenir le filet à distance de ses six bras. Tout en haut, Aquina aperçoit un espace : il faut passer avant que le filet se referme complètement.

— Viens ! crie-t-elle à Snorri en s'élançant aussi vite qu'elle peut.

Aquina donne un puissant coup de queue, elle va réussir à s'échapper. Mais Snorri ne suit pas. Elle se retourne.

— Snorri, où es-tu ?

— Sng !

Snorri est coincé dans le filet. Une maille s'est enroulée autour d'un de ses bras comme un nœud coulant et lui fait mal ! Aquina fait demi-tour et replonge vers son ami.

— Ne tire pas, ça va se serrer encore plus ! Laisse-moi t'aider.

D'une main, elle soulève le filet, de l'autre elle desserre délicatement le fil. Même d'aussi près, il est à peine visible, presque aussi transparent qu'un crabe-fantôme. Pourtant, il laisse une vilaine marque bien visible sur le bras de Snorri.

— Sng, gémit-il.

Rageusement, Aquina tente encore de faire un trou dans le filet. Mais les mailles ont beau être fines et insignifiantes, elles lui coupent la main sans se déchirer. Une secousse, le filet se tend encore et ils se sentent tirés vers le haut. Aquina se fait aussi lourde qu'elle peut, tente d'attraper la paroi rocheuse à travers les mailles pour empêcher le filet de se soulever. En vain. Peu à peu, il remonte.

Ils ne sont pas les seuls prisonniers. Aquina reconnaît un groupe de maquereaux élancés aux yeux proéminents qui s'agitent en tous sens, et un gentil cabillaud aux larges nageoires couvert de taches de camouflage brun-jaune qui ne lui ont servi à rien. Entre eux gigote un autre poisson à la peau foncée qu'Aquina ne reconnaît pas.

Par à-coups, le filet sort de l'eau.

VII

DANS LE FILET DE HEL

Le filet rebondit avec son contenu, à moitié dans l'eau, à moitié à l'extérieur. Les extrémités sont solidement fermées, impossible de s'échapper. Aquina ressent la panique des poissons. Ils cherchent à respirer, se pressent dans la partie qui est encore sous l'eau en repoussant vers la surface d'autres poissons qui tentent aussitôt de replonger. Aquina remonte volontairement pour tenter de voir le pêcheur qui les a capturés, tout en s'efforçant de ne pas écraser les poissons. Ce n'est pas facile, car de puissantes vagues la repoussent. Autour d'elle, elle a l'impression qu'il n'y a que de l'eau. Aquina ne voit rien ni personne tenir le filet. Au bout d'un moment, elle finit par apercevoir enfin un plateau rocheux étalé au milieu de la mer, balayé par les flots et presque aussi invisible que le filet. Même avec la meilleure volonté du monde, Aquina ne saurait dire si la forme qui se dresse sur le plateau était là depuis le début ou si elle vient seulement d'apparaître. Il s'agit d'une jeune femme qui semble se tenir à moitié dans l'ombre, alors qu'il n'y a pas la trace d'un arbre qui pourrait l'abriter. À en juger par la moitié de son visage qui est éclairée par le soleil, elle est à peine plus âgée qu'Aquina. Ses cheveux presque blancs émergent d'une capuche noire et tombent jusqu'au sol. Ils encadrent son visage et sa mince silhouette en se mélangeant à l'écume. Impassible, impitoyable, elle observe le spectacle qui se déroule devant elle sans faire un geste pour l'arrêter.

Quelle méchanceté ! Même les gardiens de la Source ne font pas souffrir leurs victimes plus longtemps que nécessaire.

— C'est toi, la pêcheuse ? Laisse-nous partir tout de suite ! se fâche Aquina.

La jeune femme tourne le regard vers elle.

— Moi aussi, je suis contente de te revoir saine et sauve !

Le sang d'Aquina se glace dans ses veines. Elle n'a jamais vu cette femme mais elle reconnaît la voix. Elle l'a entendue dans sa tête il n'y a pas longtemps. Cette voix ni vieille ni jeune, qui lui semble en même temps proche et infiniment lointaine.

— C'était toi, dans le brouillard. Tu m'as montré le chemin pour en sortir !

— Tu cherchais dans la mauvaise direction, répond la jeune femme avec un signe de tête imperceptible.

— Mais alors, tu es... tu es Frigg ? demande Aquina dont la main se pose instinctivement sur le pendentif.

— Non, les anciens dieux ne sont plus qu'une ombre du passé. On m'appelle Hel, déesse de Helheim.

— Moi, on m'appelle Aquina, se présente la jeune sirène.

Hel penche la tête.

— Ah bon, vraiment ? Tu es la fille du défunt Falor, si je ne me trompe. Et je ne me trompe jamais, dans ce domaine !

— Tu connais mon père ? s'étrangle Aquina.

— Pas aussi bien que ta mère, admet Hel.

— Ma mère ? Ma vraie mère, ma mère biologique ? D'où est-ce que tu la connais ?

— Je connais tous ceux qui vivent dans mon royaume. Et Vivika Stenrokk vit depuis un bon moment à Helheim.

Aquina se redresse si brusquement que tous les poissons se mettent à s'agiter.

— Ma mère est vivante ? Vivika, c'est son nom ? Où ? Tu peux m'amener à elle ? S'il te plaît !

— Tu ne sais toujours pas qui je suis, constate Hel.

— Non... je veux dire, si... Tu es Hel, tu viens de le dire, mais avant le brouillard, je ne t'avais jamais rencontrée.

Un coup de vent soulève la capuche de Hel qui, lentement, tourne la partie ombragée de son visage vers Aquina. Celle-ci sursaute, elle n'en croit pas ses yeux. Devant elle se tient une très vieille femme dont les rides s'étendent comme de profonds sillons dans un visage squelettique. Ses cheveux sont réduits à de rares mèches noires qui pendent en couvrant à peine le début de la décomposition et l'orbite vide.

— Qu'est-ce que tu es ?... Tu es malade ? interroge Aquina sous le choc.

Hel remet sa capuche en place et tourne à nouveau son profil jeune et lumineux vers elle.

— Apprends à ne pas juger au premier regard !

Aquina ne comprend pas la moitié de ce que lui dit Hel, mais elle n'ose pas lui demander plus d'explications. Cette femme, cette déesse, si elle veut, lui flanque une peur bleue. En plus, le filet continue à se resserrer, et l'espoir de lui échapper s'amincit. Une seule question lui échappe.

— Pourquoi est-ce que tu m'as libérée du brouillard si tu me fais prisonnière maintenant ?

— Tu es libre d'aller où bon te semble, lui répond la femme impassible.

— Vraiment ?

Au moment même où elle parle, Aquina sent le filet se desserrer dans l'eau et la laisser sortir avant de se refermer sur le reste de ses prises.

Complètement déséquilibrée, Aquina bat des bras. Elle n'a rien à part quelques bleus et égratignures. En même temps que la liberté, elle retrouve son sens de la répartie.

— Et mes amis ? Je ne vais pas les abandonner !

— Ce sont tous tes amis ? demande Hel.

Aquina ne réussit pas à savoir si la femme est prête à la croire. Mais ça vaut la peine d'essayer.

— Eh bien, Snorri est mon ami, et j'ai besoin de lui pour retrouver mon frère. Et les autres aussi sont mes amis, comme tous les animaux marins !

— Ça n'a pas changé ? demande Hel.

— Pourquoi est-ce que ça aurait changé ? s'étonne Aquina. Alors, tu les libères ou pas ? S'il te plaît ? se hâte-t-elle d'ajouter en espérant que Hel se laissera attendrir par un peu de politesse.

Cette fois, elle arrive à voir ce que fait Hel. La déesse plisse à peine les lèvres et souffle en direction du filet, qui retombe instantanément en libérant tous les poissons. Autour d'Aquina, ça s'agite dans tous les sens. Les maquereaux ont du mal à croire qu'ils sont libres, ils tournent et se retournent, fixent Aquina de leurs gros yeux et recommencent à tourner en rond. Aquina cherche la crête rose de son ami entre les corps argentés. Le cabillaud est le premier à comprendre ce qui se passe et à prendre le large. Quelques maquereaux le suivent. Enfin, Aquina découvre son ami et se fraie un chemin jusqu'à lui.

— Snorri ! Snorri ! s'écrie-t-elle en le prenant dans ses bras.

— Snr, snr, snr !

Elle se retourne vers le plateau rocheux pour remercier Hel. Celle-ci se tient toujours immobile, impassible. Le filet finit de sortir de l'eau. Il n'y reste qu'un seul poisson. C'est celui qui essayait de se cacher dans la masse des autres. Il est presque aussi long que le bras d'Aquina et d'une beauté merveilleuse, non seulement par sa couleur d'un mauve scintillant, mais aussi et

surtout par ses nageoires ventrales qui s'étendent en éventail comme de grandes plumes. Sur son dos, certains rayons de ses nageoires éclairent sa tête large et un peu aplatie. De ses yeux ronds comme des billes, il lance un regard furieux à travers les mailles du filet. On dirait un appel au secours, se dit Aquina.

— Et lui ? demande-t-elle. Tu dois aussi le libérer !

— Sno, fait Snorri.

Hel s'énerve et s'adresse au poisson :

— Tu n'as plus rien à chercher ici, père !

— Ton père est un poisson ? s'étonne Aquina.

— Mon père appartient au passé, mais j'ai peur que si on lui en donne l'occasion, ses avatars sévissent encore.

Aquina observe le magnifique poisson qui semble l'implorer de ses yeux ronds.

— Oh, s'il te plaît... Il a l'air tellement gentil, il mérite d'être libre autant que les autres !

— Comme tu veux. Qu'est-ce que tu es prête à faire en échange ? demande Hel.

« Aïe », se dit Aquina. Qu'est-ce qu'elle pourrait offrir à Hel ? Celle-ci règne sur tout un royaume, elle est meilleure magicienne que Kailani, que pourrait-elle accepter de la part d'une petite merrienne – d'une moitié de merrienne, en fait ?

— Je ne sais rien faire de spécial, admet Aquina. Au mieux, je pourrais te chanter une chanson, mais même ça, Manati n'en a jamais été vraiment satisfaite...

— Tu peux garder ta chanson, décide Hel. Et moi, je garde le plaisir que je te fais !

D'un souffle, elle repousse à nouveau le filet dans l'eau ; le poisson mauve bondit d'impatience. Aquina le regarde avec fierté. Mais lorsqu'il plonge à côté d'elle, il a perdu sa merveilleuse couleur, il est devenu sombre et osseux. Il ouvre la gueule et dévoile une rangée de dents pointues. D'un coup, il mord Aquina en plein milieu du bras gauche. Elle en a le vertige tant la douleur est profonde et paralysante. Rien à voir avec l'inoffensive morsure de la murène.

— Un souvenir de notre rencontre. Je retourne dans mon royaume des Morts, mais nous nous reverrons, entend-elle Hel prononcer. D'ici là, trouve le véritable nom de ta mère !

Puis tout devient noir.

— Snö, snö...

Ce sont les premiers sons qu'elle entend en revenant à elle. Elle a l'impression qu'en plus de l'avoir mordue, le poisson l'a battue et assommée. Sa bouche est sèche, ses mains tremblent, elle a du mal à garder les yeux ouverts plus longtemps qu'un battement de paupières. Elle est étendue dans l'eau comme un poisson mort, le ventre en l'air. Quand elle essaie de se retourner, elle voit le visage inquiet de Snorri au-dessus d'elle. Il a noué quatre de ses tentacules pour former une espèce de coussin sur lequel elle a la tête posée.

— Oh, tu es le meilleur, gémit Aquina.

— Snö, répond le poulpe.

Elle sent une pulsation dans son avant-bras gauche. D'instinct, elle passe la main droite dessus et réprime un cri. C'est gonflé et extrêmement douloureux. Elle redresse un peu la tête pour voir la blessure et contemple sans comprendre la face violette de son agresseur, belle et infâme à la fois.

— Je n'y crois pas ! Ce monstre d'ingratitude m'a dessiné son visage en me mordant ! Voilà ce qu'elle voulait dire en parlant de souvenir !

Aquina ne sait pas à qui elle en veut le plus, Hel ou le poisson. En fait, elle s'en veut surtout à elle-même. Si jamais elle s'en remet, elle suivra au moins son conseil et ne jugera pas au premier regard.

« La prochaine fois, je laisserai ce traître pourrir dans le filet », se jure-t-elle. Mais pour ça, il faut d'abord guérir et découvrir où le courant l'a entraînée pendant qu'elle était inconsciente. Malgré la douleur et les protestations de Snorri, Aquina se redresse. Plus que surprise, elle reconnaît le plateau rocheux. Hel a disparu et le poisson aussi, heureusement, mais c'est sans aucun doute le même endroit, même si les vagues ne sont plus aussi violentes. Aquina se rapproche et caresse la surface crevassée. Ce n'est pas vraiment une île, juste une aiguille de roche qui perce à peine la surface. Peut-être que Hel est vraiment une descendante des dieux, si elle est capable d'apparaître et de disparaître sans laisser de trace ?

— Une drôle de femme, tu ne trouves pas ? demande Aquina à Snorri. Je crois que je me passerai de la revoir !

— Snr, confirme Snorri.

— Mais qu'est-ce qu'elle a voulu dire par « trouver le véritable nom de ma mère » ? Elle m'a pourtant dit son nom, Vivika...

C'est bizarre de prononcer ce nom à haute voix. Il sonne comme un mot étranger à ses oreilles, mais dans son cœur c'est comme si elle l'avait entendu toute sa vie.

— Tu as connu ma mère, n'est-ce pas, Snorri ?

— Snrrr, snrrr ! répond Snorri en hochant la tête si vigoureusement qu'elle touche l'eau chaque fois.

— Et elle s'appelait Vivika ?

— SNR, SNR, SNRRR !

— Tu aurais pu me parler d'elle plus tôt !

Aquina se souvient qu'elle en veut à Snorri.

Le poulpe baisse la tête.

— Oui, oui, après coup on a toujours des regrets, marmonne Aquina. Mais tu es mon ami, pourquoi est-ce que tu ne m'as jamais donné un seul indice ?

Il joint deux de ses tentacules et les balance doucement de droite à gauche. Puis il fait un large sourire avant de tendre vers le haut l'être invisible qu'il tient dans ses bras. Maintenant, il se dresse de toute sa hauteur, change de couleur et devient tout rouge tandis que sa crête prend un éclat doré. Il a pris un air tellement sérieux et autoritaire qu'Aquina reconnaît immédiatement la personne qu'il incarne : Kailani. Il pose un tentacule sur sa bouche et en roule trois autres pour former un poing qu'il agite d'un air menaçant en direction d'Aquina. Enfin, Snorri reprend son apparence habituelle ; il se roule en boule et se protège la tête avec deux bras en émettant un petit gémissement.

Aquina ne peut pas s'empêcher de lui caresser la tête pour le réconforter.

— Mon pauvre ! Elle t'a vraiment impressionné. Moi aussi, quand elle est comme ça, elle me fiche toujours une de ces frousses...

Les pensées d'Aquina s'éloignent vers Aquamaris. Est-ce que Kailani sait déjà qu'elle a pris la fuite ? Peut-être qu'elle est en train de faire une scène à Bror comme elle l'a fait avec Snorri. Heureusement, elle ne peut plus la suivre.

— Au moins, ici, nous sommes à l'abri de sa colère, rappelle Aquina à Snorri pour le rassurer, et un peu pour elle-même. Est-ce que tu as une idée de l'endroit où nous pourrions trouver mon frère ?

Snorri replie ses bras en berceau, mais cette fois de l'autre côté de son corps, recommence à les balancer doucement, avant de regarder autour de lui d'un air paniqué en repoussant quelque chose de ses bras libres.

— Hé, reste là ! appelle Aquina lorsqu'il prend soudainement la fuite.

Mais Snorri revient aussitôt, dépose son fardeau invisible et replonge. Fascinée, Aquina l'observe. Elle comprend l'histoire qu'il est en train de lui mimer. Lorsque le poulpe refait surface, il berce à nouveau quelqu'un.

— C'est moi ? demande Aquina.

Snorri acquiesce et, sans lâcher le « bébé », commence à chercher l'endroit où il a déposé le premier paquet. Il fait comme s'il retournait chaque pierre, de plus en plus perplexe, de plus en plus agité. Finalement, il s'arrête, regarde Aquina de ses grands yeux, si triste qu'elle pourrait se mettre à pleurer avec lui. Il n'a pas retrouvé le premier bébé.

— Mon pauvre Snorri ! Tu as cherché mon frère, mais il avait disparu, c'est ça ?

— SNF ! confirme Snorri dans une plainte déchirante.

Voilà pourquoi tout le monde a pensé qu'il était mort. Noyé ou emporté par une bête sauvage. Le pauvre Snorri a dû se sentir tellement coupable. Maintenant, Aquina comprend pourquoi il voulait partir immédiatement après avoir entendu le message des vagues. Pourtant, elle doit lui poser une question, parce que les soupçons sont plus douloureux qu'une certitude.

— Et ma mère ? Tu as réussi à la sauver ?

Snorri secoue lentement la tête et baisse les yeux. Soudain, Aquina comprend une partie des mots de Hel : le royaume sur lequel elle règne, où elle connaît sa mère, c'est le royaume des Morts. Voilà pourquoi Hel a l'air à moitié vivante et à moitié morte, et pourquoi elle lui a donné rendez-vous là-bas. Aquina frissonne : elle a parlé avec la déesse des morts en personne. Les larmes lui montent aux yeux, le dernier espoir de retrouver sa mère vivante s'évanouit. Elle aurait voulu en savoir tellement plus, la serrer au moins une fois dans ses bras et l'entendre raconter comment elle était arrivée sur Rulantica...

Désormais, elle n'a plus qu'une seule vraie famille : son frère. Mais il faut d'abord le trouver et le protéger des kelpies !

— Tu peux me montrer l'endroit où tu as déposé mon frère à l'époque ? Peut-être qu'il est toujours dans les parages, on pourra le trouver ensemble, promet Aquina.

— Snr, renifle Snorri en lui faisant signe de le suivre.

Mais alors qu'elle descend de l'aiguille rocheuse, elle s'immobilise. Sa queue est coincée quelque part.

— Oh non, pas encore une fois ! gémit Aquina.

Elle plonge pour se libérer et, à sa grande surprise, se retrouve avec un objet familier dans les mains.

— Regarde, Snorri ! Hel a laissé son filet !

— Snä ?

— Aucune idée, peut-être qu'elle l'a préparé pour la prochaine pêche.

— Ss, se fâche Snorri.

— Tu as tout à fait raison, il faut l'en empêcher ! Ce n'est pas parce qu'il y avait un méchant poisson qu'elle a le droit d'en attraper des dizaines d'innocents. Qui sait ce qu'elle va faire d'eux la prochaine fois si on ne l'arrête pas ?

Aquina veut d'abord jeter le filet d'un geste rageur, mais elle change d'avis.

— On l'emporte ! Comme ça, il ne pourra plus faire de dégâts !

Elle rassemble le filet et l'enroule aussi serré qu'elle le peut. Au bout du compte, il est à peine plus gros que sa main.

— Si petit, et pourtant si dangereux, s'étonne Aquina.

Elle s'apprête à le fourrer dans sa sacoche en cuir de poisson, quand soudain celle-ci commence à s'agiter. Est-ce qu'elle a capturé un poisson sans le faire exprès ? Aquina fouille dans les algues, mais il n'y a rien. Enfin si : il y a la corne qu'elle a prise avec l'amulette de Frigg dans le sanctuaire. Le filet lui glisse des mains et se pose à côté de la corne. Pendant un moment, Aquina a l'impression que les deux objets se connaissent. Quelle idée stupide, tout ça parce qu'elle vient de rencontrer une soi-disant déesse ! Aquina rit d'elle-même. Elle cligne les yeux, et les deux objets sont à nouveau complètement normaux, sagement posés dans sa sacoche.

« Il faut vraiment que je fasse attention à ne pas tomber dans la paranoïa ! »

Résolument, elle referme la sacoche et suit Snorri.

VIII

LES KELPIES

Le petit poulpe semble savoir parfaitement où il va. Il cherche l'endroit où il a perdu le frère d'Aquina. Celle-ci est vraiment heureuse que son ami soit avec elle et ait pris les choses en main. Le monde à l'extérieur de Rulantica est encore plus grand qu'elle l'imaginait, et elle n'aurait pas su par où commencer ses recherches. Même ainsi, il faut du temps, et ils nagent toute la journée, jusqu'à l'obscurité. C'est une expérience excitante et toute nouvelle pour Aquina qui n'a jamais passé la nuit dehors. Kailani le lui a toujours interdit.

Un bruit assourdissant surprend Aquina. Il fait encore très sombre, même si la lune s'est levée et les éclaire d'une lueur fantomatique. Elle ouvre les yeux aussi grands que possible pour essayer de voir quelque chose. Une forme noire s'élève à côté d'elle, bien plus grande qu'une baleine ou n'importe quelle autre créature, plus grande même que Rulantica. L'estomac d'Aquina fait des bonds d'excitation.

— Snorri, Snorri, c'est la terre ?

— SNL, SNL ! fait Snorri qui bat furieusement des tentacules.

Il tire Aquina par le bras et elle ne se fait pas prier pour le suivre. Ensemble, ils se dirigent vers la masse terrestre qui se dresse devant eux. Étonnée, Aquina constate qu'il ne fait pas aussi sombre qu'elle s'y attendait sans la clarté du soleil. Il y a des lumières qui brillent un peu partout, et plus ils se rapprochent, mieux on entend l'animation qui règne à terre. Ça gronde, ça vrombit, ça cliquette.

— Ce sont les humains ? demande Aquina tout excitée.

À côté d'elle, Snorri acquiesce vigoureusement.

— Ils font toujours autant de bruit ? s'étonne-t-elle.

— Sn, soupire la pieuvre.

Près de la rive, des canots et quelques bateaux se balancent avec la houle. Voilà à quoi ils ressemblent, fiers et si fiables en apparence, quand ils ne reposent pas au fond de la mer à l'état d'épave. Cependant, la vie des humains semble se dérouler principalement à terre. C'est un problème auquel Aquina n'avait pas pensé.

— Sur ce bout de terre, il y a au moins quatre fois plus d'habitants qu'à Aquamaris et dans la ville de glace réunies ! Comment est-ce que je vais retrouver mon frère dans toute cette pagaille ?

Snorri désigne ses yeux et ceux d'Aquina.

— Tu es marrant ! Je peux garder les yeux ouverts autant que je veux, s'il ne saute pas dans l'eau à côté de moi, je ne le verrai pas, rétorque-t-elle en soulevant sa queue de poisson. Tu as oublié ? Je ne peux pas aller sur terre !

— Sni, sni, sni !

— Arrête de te moquer de moi ! menace Aquina, mais le poulpe lui échappe adroitement et se rapproche encore de la terre, vers une anse un peu à l'écart.

Elle se lance à sa poursuite, mais avant d'avoir pu le rattraper, elle sent sous sa queue les premiers obstacles. Vite, elle plonge la tête sous l'eau : aïe, à peine deux largeurs de queue de profondeur ! Si elle ne s'arrête pas maintenant, elle va rester coincée à coup sûr et s'échouer dans la vase sans pouvoir repartir en mer. Mais pourquoi est-ce qu'elle n'a pas de jambes ? Tout serait si simple !

Elle jette un regard vers la mince bande de sable de la plage. Dans l'obscurité, aucun humain en vue. Mais même s'ils venaient en plein jour, elle ne pourrait pas se joindre à eux. D'un seul coup, elle se rend compte de sa situation. Elle a abandonné à Aquamaris tous ceux qui sont comme elle, et les humains qu'elle adorerait rencontrer vivent dans un monde auquel elle ne peut pas accéder. Mais à quoi est-ce qu'elle pensait ? Son seul contact est une pieuvre complètement folle qui se moque d'elle parce qu'elle ne peut pas la suivre sur terre. Sous l'île de Rulantica, l'espace était limité, et la vie un peu monotone, mais au moins Aquina n'était pas seule. Un sentiment inconnu de

solitude se répand dans son esprit et étouffe toute envie d'exploration. À quoi bon regarder tout ça de loin si elle ne peut pas y aller ? Comment trouver son frère avant que les kelpies ne l'attrapent ? Eh, mais au fait, les kelpies ! Pour l'instant, il suffirait de les trouver, eux. S'ils disposent d'un flair particulier pour détecter son frère, Snorri et elle n'ont qu'à s'accrocher à leurs sabots pour parvenir à lui !

— N'oublie pas de guetter Sleip et Nir ! crie Aquina à Snorri. S'ils font surface quelque part, c'est que mon frère n'est certainement pas très loin !

Ils n'ont pas besoin d'attendre longtemps. Près de la baie voisine, la mer commence à s'agiter. En silence, une énorme tête allongée émerge de l'eau scintillante, puis une deuxième. Le vent porte un renâclement jusqu'à elle. Aquina se fige. Est-ce que ce sont eux ? Sleip et Nir ? Comme deux ombres, les deux kelpies glissent jusqu'à la plage. Ils ne semblent pas avoir peur de s'échouer dans la vase comme Aquina. Bouche bée, elle observe les deux animaux se hisser sur la terre ferme, avec deux pattes postérieures puissantes. Les écailles lisses de leur peau se transforment peu à peu en véritables poils dont l'eau de mer glisse en petits ruisseaux. Leurs longues crinières commencent

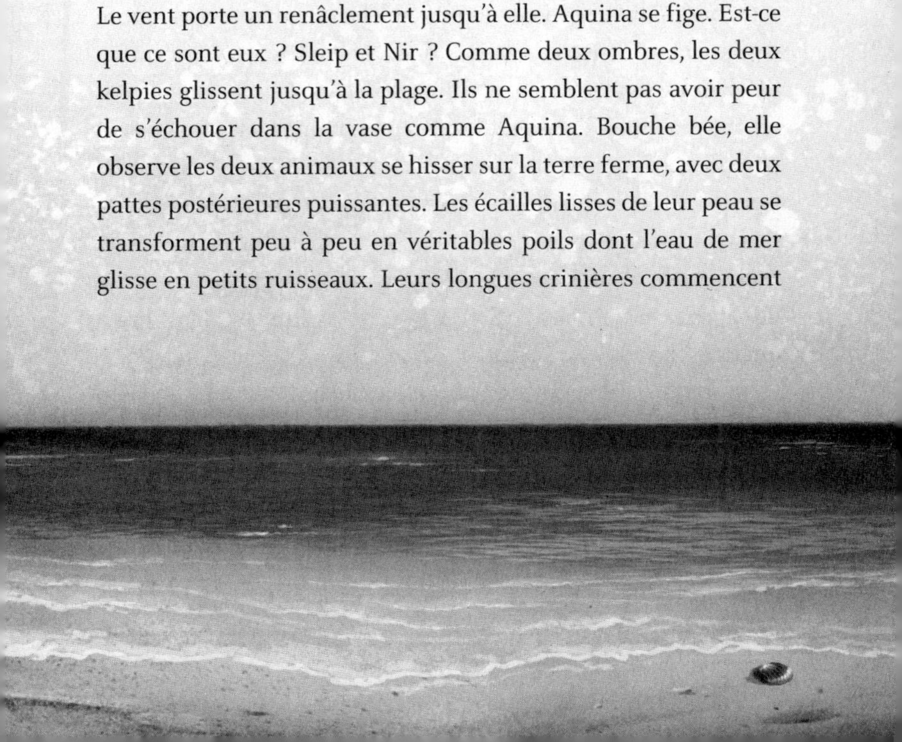

à voler au vent. Attentifs, Sleip et Nir tendent le cou et tournent leurs grandes oreilles dans toutes les directions pour déterminer où ils sont.

Aquina frissonne. Voilà le vrai secret des kelpies ! C'est pour ça qu'Exena les a choisis pour cette mission mortelle ! Aussi silencieusement que possible, Aquina s'aplatit sous l'eau. Elle est au bon endroit, mais les chasseurs aquatiques d'Exena lui sont largement supérieurs, ils peuvent faire ce qu'Aquina ne peut pas : se déplacer à terre. Maigre consolation, ils n'ont visiblement pas encore éliminé son frère, sinon ils ne seraient plus là tous les deux. Elle pourrait encore le prévenir, même si elle ne sait pas comment. Aquina se sent minuscule, faible et impuissante. Comme une puce de sable qui aurait décidé de s'attaquer à un serpent. Est-ce qu'elle a seulement l'ombre d'une chance ? Est-ce que les deux kelpies vont simplement l'écarter de leur chemin ? Aquina réfléchit fiévreusement tout en observant le va-et-vient des deux animaux. Pour l'instant, ils parcourent la plage et égouttent leur robe. Il ne reste qu'une fine brume d'eau autour d'eux, et dans la pâle lumière de la lune on dirait une auréole. Une fois secs, ils font jouer leurs muscles. Nir pourchasse Sleip le long de la plage, et Sleip essaie de repousser Nir dans l'eau. Un spectacle effrayant, mais qui a quelque chose de fascinant.

Snorri aussi observe les deux kelpies, mais il se cache derrière Aquina et regarde par-dessus son épaule. Elle finit par comprendre à quoi elle assiste : ce n'est pas un jeu mais un entraînement. Ils s'entraînent à chasser sur la terre ferme. Quelle que soit leur future victime, elle ne survivra pas longtemps. Pour l'instant, Aquina espère que son frère dort tranquillement dans sa grotte, mais elle doit entreprendre quelque chose avant qu'il ne se réveille.

« Je vous attraperai avant que vous ne l'attrapiez ! » décide Aquina en cherchant des mains le filet de Hel dans sa sacoche.

Face à la taille des deux puissants animaux, c'est une idée osée, mais ça vaut mieux que de rester là à les regarder sans rien faire. Même si c'est très risqué, elle doit se fier à sa voix. Elle n'a rien d'autre sous la main. Manati n'a-t-elle pas toujours dit que son chant était plus attirant que repoussant ? C'est le moment idéal pour s'en servir ! Aquina prend une dernière inspiration, puis elle entonne sa mélodie.

Sa voix s'insinue dans le duel des deux animaux :

— Je suiiiis iciiii ! Iciiii, iciiii !

Les kelpies interrompent leur semblant de combat et tendent les oreilles dans la nuit en ouvrant grand les yeux. Aquina quitte sa cachette et se dresse aussi haut qu'elle peut.

— Par iciiii, mes joliiis ! susurre-t-elle.

Nir fait quelques pas hésitants, tandis que Sleip s'immobilise, visiblement pas certain qu'on s'adresse à lui.

— Sleiiiiip ! Niiiiir !

Nir dresse les deux oreilles vers l'avant et lance un bref hennissement dans la direction d'Aquina.

— Venez vers moiiii !

La curiosité de Nir l'emporte, il avance lentement dans l'eau peu profonde. Sleip, lui, agite nerveusement les oreilles sans oser s'approcher.

— Niiiir ! Viens vers moiii, viens ! Niiir ! chantonne Aquina.

Elle remarque qu'elle a plus de chances de réussir avec Nir, aujourd'hui bleu d'encre, qui est plus petit que le massif et noir

Sleip. Si elle réussit au moins à en attirer un, elle espère que l'autre suivra son ami. Nir se glisse dans l'eau, ses pattes postérieures se retransforment en queue. Aquina ferme les poings ; pourvu que son plan réussisse, sinon ce sera elle, la proie. Du coin de l'œil, elle remarque que Sleip est resté sur la plage, avant de se laisser couler, les bras levés. Elle pagaie vigoureusement de la queue pour garder sa position, ce qui n'est pas évident quand un kelpie se précipite sur vous la gueule ouverte. Mais elle ne doit pas faiblir ni commettre d'erreur. Les yeux lumineux de Nir ne sont plus qu'à quatre brasses d'elle. Plus que trois. La main d'Aquina tremble. Ne pas bouger trop tôt, surtout pas trop tôt ! Encore deux. Nir a bien vu qu'elle était une sirène et montre les dents. Une. Aquina tire brusquement sur le filet. Nir est à une longueur de bras, il roule des yeux menaçants et piaffe de ses sabots avant. Mais silencieusement, encore plus invisible dans l'obscurité qu'à la lumière du jour, le filet s'abaisse. Il encercle l'animal complètement stupéfait. Avant que Nir ait compris ce qui lui arrivait, Aquina referme le filet et enroule les extrémités autour d'un rocher que même un kelpie ne pourra pas arracher.

Que tous les poissons lui pardonnent, mais pour une créature marine qui veut s'en prendre à son frère, elle va faire une exception à sa propre règle ! Sa prise s'agite, tire et mord, mais Nir ne parvient pas à détruire le filet ni à s'en libérer. Ouf, quelle chance ! Aquina respire.

Mais maintenant, elle doit s'inquiéter de Sleip. S'il décide de venir chercher son ami, elle aura un sérieux problème. Lentement, elle se glisse à la surface, juste assez haut pour apercevoir la plage. Vide.

Pas de Sleip en vue. Où est-il passé ? Aquina se retourne, s'attend à le voir derrière elle, prêt à la frapper de ses sabots. Mais il n'y a que Nir dans son filet, qui la regarde d'un air furieux avec ses sinistres yeux lumineux. Aquina sursaute en pensant soudain à la suite. Que faire de Nir ? Le garder pour toujours prisonnier dans le filet ? Le tuer ? Non, certainement pas ! Même si Nir est méchant, elle ne peut pas le tuer. Mais alors, que doit-elle faire ?

Zut, elle aurait vraiment dû réfléchir un peu mieux. Son plan a plus de défauts qu'un poisson n'a d'arêtes. Elle s'installe sur une pierre à côté du filet et observe le kelpie. Jamais elle n'a été aussi près de cet animal. Elle pourrait le caresser juste en tendant la main, ce qu'elle s'interdit, naturellement. En fait, il n'a pas l'air si méchant. Ses yeux luisent doucement et observent aussi Aquina. Nir a arrêté de se débattre et se résigne à son sort. Son regard touche Aquina malgré elle.

— Vous n'êtes que des animaux qui exécutent les ordres de leur maîtresse, murmure-t-elle. En fait, c'est Exena qui devrait être ici dans le filet, elle l'aurait bien mérité !

Elle se souvient de la dernière phrase qu'a prononcée la cheffe des gardiens de la Source : « Prouvez-moi votre fidélité ! »

C'est tellement méchant d'exploiter ainsi l'amour de ses kelpies ! Mais est-ce que ce sont toujours les kelpies d'Exena ? Mentalement, Aquina se repasse toute la scène ; Exena qui s'avance et retire aux deux animaux la bride et le mors qu'ils avaient dans la bouche...

Pourquoi est-ce qu'elle n'y pense que maintenant ? La bride ! Il y avait quelque chose à ce sujet... Chaque gardien de la Source doit dompter son kelpie en lui passant une bride, et alors seulement il peut le chevaucher. Exena a probablement dû la leur retirer pour qu'ils puissent traverser le mur de protection. Mais alors, est-ce qu'ils sont encore obligés d'obéir à Exena ?

Aquina a soudain une folle idée : et si elle passait une bride sur la tête de Nir ? Est-ce qu'il deviendrait son kelpie à elle ? Est-ce qu'il la suivrait ? Elle doit être devenue complètement folle. Il y a un instant, les deux kelpies voulaient tuer son frère, et maintenant elle envisage sérieusement de faire de l'un d'eux son animal de compagnie ! Mais cette idée fixe se cramponne dans son esprit comme une moule à son rocher. Il y a si longtemps qu'elle admire les kelpies de loin et qu'elle rêve d'en monter un comme les gardiens de la Source ! Impossible de réprimer cette envie, maintenant qu'elle est littéralement à portée de main. Enfin presque. Parce qu'il lui faut une bride : où peut-elle en dénicher une ici ? Elle n'aurait vraiment pas dû partir comme ça, sans plan ni préparation ! Elle aurait dû emporter une ou même deux brides. À la place, sa sacoche ne contient que d'inutiles affaires d'école, une corne bizarre et de vieilles algues. NON ! Pas si vieilles ! Elle peut encore en faire quelque chose, et pas seulement un joli bracelet !

— Snorri ? appelle-t-elle en le cherchant du regard.

Mais où est passé le petit poulpe ? Aquina espère qu'il a suivi Sleip, parce que ça l'inquiète vraiment de ne pas savoir où se cache le deuxième kelpie. Mais Snorri sait ce qui est en jeu, et elle n'a pas vraiment d'autre choix, elle doit s'occuper de Nir.

Les doigts tremblants, Aquina sort les algues de sa sacoche et commence à les tresser. Elle observe régulièrement la tête de Nir pour évaluer sa taille, parce qu'une chose est claire : elle a intérêt à réussir du premier coup, sinon il se sauvera en un clin d'œil, même si pour l'instant il a l'air doux comme un agneau. De temps en temps, elle cherche aussi Sleip du regard. D'un côté, elle est contente de ne pas le voir, mais de l'autre, ça ne peut signifier qu'une chose : il est parti à la recherche de son frère. La peur lui donne des doigts de fée, elle accélère son tressage pour finir avant le lever du soleil, avant que Sleip puisse attraper son frère. Elle espère surtout que, comme elle, les enfants humains n'ont pas le droit de sortir pendant la nuit. Comme ça, il sera au moins en sécurité jusqu'au matin. Une fois qu'elle aura dompté Nir, elle pourra s'attaquer à Sleip avec son aide.

Le temps passé à s'exercer sur des bracelets est payant. En un temps record, elle tresse deux lanières et réussit à les nouer pour former un assemblage qu'avec un peu de bonne volonté on peut qualifier de bride. En se redressant pour s'approcher de Nir, elle s'attend à une bonne dose de résistance, un kelpie qui rue, se cabre, se jette de toutes ses forces contre le filet, lance la tête vers le haut et s'efforce de la mordre ou de la piétiner. Au lieu de tout ça, Nir la regarde paisiblement en soufflant discrètement.

— Est-ce que tu as envie que je te dompte ? s'étonne Aquina.

Prudemment, elle passe une main à travers les mailles du filet. Nir n'attendait que ce moment. Il précipite sa queue de poisson vers elle et fait un tour complet sur lui-même. Aquina se hâte de retirer sa main. Elle ne s'en sortira pas avec un seul essai ! Étonnamment agile pour un animal de cette taille, Nir lui tourne le dos quelle que soit la direction dont elle l'approche. Ses yeux ont repris toute leur luminosité, et il hennit tellement fort qu'on doit l'entendre jusqu'à Rulantica. Pourquoi est-ce que tout tourne toujours mal ? Aquina en pleurerait, si au même instant Snorri ne se laissait pas tomber sur son épaule.

— Te revoilà ! se réjouit Aquina. Regarde qui j'ai attrapé !

Snorri grince d'un air approbateur.

— Mais je n'arrive pas à lui passer la bride pour le dompter !

Pour le prouver, elle tend les algues tressées vers Nir qui fait aussitôt demi-tour et montre les dents.

Snorri penche la tête, comme toujours quand il réfléchit intensément. Tous deux observent Nir, et Nir les observe, imperturbable. Soudain, Snorri attrape une mèche de cheveux d'Aquina et la tire devant son visage.

— Ouille ! Mais qu'est-ce que tu me fais ?

Aquina se penche un peu en avant pour atténuer la douleur. Snorri profite de l'occasion pour lui sauter sur le dos, attraper deux autres mèches et les tirer dans toutes les directions.

— Eh, ça suffit ! Et ça veut être mon ami ? Aide-moi plutôt à dompter ce kelpie têtu.

— Snrrr ! répond Snorri en glissant de son dos et en désignant Nir de tous ses tentacules.

— Quoi ? demande Aquina, perplexe devant ce comportement étrange.

Snorri attrape la bride tressée et la lui agite sous le nez. Enfin, Aquina comprend, tout en espérant se tromper.

— NON, tu veux rire ? Je dois m'asseoir sur son dos pour lui passer la bride ?

— Snr, snr, acquiesce le poulpe.

— Mais je n'arrive même pas à maîtriser le petit tourbillon alors que j'ai passé mon temps à m'entraîner ! Alors comment je pourrais savoir monter sur un kelpie et rester pendant un seul battement de paupières sur le dos de cette bête sauvage ?

— Sn, répond Snorri en agitant ses tentacules.

— Je me doute bien, que tu t'en fiches. Ce n'est pas toi qui vas te faire éjecter et piétiner. Qu'est-ce que tu imagines ? Dès que le filet sera ouvert, Nir sera parti !

Les yeux fermés, elle tente de se remémorer l'entraînement des gardiens de la Source avec leurs kelpies sur la grande arène de la ville de glace. Ils utilisent une sorte de support qu'ils attachent sur le dos de leur monture pour s'asseoir avec leur queue de poisson. Puisqu'elle n'a pas de support, il faut qu'elle trouve autre chose.

— Si j'essaie, ça prouvera que je n'ai pas plus d'esprit qu'un polype de corail, soupire-t-elle.

Inquiète, elle contemple la surface de la mer. La froide lumière lunaire a disparu, remplacée par une lueur grise. Le soleil va bientôt apparaître. Aquina n'a aucune idée de l'heure à laquelle les humains se lèvent, mais ça ne va certainement pas tarder.

— Pendant que j'essaie, il faut que tu trouves mon frère et que tu l'amènes ici, pour que je puisse tout lui expliquer. Peu importe comment tu fais, mais tu dois être plus rapide que Sleip. C'est compris, Snorri ? Si besoin, laisse Sleip te mener sur ses traces, détourne-le n'importe comment et attire mon frère sans que Sleip vous remarque !

Snorri ne se le fait pas dire deux fois et s'éloigne à toute vitesse tandis qu'Aquina reste là, face à son défi. Son malaise ne va pas s'apaiser si elle attend plus longtemps. Un dernier instant de concentration, et elle détache le filet du rocher. Maintenant, il faut aller vite avant que Nir comprenne ce qu'elle veut faire. Elle se jette du rocher, la corde du filet serrée dans une main et la bride tressée dans l'autre. À une demi-brasse de Nir, elle relâche la corde tout en se laissant tomber. Ensuite, tout se passe en un clin d'œil. Le filet s'ouvre et libère Nir, Aquina atterrit sur son dos et s'assied de côté avant qu'il se sauve. Elle a à peine le temps de s'agripper à sa crinière, rien de plus. Aquina se croyait bonne nageuse, mais ce n'est rien face à Nir. Il se déplace dans l'eau comme si elle ne lui opposait aucune résistance. Algues, poissons, rochers, le paysage défile devant les yeux d'Aquina, les couleurs se mélangent, il n'y a plus que la vitesse de Nir. Ça doit être comme voler. Elle ne sait pas combien de temps elle met pour s'habituer un peu à cette folle course à travers la mer ; au début, elle s'efforce juste de ne pas tomber. Quand Nir comprend qu'il ne se débarrassera pas d'elle au moyen de la vitesse pure, il commence à faire le gros dos et à nager en zigzag pour la déséquilibrer. Heureusement qu'Aquina a été prévoyante et a bien enroulé la bride autour de sa main.

Mais comment la passer sur la tête de Nir tout en se tenant à sa crinière ? Mystère. Elle n'a plus qu'à tenter sa chance avant que le kelpie sauvage ne la fasse tomber d'une manière ou d'une autre. Elle lâche la crinière qui était son seul point d'attache et lève les bras vers l'avant au-dessus de la tête de Nir, une extrémité de la bride tressée dans chaque main. Nir lance la tête vers le haut avec un hennissement énergique. On dirait une déclaration de guerre. Aquina ne voit pas où la bride est tombée, probablement quelque part autour de l'encolure du kelpie, mais elle n'a pas le temps de corriger sa position. Au virage suivant, Nir l'éjecte de son dos et elle atterrit contre un rocher en se cognant l'arrière de la tête. Un voile noir passe devant ses yeux. Terminé ! Elle est K-O ! Maintenant, Nir va l'anéantir, et elle s'en fiche complètement. Comment pouvait-elle s'imaginer qu'elle réussirait à dompter un kelpie du premier coup alors que les gardiens de la Source s'entraînent pendant plusieurs saisons pour y arriver ? À moitié inconsciente, elle s'imagine que Nir s'approche d'elle, les narines gonflées et les sabots dressés, pour l'écraser contre le rocher.

Lorsque Aquina revient à elle, elle a la tête qui bourdonne.

— Je suis encore en vie ?

Malgré la douleur, elle se redresse et entrouvre les yeux. À côté d'elle, Nir est tranquillement en train de chercher des herbes aquatiques pour les grignoter. Sur sa tête, la bride est ajustée comme si elle avait été faite sur mesure, comme si Nir n'en avait jamais porté d'autre. Aquina tend la main, et il s'approche aussitôt. Comment est-ce possible ? Est-ce qu'elle a vraiment réussi à passer la bride sur la tête de Nir en tombant ? Elle a du mal à se l'imaginer, mais c'est comme ça que ça a dû se passer.

— À partir d'aujourd'hui, le hasard est mon meilleur ami ! déclare-t-elle.

Un rayon de soleil se fraie un chemin jusqu'à elle et lui rappelle que tout n'est pas réglé. Sleip, Snorri, son frère... Aquina se redresse et attrape les rênes tressées.

— On va voir tout de suite si tu es vraiment dompté.

Elle nage vers la surface, et Nir la suit comme si ça allait de soi.

— Je rêve, j'ai vraiment un kelpie au bout de la longe !

Aquina n'ose pas monter sur le dos de Nir, elle a trop mal partout. Et qui sait comment il réagira quand elle voudra à nouveau le chevaucher.

Son triomphe est de courte durée. Le matin baigne la plage de lumière depuis un moment, mais tout est encore vide et silencieux. Aucune trace de Snorri. Est-ce un bon ou un mauvais signe ? Est-ce seulement un signe ? Snorri a-t-il trouvé son frère ou Sleip a-t-il été le plus rapide ? Et où sont-ils, maintenant ? Est-ce qu'ils sont venus sans qu'elle s'en rende compte ? Aquina est à moitié folle d'inquiétude. Mais elle ne peut rien faire, seulement attendre et espérer. Elle doit avoir confiance en Snorri.

Mats

Mats se réveille en sursaut. Il fait chaud et l'air est pesant dans la petite chambre. Dehors, il fait encore sombre, mais la nuit n'a apporté aucune fraîcheur. Il doit sortir de là, sortir de son lit, sortir de sa chambre, sortir de cette maison. Il traverse le couloir à tâtons aussi silencieusement que possible pour ne réveiller personne. Carla le renverrait au lit tout de suite si elle le surprenait ici à cette heure. Mats sait parfaitement pourquoi, ces derniers jours, ses cauchemars le tourmentent plus que d'habitude. Malgré son échec, il ne s'est jamais autant approché de la mer que lors de cette horrible séance de natation la semaine dernière. Depuis, les vagues qui le hantent sont plus réelles que jamais, et le danger est tellement palpable qu'il ne peut pratiquement penser à rien d'autre.

Sa main se dirige d'elle-même vers le pendentif qu'il porte autour du cou. C'est le seul souvenir de ses parents, la seule preuve de ses origines. Il portait ce bijou lorsqu'on l'a trouvé bébé sur la plage. Mais tous ses efforts pour en savoir plus se sont soldés par des échecs. Il est même allé au musée, mais tout ce qu'il a appris, c'est que les symboles gravés sur le pendentif – trois vagues enroulées autour d'une branche de bouleau – sont liés à la déesse Frigg, et que sur l'autre face son nom est gravé en runes anciennes. Malgré toutes ces énigmes, ou plutôt à cause d'elles, ce

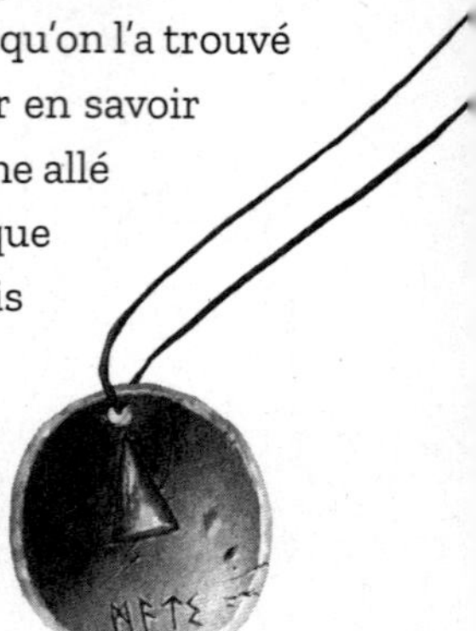

pendentif est le trésor le plus précieux de Mats. Il ne l'enlève jamais et s'imagine même que ses parents sont encore en vie quelque part, et qu'un jour ils le reconnaîtront à ce signe et l'emmèneront chez eux. Une partie de lui se doute qu'il se raconte des histoires, mais une autre partie s'accroche à ce mince espoir. Cette pensée le console surtout les nuits comme celle-ci, où il est assis tout seul sur la balançoire dans le jardin, réveillé et solitaire pendant que tous les autres dorment à poings fermés au fond de leur lit. Perdu dans ses pensées, Mats pousse sur ses pieds et se laisse décoller du sol. Un bruit bizarre lui parvient de l'autre côté de la clôture et il s'immobilise. On dirait les sabots d'un cheval...

Pourtant, c'est impossible, il n'y a pas de chevaux à proximité des Trois Bouleaux. Le foyer pour enfants est en pleine ville, et le terrain de jeux sur lequel il se balance est le seul espace vert à la ronde. D'où est-ce qu'un cheval pourrait venir ? Il doit s'être trompé. Ou alors c'était un autre bruit qui ressemblait à des sabots. Il ferme les yeux et écoute encore.

Rien. Rien que le ronronnement monotone des voitures dans la rue principale, un pâté de maisons plus loin. Dans le ciel, on devine déjà le lever du soleil tout proche.

Mats bâille et veut quitter la balançoire quand quelque chose atterrit juste au milieu de la pelouse. Il fait encore trop sombre pour en voir plus que les contours, mais on dirait une balle. D'où vient-elle, et comment est-elle arrivée là ? Est-ce que quelqu'un lui joue un tour ? La balle roule vers lui et saute pour atterrir directement sur la poignée de la balançoire. D'un seul coup, elle déplie de minces tentacules, ouvre deux yeux ronds et lui fait un clin d'œil. Mats s'ébroue. Ce n'est pas possible ! Il se pince l'avant-bras pour vérifier s'il dort. Pas de doute, il est parfaitement réveillé !

— Snr ! émet la balle en tendant l'un de ses tentacules vers lui.

Mats recule, glisse du siège et se retrouve par terre.

— Aïe !

La drôle de balle le suit et tire sur son tee-shirt. Ça suffit ! Il est temps de battre en retraite, et de toute façon il devrait être dans sa chambre ! D'un bond, il se relève et court vers la maison. Mais la balle reste sur ses talons et atteint l'escalier juste avant lui. La créature se poste devant l'entrée comme un garde et empêche Mats de passer. Lorsque le garçon cherche à l'enjamber, elle s'agrippe à son pyjama.

— Hé, lâche-moi ! lui demande Mats.

Il a compris depuis longtemps que cette chose qui s'accroche à sa jambe n'est pas une balle mais un être vivant. C'est ce qui l'empêche de l'attraper et de la lancer dans le jardin. Mats ne ferait pas de mal à une mouche. Mais pour cette chose, il fera peut-être une exception ! Car plus il s'agite pour la faire tomber, plus elle se cramponne à lui. Mats attrape la créature-balle à deux mains. Il est surpris par le contact doux et lisse de sa peau, mais ce n'est pas le moment de s'en occuper, il veut juste s'en débarrasser. Une fois pour toutes ! Il tire, tire, mais son adversaire est accroché à lui comme une chaîne, et Mats doit faire appel à toute son énergie pour libérer sa jambe de pantalon. Il dépose fermement la créature sur le sol.

— Laisse-moi tranquille ! ordonne-t-il.

Mais un autre tentacule se tend dans sa direction et semble lui faire signe. Mats fait demi-tour en hâte et file vers la porte. Il a déjà la clé dans une main et la poignée dans l'autre quand il sent une légère traction autour de son cou. Encore un tentacule ? Mats baisse le regard et sursaute. Il n'y a pas de tentacule, il n'y a même RIEN. Son pendentif n'est plus là. Il se retourne et voit le collier s'éloigner en flottant à hauteur de ses yeux. Comme tiré par une force magique invisible.

— Non ! s'écrie-t-il dans le silence de l'aube. Pas mon pendentif !

Il tente de l'attraper, mais là où il flottait dans l'air il y a encore un instant, il n'y a plus rien. Le pendentif est un peu plus loin. À peine Mats arrive-t-il à sa portée qu'il s'éloigne encore. Le garçon court, essaie d'atteindre le collier, court encore, tend le bras, toujours en vain. La créature-balle est derrière tout ça, Mats en est sûr. La voilà qui se saisit du collier et s'élance hors du jardin, Mats à sa poursuite. Il ne regarde pas vers où il court, il ne voit que son pendentif.

Ses poumons le brûlent. Il n'a aucune idée de l'endroit où ils se trouvent. Même le bruit de fond menaçant ne l'empêche pas de continuer à suivre le voleur. Il doit récupérer son pendentif. Il le DOIT. Tout le reste lui est égal !

IX

ÉCHOUÉE

Soudain, un petit point bleu-mauve apparaît au loin. Aquina cligne les yeux. Snorri fonce vers la plage comme un éclair, et quelqu'un court derrière lui.

Son cœur reconnaît le garçon avant ses yeux. Même si elle ne se souvient pas de l'avoir déjà vu, il lui est aussi familier que si elle avait toujours vécu avec lui. Elle est plus excitée que jamais ! Le voilà, c'est son frère ! Ils l'ont trouvé ! Enfin, Snorri l'a trouvé, mais elle le remerciera plus tard. Est-ce que le petit poulpe s'est vraiment accroché aux sabots de Sleip pour dénicher son frère ? Pour le moment, la seule chose qui compte, c'est qu'il est là, et qu'il est vivant ! Sans réfléchir, elle lui fait un grand signe et appelle :

— Ohé, ohé ! Je suis là ! Il faut que je te parle, c'est urgent !

Snorri patauge dans l'eau peu profonde et se dirige droit vers elle. Avec l'un de ses tentacules, il agite un objet doré.

— Hé, reste là, toi ! appelle le garçon derrière lui. Rends-moi mon pendentif !

De sa main libre, Aquina tâte sa gorge. Le médaillon pulse comme s'il sentait sa moitié se rapprocher. C'est lui, c'est vraiment lui ! Ses cheveux sont roux et il doit mesurer une demi-tête de plus qu'elle. Mais même de loin, toute sa silhouette lui semble familière. Est-ce qu'il la reconnaît aussi ? Est-ce qu'il sait quelque chose sur leur mère, Vivika ? Est-ce qu'il se doute qu'il a une sœur ? Ou bien est-ce qu'on lui a menti, à lui aussi ? Les questions se bousculent dans la tête en ébullition d'Aquina ; elle a enfin retrouvé une famille. Enfin, au moins un frère. Et maintenant, ensemble ils vont découvrir toute la vérité ! Toutefois, son frère ne semble pas faire attention à elle, il court désespérément le long de la plage, le regard fixé sur Snorri.

— Viens dans l'eau avec mon ami le poulpe, on va tout t'expliquer ! lui crie Aquina.

Enfin, il l'a entendue. Mais au lieu de se réjouir, il recule d'un pas et secoue énergiquement la tête.

— S'il est à toi, dis-lui de me rendre mon pendentif !

Mais avant qu'Aquina puisse lui répondre, une ombre surgit derrière son frère. Avec sa robe camouflée en jaune sable, à peine visible, Sleip s'approche sans bruit.

Aquina crie :

— Attention, derrière toi !

Son frère sursaute et fait demi-tour. Sleip change de couleur et devient d'un noir menaçant, montre les dents et se précipite vers le garçon. Celui-ci trébuche en reculant le long de la plage. Sleip le suit sans effort. Devant le kelpie géant, son frère ressemble à un roseau sur le point de se faire piétiner. Et c'est visiblement l'intention de Sleip. Il veut suivre les ordres d'Exena et le tuer, Aquina en est convaincue. Nir a dressé les oreilles, elles sont dirigées droit vers son ami kelpie. Il ne bouge

pas encore, mais il est évident qu'il suit très attentivement tous les mouvements.

— NON ! LAISSE-LE TRANQUILLE ! hurle Aquina à Sleip.

L'animal ne se laisse pas impressionner par ce hurlement. Il poursuit sa proie sur la plage, de droite à gauche, de gauche à droite. Malgré ses quatre pattes, Sleip n'est pas aussi agile que le garçon sur deux jambes, mais celui-ci se fatigue. Aquina voit bien qu'il a de plus en plus de mal à courir sur le sable. Il trébuche, se redresse de justesse et repart. Où qu'il essaie d'aller, Sleip le rattrape d'un bond et lui coupe le chemin. Peu à peu, Sleip le pousse vers l'eau peu profonde, il cherche visiblement à l'entraîner dans son élément, là où il est plus rapide et invincible. Le garçon esquive adroitement, esquisse un mouvement vers la gauche et se retourne en un éclair vers la droite. Il réussit presque à repasser devant le kelpie pour rejoindre le sable de la plage. Mais Sleip refuse de le laisser faire. Il met fin à la poursuite et se prépare à attaquer.

« Je dois le sauver, je dois le sauver, je dois le sauver », se répète Aquina.

Sleip se dresse de toute sa hauteur et menace son frère de ses sabots. Sans réfléchir, Aquina se hisse sur le dos de Nir.

— Cours, cours !

Aquina le dirige vers la terre, il s'élance, donne les derniers coups de queue dans l'eau, puis se transforme. Avec Aquina sur le dos, il se hisse sur la plage et fonce vers Sleip. C'est seulement quand Nir hennit que Sleip le remarque et s'arrête, hennit en retour et lance un regard furieux vers Aquina de ses yeux lumineux. La diversion suffit pour que Mats se redresse et s'enfuie vers la plage.

— Je peux tout t'expliquer ! lui crie Aquina, mais il ne se retourne même pas.

Sleip a remarqué que sa victime est en fuite et veut se lancer à sa poursuite, mais Aquina attrape sa crinière à deux mains et le retient. Sleip redresse la tête, puis l'abaisse, faisant tomber Aquina du dos de Nir. Elle rebondit dans le sable, mais peu lui importe. Elle s'agrippe toujours à la crinière pour que son frère puisse s'enfuir. Sleip la secoue si rudement que les crins lui glissent entre les doigts. Heureusement, Nir est là. Il hennit, s'interpose entre Sleip et Aquina. On dirait vraiment qu'il veut aider la sirène. Même s'il est plus petit que son comparse kelpie, Nir est décidé. Après l'entraînement de la nuit dernière, il est grand temps de passer aux choses sérieuses. Les deux chevaux marins s'observent, puis Nir avance d'un pas en piaffant. Sleip recule vers la mer. Encore un pas en avant, encore un pas en arrière. La troisième fois, Sleip tente de mordre Nir. Puis tous les deux se déchaînent, se poursuivent dans l'eau, hennissent, plongent, émergent et finissent par plonger une dernière fois. Aquina ne voit plus rien. Elle reste sur la plage, comme un scarabée tombé sur le dos. Ou plutôt comme un poisson échoué. Seule, mais rassurée. Son frère a décampé. Les deux kelpies continuent à se battre sous l'eau. Au moins, Sleip n'a pas pu accomplir sa sinistre mission.

Aquina tâte le sable sec et chaud. Quelle impression unique ! Rien à voir avec le sable boueux du fond de la mer. La terre ferme est bien différente de ce à quoi Aquina s'attendait. L'air a une odeur moins salée, il est plus léger, comme s'il n'était pas là. En revanche, elle se sent plus lourde, elle doit faire un effort rien que pour lever le bras. Sans parler de sa queue de poisson qui traîne, lourde et inutile. Elle arrive encore à bouger un peu sa nageoire caudale, mais ça ne durera pas très longtemps, surtout si le soleil se réchauffe encore. Mais Aquina a moins peur qu'elle ne l'aurait pensé. Peut-être parce que tout est allé si vite. Elle ne pouvait pas faire autrement, et maintenant elle doit en assumer les conséquences. Si seulement elle avait pu faire la connaissance de son frère, pour compenser son sacrifice ! Elle déglutit et sent déjà un chatouillement dans sa queue de poisson qui commence à sécher. Les écailles s'éclaircissent, deviennent presque blanches. Elle devrait avoir peur, mais elle se sent anesthésiée, comme si elle s'observait de l'extérieur, malgré le danger auquel elle fait face.

Le sable sur sa queue la démange de plus en plus. D'une main, elle veut le brosser, mais elle s'arrête au milieu de son geste. QU'EST-CE QUE C'EST QUE ÇA ? C'est très bizarre, comme sensation ! Elle baisse les yeux. Là où se trouvait sa queue de poisson, il y a des jambes ! Abasourdie, elle observe ces membres étrangers, ces longues tiges minces qui ne font pas partie d'elle. Jamais elle n'a autant eu conscience de ce corps de poisson que maintenant qu'il lui manque. Quand elle essaie de bouger le bout des nageoires, ce sont dix minuscules orteils qui s'agitent. Elle passe la main sur ses jambes. Pas de doute, elle les sent. Elle pince la peau rose pâle. Aïe, ça pince plus fort que d'habitude. Se serait-elle également transformée si elle était allée à terre sur Rulantica ? Elle n'a jamais essayé, parce que l'idée ne lui était jamais venue qu'elle pouvait avoir des jambes cachées ! Il y a deux levers de soleil, elle ne connaissait même pas l'existence de sa mère humaine. Aujourd'hui, elle n'a plus besoin de s'étonner d'avoir un frère qui court sur deux jambes et vit parmi les humains. Est-ce que c'est normal que l'enfant d'un merrien et d'un humain soit capable de nager et de courir ? Zut, pourquoi n'y a-t-il personne ici pour tout lui expliquer ? Elle a des milliers de questions à poser et pas une seule réponse. Est-ce qu'elle se retransformera une fois dans l'eau ? Mais comment retourner dans l'eau ? Aquina veut se lever mais retombe aussitôt. Comment est-ce que ça fonctionne ? Comment se déplacer sur ces deux bâtons ? Elle lève un peu les jambes, mais elles lui semblent terriblement lourdes. À part agiter les orteils, elle n'arrive pas vraiment à faire de mouvements. Comment est-ce que son frère a réussi, lui ? Ça avait l'air si facile, à le regarder ! Si seulement elle avait fait plus attention ! Mais elle ne pouvait pas se douter qu'elle en aurait un besoin si urgent...

— Snsn, snsn, snsn.

Snorri sort de l'eau en pataugeant. Il agite le demi-médaillon doré comme un trophée.

— Snorri ! Je suis là ! Les choses sont allées un peu de travers depuis que tu as disparu...

— Sn ?

Snorri fixe son amie, se dresse comme s'il cherchait la véritable Aquina qui vient de lui parler.

— Je suis là, j'ai juste un peu changé !

Snorri s'avance lentement, fait deux fois le tour de son amie avant d'oser s'en approcher.

— Snä ?

— Moi non plus, je ne comprends pas.

Du bout d'un tentacule, Snorri effleure les jambes d'Aquina. Puis recommence. S'aidant d'un deuxième tentacule, il se met à lui tâter la plante des pieds.

— Arrête, ça chatouille ! s'écrie Aquina en enfonçant ses pieds dans le sable. Montre-moi plutôt ce que tu as pris à mon frère !

Snorri lui tend le collier. Elle place le pendentif à côté du sien. C'est la preuve ultime que ce garçon est vraiment son frère : les deux pendentifs se ressemblent comme deux gouttes d'eau. Chacun d'eux a la forme d'un disque bombé ; l'intérieur du premier est serti d'une pierre d'ambre, tandis que l'autre face porte les trois vagues de l'infini qui s'enroulent autour de la rune en branche de bouleau. Jusqu'à présent, Aquina pensait que l'ambre de son pendentif était un demi-cercle. Dans l'autre se trouve une pierre triangulaire. Aquina colle doucement les deux disques l'un contre l'autre. Ils s'emboîtent parfaitement et enserrent maintenant les deux morceaux d'ambre comme une perle dans un coquillage. Elle ne peut plus les voir, mais elle imagine que le demi-cercle et le triangle se complètent. Waouh... Est-ce que c'est possible ? Si Aquina ne se trompe pas, les deux pierres assemblées doivent former un nouvel objet. Elle ferme les yeux et vérifie mentalement son hypothèse. Dans sa tête, le demi-cercle et le triangle forment une larme. Qu'est-ce que ça peut signifier ?

Aquina cligne les yeux et sépare les deux disques. Elle remarque une autre différence : sous le triangle, il y a quelque chose. C'est l'écriture runique de ses ancêtres vikings, que Tradon et Runa leur apprennent en classe. Aquina rapproche le disque pour mieux déchiffrer l'inscription :

ᛗ ᚨ ᛏ ᛊ

— M, A, T, S, épelle-t-elle à mi-voix. Snorri, Snorriiiiii, c'est le nom de mon frère ? Il s'appelle Mats ?

— Snr, snr, répond Snorri.

Donc, Mats porte son nom gravé dans le pendentif. Un sourire se dessine sur le visage d'Aquina. Enfin, elle sait comment il s'appelle. Et maintenant, elle n'a plus qu'à apprendre à marcher pour pouvoir le suivre !

Allons bon ! Au lointain, des voix mêlées de rires annoncent l'arrivée d'humains. Si l'un d'eux devine qu'elle est une sirène échouée, on va la regarder comme un requin blanc à taches mauves. En tout cas, c'est ce qui se passerait si un humain débarquait à Aquamaris.

— Vite, quelqu'un arrive ! murmure Aquina à Snorri.

Elle rampe vers un petit promontoire rocheux. Snorri bondit avec légèreté derrière elle.

— Tu es vraiment agile sur la terre ferme, constate-t-elle. J'espère que je vais pouvoir comprendre comment font les humains en les regardant !

En attendant d'avoir une meilleure idée, elle fait comme si elle était un être humain normal et essaie de se comporter comme eux. Peut-être qu'elle aura de la chance et que son frère reviendra chercher son pendentif !

Un premier groupe d'humains apparaît. Ils ont l'air à peine plus âgés qu'elle. Ils jettent dans le sable des sacoches, de longues bandes souples et des choses colorées qu'ils portaient sur le corps. Puis ils se mettent à courir vers l'eau en criant et en se bousculant. Dans cette pagaille de bras et de jambes, Aquina n'identifie pas tout de suite une organisation, mais ils ont l'air de tous bien s'amuser. En revanche, pour la natation, ils sont carrément ridicules. N'importe quel alevin fait mieux que ces humains ! Ils redressent leur tête à un angle complètement artificiel et font des gestes si lents qu'ils avancent à peine. Au début, Aquina a même peur qu'ils se noient, mais c'est visiblement une sorte de jeu auquel ils prennent beaucoup de plaisir.

Peu à peu, de plus en plus d'humains arrivent sur la plage et vont se jeter dans l'eau, mais elle a beau guetter, Mats n'en fait pas partie.

Elle n'a pas encore résolu le mystère des jambes, mais elle n'ose pas s'approcher plus près des humains pour mieux les étudier. Il faudrait qu'elle se remette à ramper avec ses bras, or seul un bébé humain, plus bas sur la plage, se déplace de cette manière. Visiblement, ce n'est pas une méthode courante chez les adultes. En plus, il lui manque les choses souples. Tous les humains en portent sur le corps, même pour se baigner. Aquina est bien contente d'avoir les cheveux tellement longs qu'elle peut se cacher dessous, hormis ses jambes et ses bras nus – non seulement sa queue a disparu, mais toutes ses autres nageoires aussi. Et malheureusement, elle ne peut pas se fondre dans le paysage comme Snorri et les kelpies.

— Snorri, tu dois m'aider ! supplie-t-elle. J'ai besoin de quelque chose à mettre sur moi, sinon je ne pourrai jamais partir d'ici, même quand j'aurai fini par apprendre à marcher !

— Sn ! répond Snorri qui grimpe sur le rocher le plus proche et examine les alentours.

Aquina se rend compte qu'elle a une autre urgence à traiter. Même si Nir a réussi à retenir Sleip et qu'il n'y a pas de trace des deux kelpies pour l'instant, Sleip va certainement essayer de remplir sa mission tant qu'elle ne l'aura pas dompté lui aussi. Et pour ça, il lui faut une deuxième bride.

Elle sort des algues de sa sacoche et commence à les tresser aussi vite que possible. Totalement concentrée sur sa tâche, elle ne remarque pas que Snorri a les yeux fixés sur les affaires des humains. Et tandis que le groupe chahute dans l'eau, un objet coloré glisse au-dessus du sable sans que personne le remarque.

Soudain, une chose souple atterrit sur la tête d'Aquina.

— Sni, sni, entend-elle Snorri glousser.

— On n'a pas le temps pour tes sottises, marmonne Aquina en saisissant le tissu.

C'est aussi doux que ça en avait l'air de loin, et joliment coloré. Elle s'enroule dedans.

— C'est gentil de ta part, merci, Snorri. Voilà, j'ai fini la deuxième bride. Quand j'aurai enfin appris à marcher, je pourrai aller chercher Mats.

Marcher, c'est toujours le nœud du problème. Mais au moins, maintenant, elle ose observer les autres humains de plus près pour découvrir comment ils font. Elle glisse un œil au-dessus de son rocher. Aha ! Le secret, ce sont ces bosses au milieu des jambes, on peut les plier. Aquina resserre le tissu et s'exerce en cachette : lever un peu la jambe, plier la bosse, glisser un peu vers l'avant, tendre la jambe et poser le pied sur le sol. Ensuite, pareil avec l'autre côté.

Assise, elle finit par y arriver à peu près. La plus grosse difficulté consiste à effectuer un mouvement différent avec chaque jambe. Sa queue formait un seul membre, alors que les jambes sont séparées, et son cerveau met du temps à apprendre. Est-ce que les kelpies ont dû s'exercer aussi, au début ? Dommage qu'elle ne puisse pas demander à Nir. D'un autre côté, elle est contente parce qu'elle se ferait vraiment remarquer avec un cheval de mer à son côté, même s'il se camouflait. Elle a assez de Snorri, qui s'est mis à construire un immense château de sable et a complètement oublié qu'il n'est pas à la maison sur la plage d'or. Ça la rassure de voir que les humains aussi construisent des châteaux de sable, mais aucun n'a l'air aussi extravagant que celui de Snorri, qui a l'avantage de pouvoir travailler avec six bras en même temps.

— Non, Snorri, pas encore une tour ! Le garçon là-bas a déjà l'air jaloux, s'il s'aperçoit que tu es une pieuvre et pas un petit garçon habillé d'une chose bleue, nous sommes perdus tous les deux !

Boudeur, Snorri se cache dans son château et se met à travailler à l'aménagement intérieur. « Si ça lui chante, se dit Aquina, du moment que personne ne le remarque. »

Pendant ce temps, le soleil chauffe de plus en plus, et le tissu colle à la peau d'Aquina.

— Je ne savais pas que je pouvais produire de l'eau à l'extérieur de la mer, s'étonne-t-elle.

Il n'y a pas qu'elle qui ait trop chaud. Presque tous les humains rassemblent leurs affaires et s'en vont. Elle se retrouve pratiquement seule sur son morceau de plage, à l'exception d'un drôle de disque au bout d'une mince tige plantée dans le sable, qui fait un peu d'ombre et sous laquelle dort une femme rondelette. C'est maintenant ou jamais ! Aquina serre bien le tissu autour de son corps, se retourne à demi pour s'appuyer sur les bosses et le bas de ses jambes, puis pousse sur ses mains. Tremblante comme la forêt d'algues dans le courant, elle se redresse. Impossible de lever une jambe du sol, elle va tomber !

— Il faudrait que je me tienne à quelque chose, gémit-elle, mais il n'y a rien !

À quelques mètres d'Aquina, la mer s'ouvre, mais elle est bien trop concentrée pour s'en apercevoir. C'est seulement quand elle entend un léger soupir près d'elle qu'elle lève les yeux.

— Nir, tu arrives pile au bon moment !

Nir s'ébroue pour acquiescer ; sa couleur passe du blanc de l'écume au blond du sable, et il se colle contre elle pour qu'elle puisse se tenir. Aquina arrête de vaciller, redresse le dos, respire profondément et rassemble son courage. Comme quand elle s'exerçait assise, elle lève la jambe droite, la plie au niveau de la bosse, l'avance un peu et la repose. Elle est toujours debout ! Maintenant, la seconde jambe. Qu'est-ce que c'est fatigant ! Elle pose le front contre le cou de Nir.

— Merci ! Sans toi, je serais certainement tombée à chaque pas et je me serais cassé les jambes, elles sont si fines !

Mais son entrain est revenu.

— Je vais sortir de cette plage, même si ça doit me prendre toute la journée !

X

DANS LA VILLE HUMAINE

Aquina s'habitue plus vite que prévu. Elle n'arrive pas encore à courir, mais elle s'en sort bien pour marcher. Elle n'a plus cette impression qu'elle va tomber à chaque pas, et avec Nir à côté d'elle, elle est assez à l'aise. Snorri l'encourage et lui tend l'un ou l'autre tentacule quand elle se met à tanguer. Lorsqu'ils arrivent enfin au bout de la plage, Aquina est quand même tentée de retourner dans la mer, où elle se sent en sécurité et où elle se déplace beaucoup plus vite. Mais elle veut – elle DOIT – enfin aller voir son frère. Cependant, quand elle découvre la taille de la ville, sa confiance s'évanouit.

— Oh là là, elle est vraiment gigantesque ! À pied, je vais mettre une éternité à la traverser. Est-ce que tu as au moins une idée de l'endroit où je peux trouver Mats, Snorri ?

Le petit poulpe bleu hoche vigoureusement la tête et touche l'amulette.

— Je sais que tu lui as volé le pendentif ! répond Aquina. J'espère que tu sais encore où c'était...

Elle s'interrompt, car une question lui brûle les lèvres depuis que Nir est de retour. Comment poser cette question ? Est-ce

que le kelpie la comprend assez bien ? Elle doit essayer, aussi gentiment que possible.

— Est-ce que j'ai raison de croire que Sleip poursuit encore mon frère, Nir ?

Jusqu'à présent, elle a évité de penser au combat sous-marin des deux animaux. Elle était simplement heureuse de voir Nir refaire surface. Sans Sleip. Mais qu'est-ce qui s'est passé, là-dessous ?

Nir relève un peu la tête et secoue sa crinière. Puis il plie les jambes et s'agenouille.

— Quoi ? demande Aquina. C'est ta réponse ? Je crois qu'il faut que j'apprenne encore ton langage.

Nir tourne la tête et, ce faisant, lui place sa bride dans les mains. Aquina commence à comprendre.

— Tu veux que je monte sur ton dos ? Mais sur la terre ferme, est-ce que je ne suis pas trop lourde pour toi ?

Il renifle énergiquement. Elle s'assied donc sur son dos, d'abord en amazone, comme en mer, mais ensuite une meilleure idée lui vient et elle passe une jambe par-dessus son encolure, qui retombe de l'autre côté du flanc. C'est parfait, et étonnamment stable. Snorri s'accroche devant elle, et Nir se relève dans un balancement. Il franchit en un clin d'œil la distance qu'elle aurait mis une demi-éternité à parcourir.

— Tu es le meilleur ! déclare-t-elle.

C'est sur son dos qu'elle et Snorri entrent dans la ville.

« Gigantesque » était un euphémisme pour décrire la ville. Partout où Aquina regarde, il y a des maisons qui pourraient contenir cinq à dix palais de coquillages. Au moins. Les maisons humaines modernes ne sont pas des huttes sur pilotis comme à Rangnakor, elles sont bâties directement sur le sol et la plupart d'entre elles sont en pierre, pas en bois. Il n'y a presque pas de décorations, mais elles sont peintes de couleurs vives. Et elles ont de grandes fenêtres avec des vitres transparentes, pas juste de petits trous. On dirait presque que chaque maison a un visage plein d'yeux. Devant certaines fenêtres, il y a de drôles de plateformes avec des grilles qui rappellent à Aquina le nid-de-pie des navires. Sur certaines de ces plateformes, on voit même des gens qui regardent vers le bas. Les chemins sont beaucoup plus larges qu'à Rulantica, et il y a des humains qui s'agitent partout, un peu comme les bébés crabes-fantômes sur la plage d'or quand ils cherchent leur chemin vers la mer juste après avoir éclos tous en même temps. Le plus étrange, ce sont les choses qui roulent au milieu des chemins. On dirait des boîtes, et il y a toujours au moins un humain à l'intérieur, parfois plusieurs.

— Aha, les humains aussi trouvent que c'est pénible de marcher, au bout d'un moment ! s'esclaffe Aquina.

Nir doit faire attention à ne pas se mettre devant les boîtes, mais il a l'air de savoir exactement où aller. Elle est vraiment ravie de laisser Nir et Snorri prendre les commandes. Pendant ce temps, elle peut profiter de toutes ces impressions nouvelles.

À l'inverse, il y a des gens qui lèvent un regard curieux dans sa direction. Aquina tire sur son tissu en essayant de se faire aussi discrète que possible, comme si elle passait tous les jours par ici à cheval. Mais une petite fille humaine aux tresses brunes n'arrête pas de la fixer à travers la vitre arrière d'une boîte roulante. Doublement, parce que devant ses yeux elle a deux grandes vitres rondes posées sur le nez. Drôle d'objet ! Est-ce que c'est un artefact magique ? La petite lève la main et tend le doigt vers Aquina. Nom d'un kraken, les humains maîtrisent vraiment la magie ! Aquina n'attend pas de voir quel sortilège la petite fille va lui lancer. Elle réagit aussitôt, inspire profondément et murmure un mot devant son doigt avant de le pointer vers la boîte :

— *Dimma* !

Un fin brouillard couvre immédiatement d'un voile laiteux non seulement les vitres accrochées devant les yeux de la petite fille, mais aussi celles de la boîte roulante. Aquina sourit à son index.

— Ouah, le sortilège de brume marche mieux ici que sous l'eau ! Finalement, les cours de Skyrn ont servi à quelque chose.

Aquina ne voit pas exactement comment l'enfant réagit, car le brouillard lui cache la vue, mais la boîte commence à tanguer, et les autres boîtes klaxonnent bruyamment, comme les navires dans le brouillard. La boîte continue à zigzaguer jusqu'à ce que de minces bras agiles se mettent à balayer les vitres pour éliminer la brume magique d'Aquina. Avant que la petite fille puisse la voir à nouveau, Aquina murmure à l'oreille de Nir :

— Je crois qu'il vaudrait mieux changer d'itinéraire !

Nir réagit aussitôt et quitte la route principale surchargée. Les rues se divisent en ruelles de plus en plus étroites, parfois à peine assez larges pour laisser passer Nir et Aquina. Ils ne rencontrent pratiquement personne, les portes des maisons sont fermées et, devant les fenêtres, il y a des plaques de bois. La chaleur du soleil est encore plus impitoyable que sur la plage. De temps à autre, un canal longe le chemin en clapotant avant de disparaître sous l'une des maisons ou de se déverser dans un bassin entouré de murs. Ces bassins sont magnifiques, certains sont ornés de hautes fontaines, dans d'autres, un personnage en bronze ou en pierre dressé au milieu et verse ou crache de l'eau. Nir s'approche de l'un des bassins et baisse la tête pour boire. Des rires et des cris s'élèvent d'une des ruelles qui débouchent sur la petite place. Aquina ne peut pas encore les voir, mais on dirait une bande de garçons qui chahutent.

— Nous devrions disparaître, chuchote-t-elle à Nir.

Mais celui-ci se contente de reculer d'un pas et de prendre la couleur grise du mur d'une maison. Aquina n'a pas le choix, elle se cache derrière son flanc en espérant que les nouveaux venus ne vont pas s'intéresser au bassin et vont partir très vite.

Des pas pressés, quelqu'un qui souffle bruyamment, il doit être juste de l'autre côté de Nir.

Un piétinement, suivi de braillements :

— Pas la peine d'essayer, tu ne nous échapperas pas !

Le rire sarcastique d'au moins deux autres garçons ponctue l'affirmation du poursuivant qui semble nettement moins essoufflé que le jeune caché près de Nir.

Celui-ci répond d'un ton suppliant :

— Laisse-moi tranquille, Bully. S'il te plaît !

Aquina sursaute, elle a déjà entendu cette voix. C'est celle de son frère !? Elle redresse prudemment la tête. Mais oui, c'est bien sa chevelure rousse ! Et qui sont les autres ? Ils n'ont pas vraiment l'air d'être ses amis...

— Alors, t'as encore fait dans ton froc ?

Le poursuivant, qui s'appelle apparemment Bully, se plante devant Mats et le fixe de ses petits yeux rapprochés. Il a de gros bras musclés. Mats lui arrive seulement à la poitrine et se fait encore plus petit.

Bully se tourne à moitié vers ses acolytes. L'un est une grande perche dont les jambes sont encore plus fines que les bras d'Aquina, tandis que l'autre a le visage tout rond et une dent en moins, ce qui lui donne un air carrément niais.

— Hauke, Lalle ! Vous vous souvenez comment ce minable est redescendu du plongeoir parce que l'eau était vachement trop mouillée ?

— Carrément ! grimace le grand mince.

— Vous trouvez pas qu'on devrait aider notre cher copain Mats à surmonter sa peur de l'eau ? demande Bully d'un air sournois.

Le visage rond s'arrondit encore.

— Depuis quand c'est notre copain ? Je croyais que c'étaient seulement nous, tes copains ?

Bully lui frappe le front du plat de la main.

— Bon sang, Lalle, espèce d'édenté ! Tu devrais finir par faire la différence entre la réalité et une blague !

Pendant cette discussion, Mats recule discrètement, mais Bully avance une main charnue et l'attrape par le col.

— Eh, minus, on reste ici ! On est loin d'en avoir fini ! Alors, dis-moi, tu sais nager, au moins ?

Bully fait un pas vers Mats et le pousse contre le mur en raffermissant sa prise.

— La vérité ou j'te casse comme une brindille. Alors ?

— Non, je ne sais pas, avoue doucement Mats.

Bully éclate d'un rire retentissant.

— Vous avez entendu ça, vous avez entendu ? Ce minable sait pas nager ! Il vit au bord de la mer et il sait pas nager !

— Trop fort ! acquiesce Hauke.

Cachée derrière Nir, Aquina a tout entendu et n'en croit pas ses oreilles. C'est son frère, il a un père merrien comme elle, il devrait savoir nager ! Enfin, au moins barboter comme font tous les humains.

— Ohééé, hurle Bully, on va changer ça ! Allez, les gars, on l'attrape !

Il fait un signe à Hauke et Lalle, qui empoignent Mats de chaque côté.

— Et maintenant, dans la fontaine ! ordonne Bully en le prenant par les jambes.

À eux trois, ils traînent Mats dans cette direction.

Aquina n'y tient plus et sort de sa cachette. Elle s'avance vers le bassin que Bully appelle la fontaine et attend le groupe, les bras croisés. Snorri prend place au-dessus des statues – un homme portant un chapeau qui mène deux animaux aux bois impressionnants. À côté de Snorri, deux corbeaux épient l'eau

et se donnent beaucoup de mal pour avoir l'air d'être en pierre. Au fond du bassin, un saumon immobile n'a pas encore remarqué ses observateurs. Depuis le socle, quatre minces tuyaux déversent sans arrêt de l'eau dans le bassin. Snorri s'intègre parfaitement à l'ensemble, comme si l'artiste l'avait placé depuis le début entre les deux corbeaux.

— Lâchez-le tout de suite, tonne Aquina à Bully et à ses amis.

Stupéfaits, les trois complices déposent Mats et fixent la jeune fille qui s'est interposée.

Mats la reconnaît et secoue imperceptiblement la tête.

Lalle et Hauke sont intimidés par l'arrivée subite d'Aquina et sa colère non dissimulée. Ils reculent, mais Bully s'est déjà repris.

— Des comme toi, j'en mange au petit déj' alors dégage, microbe !

— Vraiment, vous vous mangez entre vous ? répond Aquina en fronçant les sourcils. Je n'aurais pas pensé que les humains seraient aussi primitifs.

Lalle et Hauke explosent de rire et Bully devient écarlate. Seul Mats reste sérieux et articule un mot silencieux : « Cours ! »

Bully se tourne vers Hauke.

— Tiens bien l'autre raté, j'vais d'abord faire taire cette nana !

— Mais c'est une fille, objecte Lalle.

— Si on se mêle des affaires des grands, on assume, rétorque Bully en fonçant sur Aquina.

Le jet d'eau d'un des tuyaux le frappe en plein dans l'œil.

— Qu'est-ce que... jure Bully au moment où un deuxième jet le frappe dans l'autre œil. Ff-ff ! émet-il quand un troisième tir l'atteint à la bouche.

Du coin de l'œil, Aquina aperçoit Snorri en train de dévier le quatrième jet vers Lalle qui veut venir en aide à Bully. Ce dernier se protège le visage d'un bras et brandit un poing menaçant de l'autre. À l'aveuglette, il se rue vers Aquina qui fait un pas de côté.

— *Sling, sling,* chantonne-t-elle à l'eau répandue sous les pieds de Bully.

On va voir si la magie de l'eau fonctionne aussi à terre. Aquina dessine une boucle du bout du doigt et désigne la flaque d'eau. Bully trébuche, il perd l'équilibre et, en se penchant vers l'avant pour se rattraper, il fait un vol plané jusqu'au milieu du bassin. Même Hauke et Lalle n'arrivent pas à réprimer une grimace en voyant Bully atterrir là où il voulait jeter Mats.

Un hennissement sonore met fin au triomphe d'Aquina. D'un seul coup, Nir prend une couleur rouge vif. Bully ne s'est pas encore relevé qu'un grondement de tonnerre résonne dans la ruelle d'où les garçons sont arrivés.

— À l'aiiiiiiide ! hurle Hauke qui lâche enfin Mats et s'enfuit de l'autre côté de la place.

Lalle se frotte les yeux et s'élance derrière son compagnon. Nir pousse un hennissement perçant.

— Aaaah ! braille Bully en retombant dans l'eau.

Il est le seul à remarquer non seulement Snorri qui se détache de la colonne et s'élance au-dessus des toits, mais aussi les deux corbeaux de pierre qui s'envolent, bien vivants, pendant que le

saumon plonge au plus profond des canaux.

Pendant ce temps, Aquina chancelle jusqu'à Nir et tente de se hisser sur son dos. Sleip déboule de la ruelle, dressé de toute sa taille. Il a l'écume à la bouche ; sa robe toujours d'un noir profond brille de sueur et fait ressortir sa puissante musculature. En montrant les dents, il se rue vers Mats qui hésite encore au milieu de la place. Tant bien que mal, Aquina réussit enfin à s'installer sur le dos de Nir.

— Vite ! Vite ! Sinon il va l'attraper !

Nir fonce à la rencontre de Sleip. Les deux kelpies s'envoient un hennissement. On dirait plus un salut d'égal à égal qu'un cri hostile comme auparavant sur la plage – en tout cas c'est l'impression d'Aquina. Elle sent les muscles de Nir se tendre sous elle, il s'apprête à bondir. Et soudain, Aquina a un doute : est-ce qu'elle peut vraiment lui faire confiance ? Et s'il ne lui avait rien fait à elle parce que ce n'était pas sa mission ?

Peut-être que, sous l'eau, ce n'est pas Nir qui a battu Sleip mais l'inverse. Peut-être que Sleip a rappelé à son ami quelle tâche ils avaient à remplir et qu'ils travaillent à nouveau ensemble ? Exena les a envoyés tuer Mats, pas Aquina. Par la malédiction d'Odin, et si Nir l'avait trompée ? Et s'il la laissait tomber et se mettait du côté de Sleip ? La sirène n'a certainement pas la force de les retenir tous les deux...

Mats est comme pétrifié et regarde les deux kelpies qui se précipitent vers lui. Sleip a une longueur de naseaux d'avance. Mais juste avant qu'il l'atteigne, le garçon retrouve ses esprits et s'élance vers la deuxième ruelle, où Hauke et Lalle ont déjà pris la fuite. Sleip prend un virage serré. Nir le rejoint et tente de lui couper la route. Aquina s'agrippe à la crinière, il ne faut surtout pas qu'elle tombe. Elle n'est pas encore complètement sûre que Nir soit de son côté, il pourrait considérer cette poursuite comme une compétition. Il se colle à Sleip, et c'est corps contre corps qu'ils suivent Mats dans le passage. Aquina voit avec horreur le mur se rapprocher. Au dernier moment, elle relève les jambes et se retrouve à genoux sur le dos de Nir. Le tonnerre des huit sabots se démultiplie dans la ruelle étroite. Cependant, les deux kelpies se gênent mutuellement et doivent ralentir. Mats se glisse adroitement entre les maisons et garde une petite longueur d'avance. Nir pousse Sleip contre le mur, mais celui-ci résiste. Chacun veut atteindre son but le premier. Sans cesser de se bagarrer, ils regagnent du terrain – quatre sabots sont toujours plus rapides que deux jambes. Un peu plus loin, quelque chose pendouille à mi-hauteur en plein milieu de la ruelle. Aquina écarquille les yeux pour mieux voir. C'est un tentacule ! Snorri est suspendu à une de ces drôles de plateformes de chaque côté de la rue et tend son bras libre à Mats.

— Attrape son bras ! hurle Aquina aussi fort que possible en direction de Mats.

— Je ne vais pas tomber deux fois dans le panneau ! souffle Mats sans s'arrêter.

Snorri le suit par les toits.

— Fais-nous confiance si tu veux t'en sortir vivant ! lui crie Aquina.

— Je ne suis pas fou à ce point !

Mats repart de plus belle, mais il trébuche sur une pierre et s'étale par terre. Incapables de s'arrêter, Sleip et Nir sautent par-dessus lui en trombe.

— Non ! gémit Aquina qui ressent la douleur des sabots comme si c'était elle qui se faisait écraser.

Elle regarde derrière son épaule. Mats est roulé en boule au milieu de la ruelle, les bras sur la tête. Sleip et Nir ralentissent enfin, mais ils ne peuvent pas se retourner, la ruelle est trop étroite. Coincés entre les murs, ils piaffent sans pouvoir avancer ni reculer. C'est maintenant ou jamais ! Aquina rassemble tout son courage, s'élance et saute sur le dos de Sleip. Celui-ci se rebelle et tente de se débarrasser de ce fardeau inhabituel, mais il ne peut pas pousser les murs et Nir ne lui laisse pas de place dans la ruelle, il fait même tout pour l'empêcher de bouger.

— Je n'aurais jamais dû douter de lui, murmure Aquina avec gratitude.

Elle est accroupie sur le dos de Sleip, secouée comme par une houle violente. Des deux mains, elle tient fermement la bride qu'elle a tressée.

« Un, deux, trois », compte-t-elle mentalement.

La bride s'envole par-dessus la tête de Sleip. Rapide comme l'éclair, Aquina passe la main devant son encolure et tente de passer la boucle autour de sa bouche. D'en haut, quelque chose éclabousse Aquina, lui glisse sur le front et coule le long de sa figure. Ça lui brûle les yeux, elle n'y voit presque plus rien, mais elle tient la corde aussi solidement que possible. Pourvu qu'elle ait vraiment atteint la bouche de Sleip !

Celui-ci continue à se démener. Aquina tire sur l'extrémité des cordes. À côté d'elle, Nir crie, mais elle ne sait pas pourquoi, gênée par la boue visqueuse qui lui irrite les yeux. Ne pas lâcher, ne pas lâcher ! Sleip doit avoir réussi à se libérer, car elle sent ses muscles bouger, il se lance au galop. Il est plus puissant et brusque que Nir, cependant il n'essaie plus de la faire tomber. Aquina n'y voit toujours rien, mais le vent caresse ses joues ; elle s'habitue au rythme de Sleip et apprécierait presque cette chevauchée à l'aveugle si elle ne se faisait pas autant de souci pour Mats.

— Nous devons y retourner, murmure-t-elle à Sleip en tirant délicatement sur la corde qui lui scie les mains.

Sleip change aussitôt d'allure et passe du galop au pas. Aquina sent son cœur s'alléger de soulagement : elle a réussi, il lui obéit ! Enfin, elle ose attraper les rênes d'une seule main et s'essuyer les yeux de l'autre.

— Qu'est-ce que c'est que ça ? se demande-t-elle en observant la masse visqueuse blanchâtre qui lui salit les doigts. Beurk, c'est de la fiente d'oiseau !

Elle lève les yeux vers le ciel. Deux corbeaux noirs tournoient tout là-haut, mais qui peut dire s'ils sont les coupables ? Et quand bien même, elle ne peut pas s'envoler à leur poursuite pour leur demander des comptes.

À la place, elle chantonne *Smuts gå, gå smuts*, crache sur un pan de sa serviette de plage et s'essuie le visage. Grâce au sortilège de nettoyage, elle élimine sans problème toute la fiente. Puis elle s'empresse de guider Sleip vers la ruelle dont ils sont venus. Il est toujours là : son frère qu'elle a cherché si longtemps, pour qui elle a quitté son monde natal, échappé à un mur de brouillard et à un filet, et dompté deux kelpies. Mais il ne bouge pas...

XI

LA SOURCE DE VIE

Le cœur d'Aquina bondit. Elle glisse du dos de Sleip. Mais, les jambes raidies d'être restée assise si longtemps, il lui est impossible de marcher. À quatre pattes, elle rampe jusqu'à Mats en passant devant Nir qui monte fidèlement la garde à côté du garçon.

— Tu es blessé ? murmure-t-elle.

Pas de réaction.

Est-ce qu'il respire encore ? Elle touche ses épaules. Un sursaut à peine perceptible. Mais rien que pour ce mouvement minuscule, Aquina pourrait embrasser la terre entière. Il est vivant !

— Ne me fais pas de mal, gémit Mats.

— Ce n'est pas mon intention. Je veux te sauver !

Mats se redresse. Mis à part une grosse bosse sur la joue droite, il semble miraculeusement indemne.

— Drôle de sauvetage, ça a failli me tuer !

— Je peux tout t'expliquer.

Aquina jette un regard vers les kelpies qui se tiennent tranquillement près d'eux comme s'ils n'avaient jamais rien fait d'autre.

Mats suit son regard et recule de plusieurs mètres.

— Commence par éloigner ces monstres !

— Nir et Sleip ne te feront plus rien, je les ai domptés ! explique Aquina non sans fierté.

— Et pourquoi est-ce que tu les as lancés contre moi ? Qu'est-ce que je t'ai fait ? Je ne te connais même pas ! Tu es qui, d'abord ?

— Eh bien...

Aquina se demande fébrilement par où commencer. Jusqu'à présent, son seul but était de trouver Mats, et ce qu'elle allait lui dire, comment elle allait tout lui expliquer, elle n'y a pas vraiment réfléchi. Elle en sait encore trop peu. Mais il faut peut-être commencer par le plus important.

— Je suis ta sœur.

Mats la regarde comme si elle avait cinq têtes, dix pattes et qu'elle crachait du feu.

— Tu te fiches de moi ? Qui est derrière tout ça ? Bully ? Non, il n'est pas assez malin. Rayk ? Ou même toute la bande des Vikings ?

Il se relève, brosse son pantalon de la main, observe son pull-over qui était propre il n'y a pas si longtemps, et hoche la tête en constatant qu'il aura du mal à enlever les taches. Puis il s'essuie les deux mains dessus avant de les passer dans ses cheveux qui sont dressés dans toutes les directions comme les piquants d'un poisson-hérisson.

— Laissez-moi tranquille. Tous. Je me débrouille très bien tout seul. Sans parents, sans vous, sans personne ! gronde-t-il en redressant les épaules et en faisant demi-tour.

Aquina ne s'attendait pas à cette réaction. Elle pensait qu'il suffisait de le trouver, qu'ils se tomberaient dans les bras et que tout irait bien. Mais il ne la croit même pas. Elle se redresse en hâte.

— Mais c'est vrai, je suis vraiment ta sœur !

— Et moi, je suis le roi de Suède ! rétorque Mats avec dédain.

Il ne se retourne même pas vers elle. En un clin d'œil, il a presque atteint le passage qui mène à la place de la fontaine. Impuissante, Aquina le regarde s'éloigner. Il ne peut pas faire ça ! Il ne peut pas s'en aller tout simplement, elle a tant de choses à lui raconter ! Mais comment le retenir ? Hésitante, elle titube dans sa direction, mais c'est inutile. Même sans courir, il est deux fois plus rapide qu'elle, qui doit réfléchir avant de faire chaque pas.

— J'ai ton pendentif ! appelle-t-elle d'un ton désespéré.

Ça marche ! Mats fait demi-tour.

— Quoi ? Ce drôle de monstre bleu est vraiment à toi ? Tu es complètement folle, rends-moi tout de suite mon amulette.

Aquina saisit sa chance et s'avance tant bien que mal. Comme s'il n'attendait que cette occasion, Snorri se décroche du mur et atterrit sur son épaule. Elle caresse la petite tête bleue.

— Snorri n'est pas un monstre ! Au contraire, il voulait te sauver la vie, comme moi. Et pour la deuxième fois. Sans lui, tu te serais probablement noyé quand tu étais bébé !

Mats devient blanc comme un linge et s'avance d'un pas décidé jusqu'à être pratiquement collé à Aquina qu'il fixe d'un air furibond.

— Noyé ? Qu'est-ce que tu racontes ? Je ne m'approche jamais de la mer ! Menteuse ! Donne-moi le pendentif, tout de suite !

Aquina touche son propre cou.

— Tu veux dire celui-là ?

— C'est le mien ! rétorque Mats en tendant la main.

— Non, c'est faux ! C'est le mien !

Elle tire le second pendentif de sa sacoche et le place à côté du premier.

— Nous avons le même pendentif tous les deux. Ils viennent de notre mère. Tu me crois, maintenant ? Tu vas m'écouter, à la fin ?

Mats observe les deux colliers tour à tour. Il est clair qu'il lutte intérieurement. Enfin, il baisse la main et la tête. D'un seul coup, toute sa colère semble s'évanouir et il pousse un profond soupir.

— Je vais peut-être le regretter, mais explique-moi...

— On peut aller à la plage ? Je pourrai tout te montr...

— Oublie tout de suite ! Je ne vais pas à la plage ! Soit on parle ici, ordonne-t-il en désignant l'un des trois bancs de bois installés autour de la place, soit on ne parle pas ! Et je veux récupérer tout de suite mon pendentif que ton mons... ton drôle d'ami m'a volé !

— Snf ! fait Snorri en reniflant.

Il attrape le pendentif dans la main d'Aquina et le tend à Mats, en faisant une mine à attendrir les pierres.

Pour la première fois, un sourire se dessine sur le visage du garçon.

— Merci !

— Snm ?

— Oui, j'ai compris, tu n'es pas un monstre, admet Mats. Mais qu'est-ce que tu es, alors ? Tu ne devrais pas avoir huit tentacules, comme toutes les pieuvres ?

— Snorri est un poulpe à six bras, ça existe seulement dans le monde sous-marin de Rulantica, là d'où nous venons, explique Aquina.

— Hum... Rulantica ? Jamais entendu parler.

— Normal, Rulantica est probablement l'île la plus secrète du monde. Et Snorri est à coup sûr le poulpe le plus rare.

— Sn, sn, sn, confirme Snorri en enroulant deux tentacules autour du cou d'Aquina.

— Et comme tu le vois, c'est aussi le plus *adorable*... et parfois le plus insolent, ajoute-t-elle en souriant.

Ils sont arrivés à l'un des bancs et se laissent tomber dessus. Aquina tente d'arranger ses jambes discrètement. Comment peut-on s'installer confortablement avec ces trucs-là ?

Mats observe ses contorsions d'un air un peu irrité avant de porter son regard sur Sleip et Nir qui les ont suivis à quelque distance.

— Et eux, qu'est-ce que c'est ?

— Ce sont des kelpies, ils viennent aussi de Rulantica. Ne t'inquiète pas, ils ne te feront plus rien... enfin je crois, glisse Aquina.

— Honnêtement, je préférerais que tu sois sûre, objecte Mats en glissant sur le banc. Tu ne peux pas... je ne sais pas, les envoyer à l'écurie, ou quelque chose comme ça ?

— Normalement, ils vivent dans l'eau. Mais tu n'as pas voulu aller sur la plage...

Comme si Nir avait compris de quoi il s'agissait, il se dirige lentement vers la fontaine et se met tranquillement à boire. Sleip le suit. Aquina fronce les sourcils.

— Il n'y avait pas deux corbeaux en pierre sur la colonne ?

Mats jette un coup d'œil à la fontaine et secoue la tête.

— Non, c'est la fontaine d'Åse Kleveland, il n'y a pas d'oiseaux, seulement des rennes. Bon, raconte, maintenant ! Pourquoi est-ce que tu crois qu'on est frère et sœur ?

— Malheureusement, je ne sais pas tout, concède Aquina. J'espère que tu pourras combler quelques trous. Mais à ce que je sais, notre mère a été prise dans une tempête qui l'a amenée jusqu'à Rulantica.

— Mais c'est quoi, cette île ? Il y a un projet secret du gouvernement, ou quoi ?

— Qu'est-ce que c'est, le gouvernement ? demande Aquina.

— C'est ceux qui décident ce qu'on peut faire ou pas dans le pays, explique Mats. Il n'y en a pas à Rulantica ?

— Oh, si, on a ça. Kailani est la cheffe de la ville sous-marine d'Aquamaris et décide de ce que font les sirènes, et Exena commande les gardiens de la Source dans la ville de glace.

Mats hausse les sourcils. Est-ce qu'il sait seulement ce que sont les sirènes et les gardiens de la Source ? Ne vient-il pas de dire qu'il ne va jamais dans l'eau ? Comment lui expliquer son monde ? Mais Mats semble décidé à avancer pas à pas.

— OK, donc s'il n'y a pas de projet secret, pourquoi est-ce que personne n'en a entendu parler ?

— À cause de la Source que Loki a créée en même temps que Rulantica.

— Qui ça ? demande Mats interloqué.

— Quand même, tu connais les dieux nordiques, non ? Odin, le père de tous, sa femme Frigg, Thor le puissant, et Loki le perfide ?

Oh là là, ça va être difficile si Mats n'a jamais entendu parler des dieux ! Pourtant, il a l'air plutôt intelligent, Aquina aime bien son regard éveillé et sa manière de réfléchir à tout ce qu'elle dit avant de répondre. D'ailleurs, il ferme même les yeux comme s'il regardait à l'intérieur quand il réfléchit.

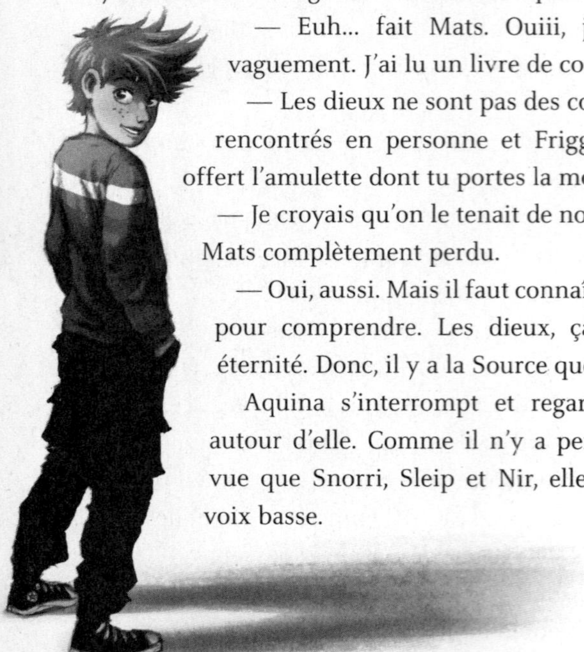

— Euh... fait Mats. Ouiii, je m'en souviens vaguement. J'ai lu un livre de contes qui en parle.

— Les dieux ne sont pas des contes, Kailani les a rencontrés en personne et Frigg elle-même lui a offert l'amulette dont tu portes la moitié en pendentif.

— Je croyais qu'on le tenait de notre mère ? objecte Mats complètement perdu.

— Oui, aussi. Mais il faut connaître toute l'histoire pour comprendre. Les dieux, ça remonte à une éternité. Donc, il y a la Source que Loki...

Aquina s'interrompt et regarde attentivement autour d'elle. Comme il n'y a personne d'autre en vue que Snorri, Sleip et Nir, elle poursuit, mais à voix basse.

— C'est la partie secrète, tu ne dois jamais, jamais en parler à un autre humain !

— Aucun risque. De toute façon personne ne me croirait. On dirait que tu sors d'une secte bizarre, murmure Mats.

Son regard passe alors sur Sleip et Nir, qui ont pris la même couleur que la fontaine, et sur Snorri qui est toujours perché sur l'épaule d'Aquina. Il plisse les yeux et, sans les ouvrir, marmonne :

— Mais comment est-ce que... tu veux vraiment dire que les dieux...

Il secoue la tête et finit par regarder Aquina droit dans les yeux.

— Je ne le dirai à personne, promis juré ! De toute manière, je ne saurais pas à qui, je n'ai pas tant d'amis...

Aquina aimerait lui serrer la main pour le consoler. Mats a l'air triste, mais aussi terriblement seul. Encore plus seul qu'elle, alors qu'elle vient tout juste d'arriver dans le monde des humains. Pourtant, c'est chez lui, ici. Mais elle n'ose pas faire un geste et se contente de prendre une grande inspiration avant d'entamer son récit.

— Notre Source n'est pas une source ordinaire. Loki lui a transmis la magie du royaume des dieux, Asgard, et celui qui s'y baigne reçoit la jeunesse et la vie éternelles.

— Aha.

Mats a l'air bien moins impressionné qu'elle ne s'y attendait.

— Honnêtement, je préférerais une source qui distribue chaque jour autant de glace à la fraise que je peux en manger.

Aquina pouffe de rire.

— Eh bien, si la glace à la fraise est un truc aussi délicieux que les fruits que Snorri a récoltés sur la plage, tu es le premier à dire à haute voix ce que je pense depuis longtemps ! Cette histoire de vie éternelle, c'est vraiment un truc d'adulte, je trouve.

— Et toi ? demande Mats. Tu es immortelle aussi ?

— Non ! rit Aquina. Heureusement que non ! Il n'y a que quelques immortels à Rulantica. Il faut se baigner dans la Source, et alors on ne peut plus mourir de mort naturelle. Mais aucun merrien ne fait ça aujourd'hui, on doit prêter serment dans la grotte de la Source, explique-t-elle après avoir retrouvé son sérieux. La malédiction est vraiment grave. Odin était furieux parce que nos ancêtres vikings se sont pris pour des dieux et se sont baignés dans la Source, et il a voulu détruire Rulantica. Mais sa femme Frigg l'a convaincu de laisser une chance aux Vikings. Alors il s'est contenté de les transformer en merriens et leur a ordonné de veiller sur la Source pour que personne ne s'y baigne plus jamais.

— Je comprends, c'est pour ça que l'île est secrète, déclare Mats. Mais qu'est-ce qui se passera si quelqu'un s'y baigne quand même ?

— Svalgur, souffle Aquina. Odin a laissé là-bas le monstre marin Svalgur qui détruirait tous les merriens avec l'île. Alors les sirènes et les gardiens de la Source s'assurent que personne ne puisse s'approcher de l'île.

— Les sirènes et les gardiens de la Source ? Je croyais que tu parlais de merriens ?

— Oui, nous sommes tous des merriens, mais on a deux gouvernements, comme tu les appelles. Exena et les gardiens de la Source coulent les navires qui s'approchent trop près de Rulantica.

— Génial, juge Mats, détruire les autres pour assurer sa survie...

— Tu as parfaitement raison. Mais Frigg, la déesse qui nous a donné notre pendentif, a aussi prédit à Kailani qu'un humain mettrait fin à la malédiction. Depuis, les gardiens de la Source croient qu'un humain va se servir de la Source et déclencher la malédiction. Kailani, elle, espère plutôt qu'un jour le sortilège sera détruit et que Rulantica et les merriens seront libérés de leur devoir. Alors avec les sirènes, elle essaie seulement de tenir les humains à distance de l'île en chantant.

Pendant le récit d'Aquina, le visage de Mats oscillait presque chaque seconde entre l'incrédulité et l'intérêt. Pour la première fois, il sourit.

— Les tenir à distance en chantant ? Sérieux ? Je croyais que ça attirait plutôt les gens, non ?

— Oh, tu n'as jamais entendu notre skjol ! Le chant de tempête est bien plus menaçant que n'importe quel orage !

— « Votre » skjol ? Tu chantes aussi ? s'étonne Mats.

— Oui, enfin, pas très bien, j'avoue. Ma voix est trop claire et pas assez grondante, mais depuis que je sais que notre père était un gardien de la Source, ça ne m'étonne plus vraiment.

Une fois de plus, Mats reste bouche bée.

— Attends, tu chantes chez les sirènes et ton... euh... *notre* père était un gardien de la Source. Mais alors, tu es... tu penses que nous sommes...

— ... des merriens. Enfin, à moitié !

— Jamais, jamais !

Mats bondit sur ses pieds avant de se rasseoir, déconcerté. Aquina l'observe attentivement. Son frère a autant de mal à la croire qu'elle-même en a eu quand Bror lui a avoué la vérité. Pas étonnant. Elle ose enfin lui poser la main sur le bras pendant qu'il murmure :

— J'ai une mégatrouille de l'eau. Tu l'as entendu tout à l'heure, je ne sais pas nager. J'ai séché les cours de natation et je suis redescendu du plongeoir même si ça m'a valu un zéro. Je ne suis jamais allé en mer et je n'ai pas l'intention de changer. Tu dois me confondre avec quelqu'un d'autre !

— Mais pourquoi est-ce qu'Exena aurait envoyé les kelpies te tuer si tu n'étais pas mon frère ?

— Qui est cette Exena ? Qu'est-ce que je lui ai fait ? Je ne parlerai jamais à personne de votre Source, et je ne vais certainement pas aller m'y baigner !

— Si elle était au courant que tu ne sais pas nager, elle t'aurait certainement laissé tranquille. Mais elle et les gardiens de la Source croient que la malédiction est inévitable. Alors Exena déteste tous les humains et les tue dès lors qu'ils ne font que *risquer* de s'approcher de Rulantica.

— Je peux encore te poser une question idiote ?

— Vas-y !

— Pourquoi est-ce que les autres merriens ne font pas comme toi et ne quittent pas simplement Rulantica ? Svalgur n'anéantirait que ceux qui abusent de la Source et tous les autres seraient en sécurité.

— Oh, j'ai oublié de te parler du mur de brouillard ? Il entoure Rulantica à une distance de trois milles marins. Il faut souffler dans la corne de Loki pour voir l'île de l'extérieur. À l'inverse, les merriens ne peuvent pas traverser le mur de brouillard parce que la malédiction d'Odin les en empêche. Si l'un d'eux essayait, tous les autres seraient menacés par le même destin : Svalgur s'éveillerait dans le temple de glace et détruirait tout.

— Brr, ça a l'air terrible ! Mais comment est-ce que notre mère et notre père ont pu se rencontrer, alors ?

« *Notre* mère, *notre* père. » Aquina jubile. Mats commence à la croire, elle le sent. Il vient de se redresser, ses yeux brillent de fascination et, sous l'effet de l'enthousiasme, ses joues ont pris la même couleur que ses cheveux.

— Eh bien, je ne connais pas toute l'histoire. Mais il est probable que notre mère se soit retrouvée par hasard aux abords de Rulantica. Seulement, elle a eu la chance que notre père Falor, qui était aussi un gardien de la Source, tombe amoureux d'elle et la sauve avant qu'elle ne se noie. Alors elle est restée à Rulantica et nous sommes nés.

— Mais pourquoi on n'y est plus ? Qu'est-ce qui est arrivé à nos parents ? Et comment je suis arrivé ici ? lâche Mats en rafales.

Aquina comprend son impatience, elle ressent la même. Elle glisse sur le banc pour se rapprocher de lui.

— Comme je te l'ai dit, Exena ne voulait pas de notre mère sur l'île, et de nous deux non plus. Notre mère a donc voulu nous mettre en sécurité dans le monde des humains. Elle a réussi à fuir, mais Exena nous a probablement envoyé une tempête de glace.

Aquina a du mal à retenir ses larmes, et Mats a l'air inquiet.

— La tempête d'Exena a tué notre mère ?

— Quand je suis partie à ta recherche, j'espérais que notre mère, au moins, serait encore en vie. Mais en chemin j'ai rencontré la déesse Hel, et elle a dit que notre mère habitait chez elle, au royaume des Morts.

Mats renifle.

— Ça fait drôle, c'est comme si je perdais ma mère une deuxième fois. Je suis orphelin depuis toujours, mais je n'avais jamais été aussi près d'avoir des parents. Et finalement, non. Tu comprends ce que je veux dire ?

— Bien mieux que tu l'imagines, répond Aquina en attrapant sa main. Avant de te retrouver, je croyais que Hel m'avait menti. Ou qu'elle avait fait une erreur et que tu vivais ici avec notre mère. Je me doutais bien que je me trompais, mais je gardais une dernière lueur d'espoir...

Tous deux restent assis là, plongés dans leurs pensées. On entend seulement Snorri renifler.

Aquina reprend :

— Snorri était là, c'est lui qui t'a sauvé et déposé sur la plage avant de replonger me chercher. Mais quand il est revenu, tu avais disparu. C'est bien ça, Snorri ?

Snorri acquiesce tristement.

— C'est pour ça qu'il m'a ramenée à Rulantica, à Kailani qui a fait comme si j'étais sa fille pour qu'Exena ne remarque rien. Je viens juste de l'apprendre. Ce sont les vagues qui ont raconté que tu étais encore vivant, et Exena a envoyé les kelpies juste après !

— Donc jusqu'à présent tu vivais dans la mer, sous une île qui pourrait être dévorée par un monstre à tout moment ?

— Oui.

— Combien de temps ? Je veux dire, tu as quel âge ?

— Douze ans.

— Tu as aussi douze ans ? s'étonne Mats.

— Exactement douze ans et une lune !

— Une lune ? Tu veux dire un mois ?

— Je veux dire la durée entre deux nouvelles lunes...

— Ça colle, estime Mats. J'ai été retrouvé sur la plage il y a exactement onze ans et neuf mois, et d'après les médecins j'avais à peu près trois mois. Mais si on a le même âge, on ne peut pas être frère et sœur !

— Et pourquoi pas ? demande Aquina.

— Ben, parce que... Ou alors... Tu crois qu'on est... ?

— ... jumeaux ! complète Aquina.

— Tu es blonde et moi, roux, tu es une fille et moi, un garçon !

— Et alors ? On peut être des faux jumeaux !

Il considère son visage comme s'il la voyait pour la première fois, s'approche et plisse les yeux, comme Aquina le fait souvent.

— Tes yeux ressemblent un peu aux miens, c'est vrai ! Ils sont du même bleu, de la même forme, et tu as la même tache de naissance que moi sous l'œil droit...

Aquina se rapproche encore de lui et l'examine à son tour.

— Alors c'est à ça que ressemblent mes yeux ?

— Tu dois bien savoir à quoi ressemblent tes yeux ! s'étonne Mats.

— Non, comment je pourrais ? Tu as déjà vu tes yeux, toi ?

— Ben oui, dans un miroir !

— Qu'est-ce que c'est, un miroir ?

Mats est sidéré.

— Tu ne sais pas ce qu'est un miroir ? Vous, les filles, vous passez la moitié de votre vie devant, normalement !

— Je ne suis pas une fille normale, lui rappelle Aquina.

— Et je commence à te croire là-dessus, sourit Mats.

Il ressort son pendentif et lui agite sous le nez.

— Tu sais lire ça ?

— Oui, il y a écrit « Mats ».

— Génial. Tu sais lire les runes, juste comme ça. Moi, je suis allé jusqu'au muséum exprès parce que je voulais vérifier si on m'avait dit la vérité, au foyer.

— Comment ça ? Tu ne sais pas lire ? Vous n'avez pas d'école, ici ?

Mats claque la langue.

— Bien sûr que si, et même souvent ! Sauf pendant les vacances d'été, comme maintenant. Mais nous n'utilisons plus les runes.

— Je crains d'avoir encore beaucoup de choses à apprendre sur le monde des humains, et pas seulement comment on marche sur des jambes ! Je ne sais même pas ce que c'est qu'un muséum ou un foyer.

— Un muséum, c'est un endroit fantastique où sont exposés des tas de connaissances et de choses anciennes. Et un foyer comme Les Trois Bouleaux, c'est autre chose... c'est là que vivent les enfants qui n'ont plus de parents.

— Alors, c'est là que je vais vivre aussi, maintenant, réfléchit Aquina.

— Tu... tu as vraiment l'intention de rester ?

Aquina sursaute.

— Tu veux que je reparte ? Tu ne me crois toujours pas ?

— Non, enfin si... Mais c'est tellement... irréel. Comme si ça ne m'arrivait pas à moi. Jusqu'à maintenant, j'étais toujours celui qui reste dans son coin, qui ne connaît même pas ses parents, qui ne sait pas nager, qui se fait tout le temps embêter par Bully. Et là, voilà que ma sœur jumelle débarque et me dit que mon père était un merrien et que je viens d'une mystérieuse île des dieux. Ça fait beaucoup d'un coup, tu comprends ?

Aquina acquiesce.

— Et comment ! C'est un peu comme croire qu'on est une merrienne, la fille de Kailani et Bror, qu'on ne pourra jamais quitter Rulantica, et découvrir que tout ça, c'est des mensonges, qu'on a d'autres parents et que la seule vraie famille qu'on a encore est menacée par deux kelpies...

Aquina et Mats se regardent. Mats hoche lentement la tête, Aquina aussi. Et soudain, ils éclatent de rire ; et ils rient jusqu'à ce qu'Aquina ait mal au ventre et que Mats n'arrive presque plus à respirer.

XII

L'APPEL DE LA MER

Aquina et Mats ne voient pas les ombres s'allonger. Ils ont douze années à rattraper, et tandis qu'ils se racontent les histoires de leurs deux mondes, une longue tête se glisse lentement entre eux. Nir souffle doucement. Sleip reste un peu en arrière et gratte le sol du bout du sabot.

Mats sursaute.

— Qu'est-ce qu'ils veulent ?

— Désolée, je ne m'y connais pas plus en kelpies que toi, mais je crois qu'ils ont envie de retourner dans l'eau, suppose Aquina. Ils ne sont probablement pas venus souvent sur la terre ferme, et jamais aussi longtemps.

Le contraste avec Snorri confirme les soupçons d'Aquina. Alors que le petit poulpe bleu bondit joyeusement de toit en toit et s'amuse à regarder par les fenêtres des humains, Nir semble perdu. Sa robe est grise et pâle.

— Pourquoi est-ce qu'ils ne s'en vont pas ? s'étonne Mats. Tu ne les tiens plus, pourtant.

— Hmm, bonne question. Peut-être que, comme je les ai domptés, ils ont besoin de mon autorisation ?

Aquina caresse doucement l'encolure de Nir.

— Il faut encore que je te dise merci, tu ne m'as pas laissée tomber.

Nir place sa bouche dans la main d'Aquina. La jeune sirène ressent une différence entre Nir et Sleip : elle les a domptés tous les deux, mais le lien entre elle et Nir est plus étroit.

— Je te rendrais la liberté si je le pouvais, murmure-t-elle à son oreille. Mais je dois d'abord être sûre que Mats n'a plus rien à craindre, tu comprends ?

Peut-être qu'elle se fait des idées, mais elle interprète le souffle de Nir comme un oui, et elle en est soulagée. Cependant, les deux kelpies doivent retourner à la mer. Elle se lève, vacillante après être restée aussi longtemps assise.

— J'adorerais continuer à parler avec toi, mais...

— Honnêtement, je me sentirai mieux quand ces deux-là seront dans la mer et plus derrière moi, répond Mats.

— Bon, alors... dit Aquina en attrapant la bride des deux kelpies.

— Il doit encore y avoir du monde sur la plage, la prévient Mats. Les vacances viennent de commencer, il y a des fêtes jusque tard dans la nuit.

— Ah, et qu'est-ce que ça signifie ?

— Que ce ne serait pas très malin d'arriver au milieu d'une meute de fêtards avec tes kelpies sur la plage.

— Tu as raison, ce serait stupide, répond Aquina avant de s'adresser à Nir. Je suis désolée, mon beau, mais il va falloir attendre encore un peu avant de retourner à la mer.

Mats gonfle les joues et pousse un énorme soupir, puis il se redresse.

— OK, je vous y emmène !

— Tu ne viens pas de dire qu'il y avait trop de monde ?

— Je connais un endroit… Il y a des rochers et c'est bien trop escarpé pour des visiteurs ordinaires, explique Mats.

— Mais comment tu connais cet endroit ? Tu as peur de la mer, non ? s'étonne Aquina.

— Ce n'est qu'à moitié vrai, concède Mats. J'ai peur de nager, parce que j'ai peur de me noyer. J'en rêve souvent. Du plus loin que je me souvienne, ce sont mes pires cauchemars.

— Mon pauvre, c'est terrible !

Mats hoche la tête.

— Mais parfois, je regarde la mer d'en haut, sans qu'elle puisse me voir. Juste pour m'assurer qu'elle ne peut pas m'attaquer de loin. Je ne l'ai jamais raconté à personne, parce que même moi, je me trouve un peu dingue…

— Certainement pas, proteste Aquina pour le rassurer.

— Depuis que tu m'as raconté ton… enfin *notre* histoire, je comprends mieux, même si ça n'explique pas tout. Allez, maintenant, je vais vous emmener à mon endroit. Après, vous devrez vous débrouiller pour atteindre l'eau. Nir et Sleip sont capables de grimper, j'imagine ?

— Plus que moi de marcher, rétorque Aquina.

— Excuse-moi, j'avais complètement oublié ça !

Mats lui tend le bras pour qu'elle puisse s'accrocher à lui.

— Tu n'as pas besoin de lever les pieds aussi haut, garde-les à plat au-dessus du sol, ça suffit.

— Mais j'ai bien regardé comment les gens faisaient sur la plage ! grommelle Aquina.

— Dans le sable, c'est autre chose, explique Mats. En ville, tu ne t'enfonces pas autant, donc tu n'as pas besoin de lever les jambes comme une cigogne à la recherche de grenouilles !

La méthode de Mats est bien plus pratique et, à chaque pas, Aquina se sent de plus en plus à l'aise sur ses jambes. Cependant, de nombreuses personnes les observent quand ils arrivent dans une rue plus peuplée. Un homme les fixe sans ciller de son regard bleu-gris, au point qu'Aquina commence à frissonner malgré la chaleur. Il est grand et mince, mais il a de larges épaules. Ses cheveux gris clairsemés sont soigneusement peignés vers l'arrière et enduits d'un produit qui lui fait penser à de la bave d'escargot de mer. Elle le remarque parce que, contrairement aux autres gens de la rue qui portent des choses légères comme Mats, celui-ci est presque complètement enveloppé dans des affaires qui ont l'air rigides et rêches, toutes noires. Il n'y a que sur la poitrine qu'un peu de blanc est visible, mais un cordon noir le maintient autour du cou. Il s'appuie sur un bâton sombre qu'il frappe nerveusement contre le sol tout en dévisageant Aquina.

— Je marche encore bizarrement ? demande-t-elle doucement.

— Ce n'est pas toi qu'on regarde, c'est eux.

Mats désigne Sleip et Nir qui trottinent paisiblement derrière eux, avec Snorri confortablement installé sur le dos de Nir.

— Heureusement que tes kelpies ressemblent un peu à des chevaux, mais de nos jours presque plus personne ne monte à cheval, tout le monde a une voiture ou fait du vélo.

— « Voiture »... Ce sont les boîtes roulantes qui puent !

— Exact. Tu comprends pourquoi on se fait remarquer avec Sleip et Nir, maintenant ?

— Donc l'homme, là-bas, c'est eux qu'il fixe ?

Aquina se retourne à demi. Mais l'homme a déjà disparu dans la foule. Elle n'a pas envie qu'on la dévisage encore, alors elle propose :

— On pourrait monter sur leur dos, ce serait moins bizarre ?

— Peut-être, mais tu ne me feras pas monter sur le dos d'un kelpie ! Tu as oublié ? Ils voulaient me tuer !

— Mais c'est fini. Et Nir t'a même sauvé, en fin de compte, objecte Aquina.

— Oui, mais je préfère continuer à pied. Si tu es d'accord, ajoute-t-il en hâte.

Elle accepte d'un geste tout en l'observant aussi discrètement que possible. Elle vient de chambouler toute sa vie, et malgré tout il se montre plutôt calme et détendu ; mais quand elle le regarde plus attentivement, elle constate qu'il est aussi hésitant et nerveux qu'elle. Il lui jette sans cesse des regards de côté, comme s'il voulait s'assurer qu'elle est toujours là. Quand leurs regards se croisent, ils sourient tous les deux, un peu gênés. Surprise, Aquina constate que c'est sacrément chouette d'avoir un frère. Même si elle vient seulement de faire sa connaissance, elle lui fait déjà plus confiance qu'à certains de ses amis merriens. Est-ce que c'est parce qu'ils sont jumeaux ? Mais d'une certaine manière, il y a quelque chose de plus que leur destin commun. Mats réfléchit toujours avant d'agir, elle a confiance en ses décisions et a l'impression de suivre le juste chemin. Enfin, elle n'est plus seule. Elle lui pince l'avant-bras.

— Hé ! Pourquoi tu me pinces ? demande-t-il.

— Juste pour m'assurer que tu es vraiment là !

Les rochers constituent un nouveau défi pour Aquina. Grâce à l'aide de Mats, elle se débrouille assez bien pour marcher normalement, mais l'escalade, c'est une autre affaire. Aquina souffle comme un morse tandis que Mats, Nir et Sleip se déplacent sans effort dans le paysage rocheux. Heureusement, l'odeur est plus agréable, moins poisseuse que dans les rues ; ça sent le sel et les algues, le parfum auquel Aquina est habituée et qu'elle aime.

La vue, en surplomb d'une baie rocheuse presque vierge, la récompense de tous ses efforts. Fascinée, Aquina s'immobilise.

— Je comprends pourquoi tu viens ici. C'est magnifique !

— Tu aimes vraiment la mer, remarque Mats. Tu rayonnes littéralement de l'intérieur !

Cette constatation touche Aquina comme une vague géante. Elle est plus consciente que jamais de son amour pour l'eau, maintenant qu'elle en est loin. Nir et Sleip accélèrent automatiquement. Aquina leur lâche la bride.

— Allez, galopez, vous deux !

Aquina ressent elle aussi une nostalgie si puissante qu'elle a du mal à résister. Mats comprend ce qu'elle éprouve et lui demande :

— Qu'est-ce qui t'arriverait si tu retournais dans la mer avec Nir et Sleip ? Tu te retransformerais en merrienne ?

— Aucune idée, je n'ai jamais entendu la moindre histoire ni aucune rumeur à ce sujet. Je ne sais même pas s'il a déjà existé des gens comme moi.

Elle regarde Mats. Son frère, qu'elle vient juste de rencontrer, dont elle veut tout apprendre, et pourtant...

— Excuse-moi, mais il faut que j'essaie. Sinon, je ne pourrai pas... C'est comme... comme...

Elle se débarrasse de la serviette de plage et la pose sur le bras de Mats.

— ... comme l'air que je respire, complète le garçon.

Il plisse les yeux avant de lui demander d'une voix posée :

— Quand est-ce que tu reviens ? Tu reviens, dis ?

Mais Aquina ne l'entend déjà plus. Elle ne voit pas Mats rester sur place tout penaud. Cette question sans réponse le peine, mais il a tellement l'habitude d'encaisser sans broncher ce qui lui pèse sur le cœur qu'il ne la retient pas.

Aquina court et trébuche derrière Nir et Sleip qui ont déjà descendu une bonne partie des rochers. Cependant, Nir attend qu'Aquina le rattrape et se penche pour qu'elle grimpe sur son dos. Dès qu'elle est à cheval, les deux kelpies foncent comme s'ils obéissaient à un ordre, comme s'ils n'étaient pas sur un sentier abrupt mais sur un sol plan. Le vent caresse les joues d'Aquina, les premiers embruns atteignent ses pieds. Elle sent immédiatement la fraîcheur de l'eau sur sa peau. C'est merveilleux ! Comment peut-on en avoir peur ? La précieuse humidité atteint les genoux d'Aquina, elle sent sa peau devenir plus souple et plus douce. Elle change aussitôt de position et laisse Nir continuer à la porter vers son élément. Le kelpie prend la couleur limpide de l'océan, ses crins disparaissent, sa peau redevient lisse, son allure change. Aquina voit les écailles bleues apparaître sur sa peau, ses jambes se rejoignent et forment à nouveau une queue de poisson. Le bonheur se répand dans tout son corps. Elle lève une main et voit les palmes pousser entre ses doigts. Pour vérifier qu'elle sait encore nager, elle se laisse glisser du dos de Nir. Contrairement à sa métamorphose en humaine, chaque mouvement lui est aussitôt familier, comme si elle n'avait jamais quitté l'eau. Près d'elle, Nir fait des loopings de joie et Aquina nage vigoureusement pour les traverser. Sleip file vers l'avant, c'est aussi lui qui plonge plus profondément le premier. Nir fait encore une boucle autour d'Aquina. Elle attrape sa crinière et se laisse tirer vers le fond. Elle pourrait embrasser chaque poisson, le moindre habitant du corail. Aquina et les kelpies nagent d'une baie rocheuse à la suivante, puis à la suivante.

C'est presque comme à la maison. Pas un humain ne croise leur chemin, mais il y a aussi beaucoup moins d'habitants des mers, alors qu'ils devraient être nombreux à s'activer juste avant le crépuscule. Pourtant Aquina savoure chaque brasse et fait même un signe enthousiaste à un petit requin tacheté.

Dans la troisième baie, l'ambiance change d'un seul coup. Il y a quelque chose ici... Les kelpies aussi freinent et continuent d'avancer lentement et prudemment. Une ombre les attend, plus grande que Nir et Sleip réunis. Est-ce une baleine ? Énorme, elle est posée là et semble dormir. Mais elle est trop près du rivage ! Elle va s'échouer et ne pourra plus respirer.

— Je dois la réveiller et la repousser vers la mer ! crie Aquina aux deux kelpies. Gardez vos distances, je ne sais pas si les kelpies figurent à son menu ou non.

Nir se colle contre elle d'un air protecteur.

— Ne t'inquiète pas, mon beau, les merriens s'entendent très bien avec les baleines !

Elle se rapproche du mammifère marin. Il a quelque chose de bizarre. Aquina n'a pas souvent rencontré de baleines, les belles géantes passent rarement à proximité de Rulantica. Avant, c'était différent, avait expliqué Kailani ; elles venaient en groupes et tous les enfants les connaissaient. Mais aujourd'hui, la visite d'une baleine est un événement, un des rares que les sirènes et les gardiens de la Source fêtent encore ensemble parce que les deux cheffes sont d'accord : il faut protéger les baleines. Pour les sirènes, le chant d'une baleine est même un signal de trêve : dès qu'il résonne, tout combat doit cesser.

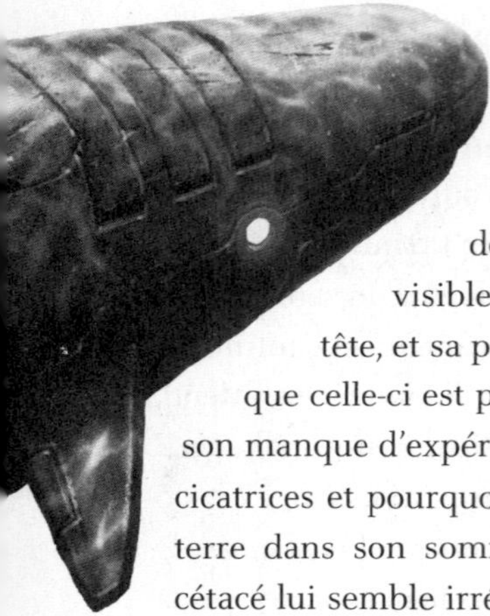

Aquina reconnaît l'ovale anguleux de sa tête, et la longueur et la forme du corps. Sauf que sa peau brille d'un éclat artificiel et régulier. La baleine dont Aquina se souvient avait des sillons visibles et même quelques cicatrices sur la tête, et sa peau était marbrée de gris mat. Peut-être que celle-ci est plus jeune, suppose-t-elle. Sa jeunesse et son manque d'expérience pourraient expliquer l'absence de cicatrices et pourquoi elle s'est laissé porter trop près de la terre dans son sommeil. Plus Aquina s'approche, plus le cétacé lui semble irréel. Il est complètement immobile dans l'eau, et ses gros yeux fixes ne brillent d'aucun éclat.

Avec hésitation, elle tend la main et touche du bout des doigts la créature qui a l'air d'être seulement l'enveloppe d'une baleine. Malgré son scepticisme, elle sursaute quand elle sent qu'il n'y a effectivement pas de signe de vie. La peau est glacée et dure. Au début, elle se dit que l'animal est mort, mais ce n'est pas ça non plus.

Cette créature n'a jamais été vivante et Aquina a du mal à savoir de quoi il s'agit. Elle a l'apparence d'une baleine, mais ce n'est qu'une illusion. La sirène découvre maintenant d'épais bourrelets qui lui évoquent des soudures d'assemblage. Qui a fabriqué une telle *chose* et à quoi peut-elle bien servir ? Que ce soit à cause de son contact ou par hasard, un mouvement anime soudain la chose. Pas vraiment un battement de cœur, mais un cliquetis métallique. La nageoire pectorale située juste à côté d'Aquina se déplie, s'incline vers l'avant et repart un peu en arrière tout en continuant à s'étendre. C'est comme si seule cette nageoire gauche était vivante, le reste de la structure ne bronche pas. Aquina recule brusquement, elle n'est pas vraiment rassurée. Qu'est-ce que cette nageoire oscillante lui veut ? Qu'est-ce qui la fait bouger ? L'instinct d'Aquina lui souffle que ce n'est rien de bon. Mats pourrait peut-être l'éclairer, mais il n'est pas là. Mats ! Au lieu de passer du temps avec lui, elle est ici en train de chasser une effrayante enveloppe de baleine. Comment a-t-elle pu le planter comme ça là-haut ? Ils ne se sont même pas donné rendez-vous pour se revoir et elle n'a aucune idée de l'endroit où il habite !

— Je suis vraiment la sœur jumelle la plus égoïste des neuf mondes ! se gronde-t-elle. Sitôt que j'aperçois la mer, je me jette dedans, alors que je voulais justement lui échapper !

Elle jette un dernier regard à la chose-baleine et plonge sous son ventre pour s'éloigner.

— Attrape quelqu'un d'autre, je vais retrouver mon frère, lui lance-t-elle.

Nir et Sleip attendent à quelques brasses, l'un patiemment, l'autre moins.

— Écoutez-moi, vous deux, je retourne à terre. Faites ce que vous voulez, mais évitez cette baie. À tout prix, entendu ?

Aquina espère intérieurement que Nir et Sleip la comprennent assez bien et vont suivre ses instructions. Ce n'est qu'une impression, et elle a peut-être seulement peur de l'inconnu, mais cette enveloppe de baleine n'annonce rien de bon, même si Aquina doit encore découvrir à quel point elle est vraiment dangereuse.

Les kelpies s'éloignent en bondissant joyeusement tandis qu'Aquina reprend le chemin de la baie rocheuse.

Peu avant d'y arriver, ses inquiétudes au sujet de la baleine sont balayées par une crainte beaucoup plus immédiate : est-ce qu'elle pourra à nouveau se transformer en humaine ? Est-ce qu'elle est comme les kelpies, capable d'avoir des jambes ou une queue de poisson en fonction de l'endroit où elle se trouve ? Ça a marché une fois, mais elle ne peut pas être sûre que ça fonctionnera encore ; elle n'aura peut-être plus jamais l'occasion de découvrir le monde de Midgard avec Mats. Et si elle parvient à se transformer, faudra-t-il qu'elle réapprenne à marcher ? Aquina tente de se souvenir de ce qu'elle ressentait quand elle était debout sur ses deux jambes. Elle n'y arrive pas. Le retour dans l'eau ne lui a posé aucun problème, elle y a passé toute sa vie, mais la terre est une nouveauté qu'elle n'aurait peut-être pas dû quitter aussi vite...

Déterminée, mais saisie d'un mauvais pressentiment, elle se dirige vers la falaise. Là, un nouveau problème lui fait face : la dernière fois, elle était assise sur le dos de Nir, qui l'a portée jusqu'à la plage ; maintenant, pour atteindre le surplomb rocheux le plus bas, il lui faudrait déjà des jambes. Sauf que ces jambes n'apparaîtront pas – si elles apparaissent – avant qu'elle soit là-haut. La situation semble sans issue. Ou alors, est-ce qu'elle va réussir à se hisser à la seule force de ses bras ? Aquina se redresse et s'étire. Même avec ses doigts palmés, elle réussit à s'agripper au rocher et à se soulever un peu, mais ça ne suffit pas pour s'extraire de l'eau jusqu'à la queue. Sur la plage, ça marcherait peut-être, mais pas ici. Elle doit donc attendre que la voie soit libre là-bas.

— Je peux t'aider ?

Une chevelure rousse apparaît au-dessus des rochers.

— Quelle chance que tu sois encore là ! J'avais peur que tu ne m'aies pas attendue.

— Bien fait pour toi ! Je n'étais pas sûr que tu reviendrais, répond Mats en souriant sans pouvoir cacher le soulagement qu'il éprouve à la revoir.

— Bien sûr que je reviens ! À condition que tu m'aides à escalader ce stupide rocher.

Aquina s'abstient de signaler qu'elle n'est pas certaine à cent pour cent de se transformer.

— Nous voulons essayer de trouver des informations sur notre mère, non ?

— Excellente idée ! acquiesce-t-il. Ensemble, on trouvera certainement !

Mats rayonne. Quand il se penche vers l'avant et lui tend les bras, Aquina voit le pendentif rebondir autour de son cou. Elle pourrait embrasser Mats tant elle est heureuse qu'ils forment une vraie équipe. Mais avant qu'elle puisse le lui dire, un écho s'élève derrière elle :

— C'est vraiment lui, il est vivant ! Nous devons le rapporter à notre maîtresse !

Aquina s'efforce de tourner la tête et rétorque :

— Oh oui, il est vivant ! Et vous pouvez dire à Kailani qu'elle n'a plus besoin d'envoyer ses espions, parce que c'est sa sœur Aquina qui veille le mieux sur Mats !

— *Aquina,* clapotent les vagues. *Aquina, non, ce n'était pas le nom de sa sœur !*

Avant qu'elle puisse répondre quelque chose, les vagues sont reparties. Aquina tente de garder son équilibre, mais Mats a du mal à la tenir.

— Attention, le rocher est coupant ! Ne te blesse pas ! la prévient-il.

La sirène est suspendue à la paroi comme un sac mouillé et ne peut pas faire grand-chose d'autre que laisser Mats la hisser petit à petit. Dans sa tête, les pensées se bousculent. Est-ce que Kailani a envoyé les vagues ? Est-ce qu'elles devaient chercher Mats seulement, ou elle aussi ? Et pourquoi est-ce qu'elles prétendent qu'elle n'est pas sa sœur ? Est-ce que Bror lui aurait encore menti ? Non, c'est impossible, c'est hors de question ! Elle ressent de l'attachement pour Mats et il possède la moitié de l'amulette. Tout cela fait résonner la voix du doute en elle : « Lui, il a l'amulette à son nom, mais toi, ton nom n'est écrit nulle part, pas la moindre trace, pas même une initiale, rien ! » Si elle arrive saine et sauve en haut, elle va s'empresser de vérifier ça ! Ah, ces fichues vagues, elles trouvent toujours le moyen de tout chambouler !

Aquina atterrit miraculeusement entière à côté de Mats sur le surplomb. Son frère est complètement fasciné par sa queue de poisson. Snorri est installé sur l'épaule du garçon et jacasse avec satisfaction. C'est à ce moment-là que la sirène se rend compte que le petit poulpe n'était pas avec elle dans l'eau.

— Alors c'était vrai ! s'écrie Mats. Tout ce que tu as dit ! Tu es une vraie merrienne en chair et en os, avec une vraie queue de poisson !

Aquina acquiesce d'un air absent. Ses pensées sont encore tournées vers les mots des vagues. Est-ce qu'elle peut encore affirmer avec certitude qui elle est réellement, dire ce qui est vrai ou seulement à moitié vrai ? Comme elle, qui n'est qu'une moitié de merrienne. Au moins, ça, c'est vrai, parce qu'elle sent à nouveau le chatouillement, voit sa peau sécher, les écailles devenir de plus en plus transparentes.

Mats et elle observent sa transformation. Elle est bien plus rapide que la première fois. La garçon est dans tous ses états.

— Je peux ? demande-t-il.

Après un signe d'Aquina, il touche ses écailles ou sa peau. Aquina elle-même s'étonne, comme si c'était quelque chose qui arrivait à quelqu'un d'autre. Après tout, c'est seulement la deuxième fois, on ne peut pas encore parler de routine. Mais elle est aussi soulagée de voir qu'elle s'inquiétait pour rien : ses jambes sont bel et bien en train de réapparaître.

— C'est tellement super génial, commente Mats. Ce n'est pas que je ne te croyais pas, mais le voir de mes yeux... c'est comme un miracle.

— Je trouve aussi, approuve Aquina.

Si seulement il n'y avait pas ce petit doute insistant niché à l'arrière de sa tête, en train de se répandre...

XIII

LES TROIS BOULEAUX

Sans prévenir, une sensation inconnue envahit Aquina et lui fait oublier tout le reste... Brrr, elle claque des dents et presse les bras autour de son corps.

— Tu as froid ? demande Mats en lui posant vite sa serviette de plage sur les épaules.

— Froid ? Non, je n'ai jamais eu froid !

Elle observe avec méfiance les petits boutons apparus sur sa peau.

— Mais tu as la chair de poule, constate Mats. Pas étonnant, avec cette petite serviette. Pour commencer, il va falloir te trouver des habits.

— « Habits », c'est le nom que vous donnez aux choses souples ? demande Aquina en désignant le pull et le pantalon à mille poches que porte Mats.

— Oui, on peut aussi dire « vêtements ». D'ailleurs, ce que je propose, si tu veux toujours venir avec moi au foyer...

— Bien sûr que je veux ! Sauf si tu n'es pas d'accord ? demande Aquina, plus par plaisanterie que sérieusement.

Il lui sourit.

— Au contraire, je trouverais ça génial ! Mais il faut d'abord te trouver une histoire. Sinon, aux Trois Bouleaux, ils vont te poser trop de questions.

— Tu as raison ! Je ne dois pas parler de Rulantica. Je suis furieuse contre Kailani et Bror, mais je ne veux pas révéler le secret de l'île...

— Voilà. Et il faut aussi te transformer en vraie humaine avant que tu fasses ton apparition officielle.

— Tu as raison, approuve Aquina. Donc, à partir d'aujourd'hui, je suis ton élève. Et je prendrai peut-être ma revanche en t'apprenant à nager.

— Commençons par te trouver des habits, esquive Mats.

Il l'aide à se mettre debout et lui tend le bras pour qu'elle puisse se tenir à lui.

Aquina s'était fait une tout autre idée du foyer des Trois Bouleaux. Il a l'air bien plus agréable que Mats ne le lui a décrit. Au milieu des arbres, trois maisons sont imbriquées l'une dans l'autre : l'une est verte, la deuxième blanc-gris, et la troisième jaune. Elles sont toutes assez hautes, mais pas très larges : Aquina compte six rangées de fenêtres en hauteur, seulement trois en largeur, toutes équipées des plaques de bois qu'on appelle volets, comme elle le sait maintenant.

— Il y a un petit hangar derrière, dans le jardin, où on garde tous les trucs qui ne servent pas souvent. Tu pourrais t'y installer avec Snorri, pour l'instant, propose Mats. Je vais essayer de piquer la clé à l'éducatrice. D'ici là, restez discrets et cachez-vous près des arbres sur le terrain de jeux.

En guise de réponse, l'estomac d'Aquina émet un bruyant grondement.

— OK, je vais aussi t'apporter à manger, sourit Mats. Bon, il faut vraiment que j'y aille. Pendant les vacances, les éducateurs nous laissent assez libres, mais il faut être à table à sept heures pile, et je suis de service à la cuisine ce soir.

Aquina se glisse dans les buissons avec Snorri. Elle est tellement excitée qu'elle aimerait tout découvrir tout de suite. Enfin, elle voit des arbres de près ! Elle regarde vers le sommet : mince, il n'y a pas de pommes. Le bois des troncs est dur, mais il a l'air bien plus chaud et vivant qu'elle s'y attendait, et le bruissement des feuilles lui rappelle le murmure des vagues, ce qui lui inspire une pointe de nostalgie. Mais le parfum de la terre ! La forêt et le parc sont bien plus beaux que les rues et les maisons, à son avis. Au-dessus de sa tête, Snorri se hisse dans les branches et goûte les feuilles pour voir si elles sont comestibles.

Ses réflexions sont interrompues par l'arrivée de deux jeunes filles qui se promènent sur le chemin gravillonné. Aquina se blottit derrière les buissons. Pourvu que les filles restent sur le chemin et ne regardent pas dans sa direction !

Elles lui font ce plaisir et vont s'installer dans l'herbe au bord d'une fosse remplie de sable qui se trouve dans le périmètre que Mats a appelé terrain de jeux. Peut-être à cause des drôles de cordes tendues autour d'une barre qui rappellent à Aquina le gréement des navires coulés au large de Rulantica. En tout cas, les deux filles ne s'y intéressent pas plus qu'à la planche en pente raide sur laquelle on peut grimper par une échelle. Aquina donnerait tout pour se laisser glisser sur cette planche, ça doit être tellement amusant. Mais les filles se contentent de discuter en gloussant. Aquina ne comprend pas ce qu'elles se disent, mais elle voit très bien comment elles sont habillées. Elle admire les orteils peints de l'une des filles qui enterre ses pieds dans le sable avant de les ressortir pour laisser les grains s'écouler. Au début, Aquina pense qu'elle saigne, mais la couleur est turquoise et non rouge, ça ne goutte pas et ça ne part pas. « Turquoise, comme ma queue de poisson. Je veux la même chose », décide Aquina. L'autre fille sort un sachet blanc de son sac et le tend à son amie. Celle-ci plonge la main dedans puis la porte à sa bouche. D'un saut, Snorri se perche sur l'épaule d'Aquina et fixe les deux filles d'un air fasciné.

— Évidemment, s'il y a quelque chose de bon à manger, tu n'es jamais loin, murmure Aquina.

Mais elle aussi a l'eau à la bouche, et le grognement de son ventre lui rappelle que Mats pourrait mettre très longtemps à revenir.

Comme s'il lisait dans ses pensées, celui-ci apparaît justement au bout du chemin. Il hésite, probablement parce qu'il a remarqué les deux filles. Celles-ci réagissent avec agitation en le voyant. En un éclair, elles cachent le sachet derrière leur dos, s'asseoient très droites et maintiennent des petits rectangles devant leur nez jusqu'à ce que l'une des deux pousse un soupir et déclare :

— Ah, c'est seulement Mats ! Il fait partie de la bande des Vikings, tu sais, le groupe de garçons.

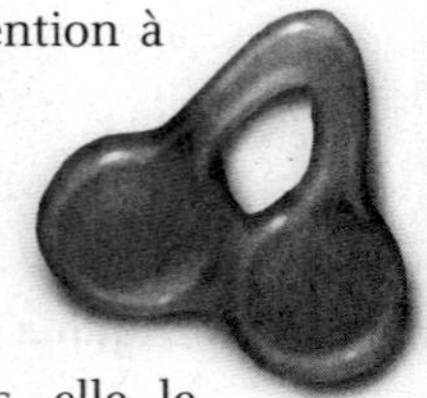

— Tu le connais ? Je n'avais jamais fait attention à lui... répond la deuxième.

— Il est dans ma classe. Plutôt cool ; il fiche la paix à ceux qui lui fichent la paix. Pas besoin de cacher les bonbons avec lui.

Tout en cherchant le sachet dans son dos, elle le renverse et deux objets en tombent.

— Reste ici ! chuchote Aquina d'un ton ferme. Nous ne devons pas nous faire remarquer !

Elle arrive tout juste à attraper Snorri par un bras, mais celui-ci ne se laisse pas ralentir. Il déboule sur le pré comme un ballon bleu. À peine a-t-il le champ libre qu'il agite ses tentacules pour faire venir à lui les confiseries renversées. Au début, tout semble marcher, parce que les deux filles lui tournent toujours le dos. Mais alors que les bonbons flottent à cinquante centimètres au-dessus du sol, l'une d'elles se retourne.

— Kiki ! Vite, regarde, nos bonbons s'envolent ! s'écrie-t-elle.

Kiki fait demi-tour pendant que son amie s'efforce d'attraper les sucreries.

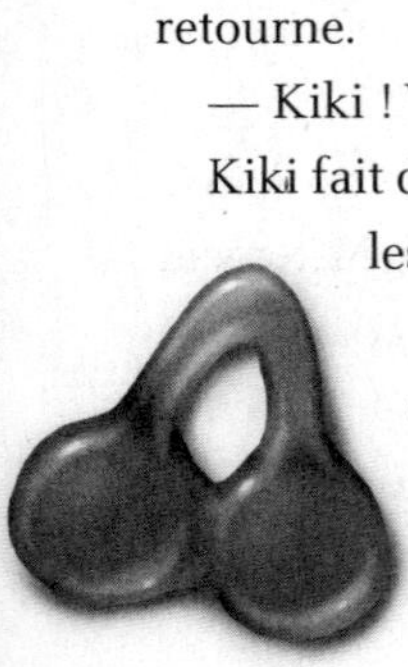

— Au secours, Inga, il y a une taupe géante derrière nous !

Inga lâche aussitôt les bonbons et regarde dans la direction où Kiki pointe un index tremblant.

Derrière leur tête, les bonbons restants s'élèvent et filent en zigzag à côté d'elles.

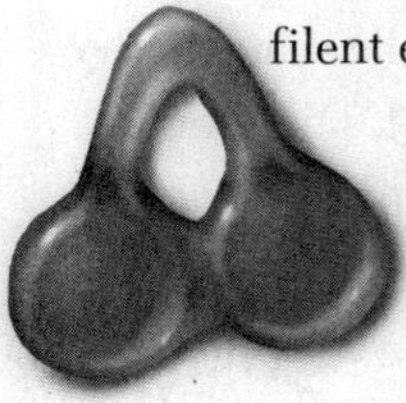

Impuissante, Aquina ne peut que regarder Snorri attraper les friandises et accourir vers sa cachette avec son butin. Mais non, il va attirer les deux filles jusqu'ici !

— Beurk, c'était pas une taupe, c'était un serpent ! gémit Inga.

— Mais il avait des pattes ! crie Kiki.

— Un serpent avec des pattes, c'est encore plus horrible ! hurle Inga.

Mats s'approche à grands pas de l'autre côté.

— Peut-être une salamandre ? suggère-t-il.

Les deux filles poussent un cri ; Kiki se précipite même dans les bras de Mats.

— Tu l'as vu aussi ? Il était trop affreux !

Le garçon lui tapote maladroitement le dos.

— Calme-toi, c'était peut-être seulement un crapaud.

— Ça existe, les crapauds bleus ? demande Inga d'un ton sceptique.

— Il y a des grenouilles et des crapauds de toutes les couleurs, affirme Mats. Mais ils sont venimeux et ils ont bonne mémoire. Vous devriez peut-être éviter le coin pendant un moment, il va certainement y en avoir toute une meute !

— Iiiiihhhh ! braillent Kiki et Inga d'une seule voix en prenant leurs jambes à leur cou.

— On dirait que « discrètement » et « se cacher » n'ont pas la même définition à Rulantica qu'ici, grommelle Mats en se laissant tomber au sol à côté d'Aquina derrière les buissons.

— C'est à lui qu'il faut le dire, se défend Aquina en désignant Snorri du menton.

Le poulpe, pas du tout impressionné, lèche avec application les bonbons volés.

— Snr, snrr, snrrr !

— Parfait, tu as tes provisions, donc le reste est pour Aquina, constate Mats.

Il a aussitôt l'attention non seulement d'Aquina, mais aussi de Snorri. Un parfum envoûtant parvient aux narines de la jeune merrienne.

— J'avoue que je meurs de faim, dit-elle.

— J'ai de la salade, des légumes, des patates et du pain, répond Mats en retirant le couvercle d'un plat. Les boulettes de viande sont parties tellement vite que je n'ai pas eu le temps de t'en mettre de côté !

— Pas grave, je suis alguétarienne, de toute façon.

— Pardon ? demande Mats confus.

— Je ne mange pas d'animaux, explique Aquina avec fierté.

— Ah, tu veux dire végétarienne ! Tant mieux, alors c'est exactement ce qu'il te faut !

Aquina goûte et, la bouche encore pleine, déclare :

— Ouah, c'est bien meilleur que les algues et mes plantes sous-marines ! Comment ça s'appelle ?

— Des carottes, des concombres, et ça, ce sont des patates.

— Si tout ce qu'on mange dans le monde des humains est aussi bon, je ne repartirai jamais !

Mats sourit d'une oreille à l'autre.

— Au rythme où tu enfournes ça, il n'y aura bientôt plus rien !

— Vraiment ? s'effraye Aquina.

— Non, c'était pour rire ! Tu seras vite rassasiée. Pour Snorri, je n'en suis pas si sûr.

Après le repas, il déploie devant elle les vêtements qu'il a rapportés. Aquina tâte le tee-shirt blanc, le sweat-shirt uni et le pantalon couleur de boue qui ressemble comme deux gouttes d'eau à celui de Mats.

— Les filles avaient des choses plus colorées, tout à l'heure...

— Écoute, c'est mon meilleur pantalon et mon tee-shirt le plus propre. Qu'est-ce que tu portes sous l'eau, d'habitude ?

— Tu n'as pas vu, tout à l'heure ? En haut j'ai mes écailles, bien sûr, brunes à points argentés ! décrit fièrement Aquina.

— Désolé, je n'ai rien de tel dans mon armoire.

— Et de la couleur pour les orteils ?

— De la couleur pour les orteils ? De quoi tu parles ?

Aquina désigne l'ongle de son gros orteil.

— Une des filles avait du turquoise là-dessus !

— Ah, du vernis à ongles ! Non, désolé, dans mon groupe au foyer il n'y a que des garçons, et je crois que Carla, l'éducatrice, n'a rien de ce genre. De toute façon, on ne les voit pas dans les chaussures.

— Les chaussures ?

Mats sort une paire de baskets de son sac et les présente à Aquina.

— Je vais te montrer comment on met tout ça.

En fait, ce n'est pas aussi simple que ça en a l'air. Aquina enfile assez facilement le pantalon une fois que Mats lui a expliqué dans quel trou elle doit passer quelle jambe, et comment on ferme la fermeture Éclair. Mais avec le tee-shirt, c'est plus difficile.

— Hé, je n'y vois plus rien ! se lamente Aquina.

Mats la guide.

— Passe la tête dans le trou – non, celui-là c'est pour le bras, l'autre trou – non, le grand au milieu ! Non, ce n'est pas pareil, tes bras sont plus fins que ta tête...

Enfin, Aquina est habillée, elle n'a plus froid, surtout à cause de tous ces mouvements compliqués et fatigants. Il n'y a que les chaussures qu'elle enlève aussitôt après les avoir enfilées.

— Elles me font mal !

— Tu vas t'y habituer.

Aquina essaie de bouger, mais on dirait que quelqu'un lui a attaché des pierres au bout des pieds. Elle arrive à peine à les soulever et semble collée sur place.

— Je n'arriverai jamais à marcher avec ça !

— Mais si, essaie !

Elle fait péniblement un pas, oscille, perd l'équilibre, bascule vers l'avant et se rattrape au dernier moment.

— Ça ne marche pas !

— Mais tout le monde en porte, sauf à la plage. Même moi, regarde !

Mats lève les pieds l'un après l'autre pour lui montrer ses baskets.

— Je m'en fiche ! En plus, j'ai l'air stupide avec ça !

— Mais non !

— Si.

Mats soupire.

— Tu veux une preuve ?

— Comment ça ?

Mats agite d'un air mystérieux les tiges métalliques qu'il a apportées.

— Tu vas voir, c'est une surprise !

Il guide Aquina jusqu'au hangar et insère une des tiges métalliques dans un trou, la fait tourner sur elle-même, et la porte s'ouvre.

— Classe ! C'est encore mieux que notre cascade magique, commente Aquina.

— Une clé, ce n'est pas mieux qu'une cascade, surtout pas une cascade magique. Vous faites vraiment de la magie ? J'adorerais voir ça, admet Mats.

— Il faudrait que tu viennes dans la mer...

— Oh, alors je vais encore y réfléchir ! élude-t-il.

Il appuie sur un bouton et une lampe suspendue au plafond éclaire l'intérieur du hangar. Il est assez vaste, mais plein comme un œuf, et divisé à droite et à gauche par des parois en lattes de bois. Dans l'ensemble, il fait peut-être la moitié de la taille du palais de coquillages à Aquamaris, mais ici, tous les murs sont parfaitement droits.

Mats cherche quelque chose du regard.

— Chaque groupe du foyer a son propre espace, et ce qui est dans le couloir, tout le monde peut l'utiliser, explique-t-il en se dirigeant vers un réduit.

Aquina n'a pas la moindre idée de l'utilité de toutes ces affaires. Elle se glisse avec Mats le long d'un filet équipé de deux pieds en bois, passe devant un bâton au bout duquel est fixé un peigne géant, un cadre métallique à deux roues, une quantité de seaux, de sacs et autres bazars.

— Ferme les yeux !

Aquina obéit sagement et l'entend farfouiller, puis ouvrir et refermer quelque chose pendant qu'elle est sur le point d'exploser de curiosité.

— Ouvre les yeux !

Elle cligne les paupières. Devant elle, il y a quelqu'un. Une fille, à peu près de son âge, aux longs cheveux blond clair, comme elle.

— Salut, dit Aquina surprise.

Au moment où elle parle, l'autre fille bouge aussi les lèvres, mais aucun son ne sort de sa bouche. Mats commence à glousser. Il se place derrière elle et apparaît en même temps à côté de la fille.

— C'est toi.

— Moi ?

Aquina se rapproche. Elle remarque alors qu'elle est enfermée dans un cadre doré. Elle tend la main, touche le nez, mais à la place elle sent une surface lisse. L'objet argenté brillant lui montre tout ce qui se trouve autour d'elle, et elle peut se voir elle-même. Pour la première fois nettement, et de la tête aux pieds. Jusqu'à présent, elle n'avait vu que le reflet brouillé de son visage à la surface de la mer, jamais assez calme pour esquisser plus que de vagues contours.

— C'est une super-magie ! Tu peux m'apprendre ?

— Ce n'est pas de la magie, c'est un miroir, je t'en ai parlé.

Mats est au moins aussi heureux qu'Aquina d'avoir réussi à la surprendre.

Aquina se tourne et se retourne.

— Les chaussures sont ridicules, affirme-t-elle.

— N'importe quoi, répond Mats sèchement. C'est toi qui refuses de les garder aux pieds.

Mais Aquina l'écoute à peine. Elle s'est approchée tout contre le miroir et observe son visage. Son nez est bien plus petit qu'elle imaginait. En revanche, ses lèvres sont plus charnues, alors qu'elle pensait avoir une bouche étroite comme Kailani. La petite fossette qui apparaît sur sa joue droite quand elle sourit lui plaît encore plus.

— Mats, viens voir, demande-t-elle.

Jusqu'à présent, il attendait derrière elle, attendri de la voir se tourner devant le miroir.

— Qu'est-ce qu'il y a ? Tu en as déjà assez de ton reflet ?

— Non, je pourrais me regarder pendant une éternité, mais je veux comparer nos visages !

Ils se placent l'un à côté de l'autre. Mats mesure à peu près une demi-tête de plus qu'Aquina et il est moins menu qu'elle.

C'est pour cela que le pantalon lui couvre les mollets, tandis que chez lui il arrive juste au-dessus du genou. Quant au tee-shirt, on en mettrait deux comme elle dedans.

— Mon nez est un peu plus grand et un peu plus large que le tien mais il a la même forme, constate Mats. Et moi, j'ai des taches de rousseur.

— Mais nos yeux sont pareils, grands et bleu clair comme la mer un jour de soleil, observe Aquina.

— De qui est-ce que nous les tenons ? Maman ou papa ?

— Nous ne le saurons jamais, soupire Aquina.

« Et nous ne saurons jamais si nous sommes vraiment frère et sœur », ajoute-t-elle en pensée.

— Peut-être que si, objecte Mats. On pourrait au moins trouver une photo de notre mère.

— Qu'est-ce que c'est, une photo ?

— Désolé, j'avais oublié que tu ne connaissais pas encore toute notre technologie.

De l'une des innombrables poches de son pantalon, Mats tire un rectangle similaire à ceux de Kiki et Inga.

— C'est un smartphone, explique-t-il. Avec ça, je peux téléphoner, surfer sur Internet, écouter de la musique, jouer et même faire des photos. Un sourire, s'il te plaît !

Aquina ferme des yeux sous l'effet du flash, et quand elle les rouvre, Mats lui tend le rectangle.

— C'est encore moi ! s'étonne-t-elle.

— Exactement.

— C'est un miroir à emporter ?

— Encore mieux. Ça capte ton image et ça l'enregistre, comme ça, maintenant, je pourrai te voir même quand tu n'es pas là ! explique Mats.

— Génial ! Et tu penses qu'il existe aussi une image portable de maman ?

— C'est possible.

— Et comment est-ce qu'on va la trouver ?

— Avec un peu de chance, sur Internet. Et avant que tu me le demandes, c'est encore une technologie humaine. Avec un appareil qui s'appelle un ordinateur, ou avec un smartphone comme celui-ci, on peut dénicher et consulter pratiquement toutes les connaissances que l'humanité a accumulées. Mais il va falloir remettre ça à demain, parce que je dois rentrer au foyer, là, sinon je vais me faire gronder.

— C'est sûr, le soleil est déjà couché. Moi aussi, je devais toujours être rentrée avant la nuit.

— Vraiment ? Nos mondes se ressemblent plus que je l'aurais pensé.

Mats grimpe sur une caisse et attrape quelque chose sur une étagère.

— Tiens, voilà mon sac de couchage et mon tapis de sol, pour que tu n'aies pas froid cette nuit.

— Merci, répond Aquina. Dis, Mats, je peux encore te demander quelque chose avant que tu partes ?

— Vas-y !

— Est-ce que tu as entendu ce que disaient les vagues, tout à l'heure ?

— Les vagues ont dit quelque chose ? Désolé, je crois que je ne parle pas encore l'eau couramment, répond Mats en souriant.

Mais Aquina reste sérieuse.

— Et si je n'étais pas ta sœur, en fait ?

— C'est ce que tes drôles de vagues ont dit ? Alors elles se trompent, gronde-t-il en l'entraînant à nouveau vers le miroir. Notre reflet dit clairement le contraire ! Les yeux, le nez, la stature, les pendentifs...

Subitement, Aquina repense à un détail qui la tracasse depuis un moment.

— Les pendentifs ! Pourquoi est-ce que tu as gravé ton nom dans une écriture que tu ne peux pas lire ?

— Ce n'est pas moi. Les runes étaient déjà inscrites dessus quand on m'a trouvé bébé sur la plage. Le pendentif et mon prénom sont les seuls indices qu'on ait jamais eus sur mes origines. Jusqu'à ce que tu fasses surface aujourd'hui.

Aquina ôte le pendentif de son cou et le retourne pour observer la face ornée d'un morceau d'ambre. Hormis la pierre, il n'y a rien, pas la moindre trace de rune. Les larmes lui montent aux yeux.

— Pourquoi est-ce qu'elle t'a donné un nom et pas à moi ? Ou alors, c'est que je ne suis pas...

Aquina n'arrive pas à prononcer le reste.

Doucement, Mats ouvre le poing de sa sœur et passe le doigt sur le pendentif à l'emplacement où se trouve le nom sur le sien.

— Ça a l'air lisse...

Il prend à nouveau son rectangle-smartphone, appuie dessus, et une lumière aveuglante l'illumine.

— Appli lampe de poche, explique-t-il en éclairant le pendentif d'Aquina.

Elle regarde par-dessus son épaule.

— Plus lisse que lisse, pas même l'ombre d'une éraflure ! murmure-t-elle, déçue.

— Ça ne veut rien dire ! objecte Mats. Peut-être que notre mère n'a pas eu le temps de faire la deuxième gravure.

— Mais, et si je ne suis vraiment pas ta sœur ? renifle Aquina.

— Pfff, oublie ce qu'ont dit tes vagues ! Est-ce que tu ne sens pas que nous deux... je ne sais pas... comme si on...

Mats rougit.

— ... se connaissait alors qu'on vient juste de se rencontrer ? complète Aquina. Si, je ressens exactement la même chose. C'est pour ça que je ne comprends pas pourquoi les vagues ont prétendu le contraire.

— Eh bien, les vagues ne seraient pas les premières à colporter des mensonges. Ici, c'est de plus en plus fréquent, les fausses informations !

— Tu penses vraiment qu'elles n'ont pas dit la vérité ? Volontairement ? Pourquoi est-ce qu'elles feraient ça ?

Mats hausse les épaules.

— Pas la moindre idée, tu les connais mieux que moi. Mais demain, on va essayer de trouver une photo de notre mère et quelques réponses sur notre passé, d'accord ?

— D'accord !

Mats

Mats aurait préféré rester au hangar, mais il ne veut pas que Carla ou l'un des garçons aie des soupçons parce qu'il traîne là-bas tard le soir. Il est donc monté aussitôt dans sa chambre. Il s'étend sur son lit et sourit intérieurement. Une sœur, comme ça sonne bizarre ! Il a une sœur, une sœur jumelle, même ! L'histoire qu'elle raconte a l'air incroyable, comme un conte, mais étonnamment il ne doute pas qu'elle soit vraie. Juste un instant, il s'est demandé si son souhait de ne plus être seul ne le rendait pas trop crédule. Mais il sent qu'Aquina ne lui ment pas. Leurs regards identiques dans le miroir sont la dernière preuve de ce que son cœur savait déjà.

Et il y a quelque chose d'autre qu'il n'arrive pas à exprimer en mots. C'est comme s'il avait toujours su qu'il n'était pas à sa place ici. Il se sent si souvent comme un corps étranger entre Rayk et les autres Vikings, même s'ils ne sont pas aussi méchants avec lui que Bully et sa bande. Mais même ici, au foyer, il n'a jamais vraiment été à sa place. Aquina a confirmé les soupçons qu'il avait enfouis au plus profond de son être de peur qu'on se moque de lui. Il ne s'attendait pas à découvrir que la mer et lui étaient si étroitement liés, lui qui craint si fort cet élément. Et il n'a pas encore fait le tri de toutes ses émotions, tout se mélange dans sa tête.

Ses yeux se ferment. Avant de s'endormir, le récit d'Aquina se mêle à ses dernières pensées. Rulantica, l'idée semble rocambolesque, et pourtant ce nom lui évoque un sentiment qu'il porte en lui depuis toujours. Les falaises, l'écume, une vallée... Mats se laisse emporter par son rêve. Comme toujours, la mer se rue à sa rencontre. Il est là, incapable de bouger, l'eau se referme sur lui et l'attire. Mais cette fois, c'est différent. Les masses d'eau qui affluent vers lui ne sont pas gris sombre comme d'habitude ; pour la première fois, il perçoit l'écume blanche qui couronne les vagues turquoise. Les vagues ne l'attaquent pas, elles l'enveloppent. Il ne ferme pas les yeux en attendant la noyade mais regarde autour de lui. Quelle symphonie de couleurs dans le monde sous-marin ! Un banc de poissons passe près de lui, ils ouvrent et ferment la bouche en un message muet : « Regarde-nous, nous sommes là et nous sommes en vie ! » La peur de Mats se teinte d'une nostalgie qu'il a du mal à comprendre. Il n'a pas envie de sortir de ce rêve. Il dort toute la nuit, pour la première fois depuis très, très longtemps...

XIV

LA MAGIE DES HUMAINS

Aquina se sent épuisée et vidée. Elle a froid malgré l'épais sac de couchage de Mats. Au fond du hangar, il lui a fait de la place dans un coin et a étendu par terre ce qu'il appelle le tapis de sol. Tout autour, il a entassé des barres, des toiles et des ustensiles qu'on utilise paraît-il pour le jardin. Comme ça, même si quelqu'un pénètre dans le bâtiment, il ne remarquera pas le campement d'Aquina. Elle-même doit ramper à travers une étroite ouverture près du sol, et une fois à l'intérieur de sa cachette, elle se sent un peu comme dans sa grotte, hormis qu'elle n'est pas dans l'eau. Mats est vraiment adorable, il a tout fait pour qu'elle soit aussi bien installée que possible. Quand elle y réfléchit, elle a vraiment de la chance d'avoir un frère comme lui. Elle préfère ne pas imaginer comment ça se passerait avec un sale type comme Bully.

Elle a l'impression que Mats comprend exactement ce qu'elle ressent. Et elle a bien vu qu'il se réjouissait de ne plus être seul et de pouvoir découvrir avec elle qui il est vraiment. Cet objectif les rapproche sans qu'ils aient eu besoin d'en parler. Et puis il y a ce lien invisible qui les unit, ce mélange agréable et inhabituel qui est simplement là, ressentir ce que l'autre ressent et penser ce que l'autre pense. Est-ce que c'est normal chez les frères et sœurs ? Ou est-ce que c'est parce qu'ils sont jumeaux ?

Mais pour l'instant, ça ne lui sert à rien. Elle est allongée là, le sol est dur, l'air est froid, son corps est lourd. Elle n'a pas froid, sa peau n'est pas couverte de chair de poule, mais elle est gelée à l'intérieur. Mats a beau avoir essayé de la rassurer, elle rumine toujours ce que les vagues ont raconté : *« Aquina, non, ce n'était pas le nom de sa sœur ! »*

Si elles ont menti, comme Mats le suppose, il doit y avoir une raison. Normalement, les vagues répètent ce qu'elles ont vu et entendu au cours de leurs voyages sur les océans. Est-ce que cette fois quelqu'un aurait pu leur ordonner de transmettre ce message ? Ses soupçons se font plus puissants. Aquina ne connaît qu'une seule personne qui pourrait pousser les vagues à raconter de tels mensonges : Kailani. C'est une puissante magicienne de l'eau, les vagues lui obéissent. Non, non et encore NON ! Cette explication ne plaît pas du tout à Aquina. Elle ne veut plus ruminer, elle ne veut plus trouver de nouvelles raisons d'avoir peur ! Demain, Mats viendra la voir pour explorer cet Internet et découvrir la vérité. Et d'ici là, elle va enfin s'endormir, malgré l'étrangeté de l'air sec qui l'entoure. Snorri s'est blotti contre elle dans le sac de couchage et ronfle déjà doucement. Si lui y arrive, elle va y arriver aussi.

Pourtant, il lui faut encore un moment avant de sombrer dans un sommeil agité.

— Bonjour ! Quelqu'un veut un petit déjeuner ?

Mats n'a rien trouvé de mieux à dire pour la réveiller. Aquina bâille à s'en décrocher la mâchoire.

— Qu'est-ce qu'il y a ?

— Du pain, du caillé avec du muesli, et j'ai même dégotté un escargot à la cannelle !

Avant qu'Aquina ait pu se redresser, Snorri a bondi du sac de couchage et se précipite vers Mats.

— Ha, ha, j'aimerais croire que je t'ai manqué, mais je sais que tout ce que tu veux, c'est à manger ! Dépêche-toi, Aquina, sinon il ne va rien te rester.

De fait, Snorri tend chacun de ses bras vers une assiette ou un plat différent, et les lèche tour à tour, à une vitesse record.

— Tu as l'air toute chiffonnée, constate Mats.

— Mal dormi, marmonne Aquina.

— Tu te fais encore du souci.

— Oui.

— On s'en occupera après le repas, promis !

Snorri tend généreusement une tranche de pain à Aquina qui mord dedans.

— Ça a un bon goût de poussière, juge-t-elle.

Le caillé et le muesli aussi ont un goût inhabituel, mais pour le délicieux escargot à la cannelle, elle doit carrément se bagarrer avec Snorri pour qu'il la laisse en mordre un petit morceau.

Après le repas, Mats sort une petite valise et l'ouvre par le milieu.

— Aujourd'hui, tout le monde est parti, et j'ai réussi à piquer le portable. Un ordinateur à emporter, explique-t-il en voyant l'expression perplexe d'Aquina. C'est mieux que le smartphone, parce que l'écran est beaucoup plus grand !

Comme l'expression perplexe ne disparaît pas, il lui fait un clin d'œil.

— Regarde, ce sera plus facile que des explications théoriques !

Il appuie sur un bouton, et sur la vitre des images se succèdent si vite qu'Aquina a du mal à suivre. Mats désigne les petites touches sur lesquelles sont inscrits des caractères.

— Avec ça, on peut poser pratiquement toutes les questions qu'on a en tête. C'est ce qu'on appelle des requêtes. Qu'est-ce que je vais taper en premier ?

Aquina réfléchit.

— Hel a dit que notre mère s'appelait Vivika, mais elle a dit un autre mot en plus...

— Quoi, son nom de famille, peut-être ? s'enthousiasme Mats.

— Qu'est-ce que c'est, un nom de famille ? demande Aquina.

— Peut-être qu'à Rulantica vous n'êtes pas tellement nombreux, alors vous n'avez pas besoin d'un deuxième nom pour vous différencier. Chez les humains, il y a des tas de Vivika, de Mats et peut-être même d'Aquina. Alors on a un nom de famille, pour que tout le monde sache de quelle famille on est originaire.

— C'est possible. D'ailleurs, Hel m'a demandé de trouver le vrai nom de ma mère.

— Une espèce d'énigme ?

— Probablement. Elle l'a appelée Vivika Stenrokk.

Mats rayonne.

— Tu comprends ce que ça signifie ? Je ne suis plus Mats Stranden, « l'échoué », le nom qu'on m'a donné parce qu'on m'a trouvé sur la plage. Nous portons le nom de notre mère : Aquina et Mats Stenrokk !

Ses doigts volent au-dessus des touches de la valise magique : vivika stenro...

Aquina trépigne d'impatience, Mats tremble.

— Avec un ou deux « k » ?

— Comment veux-tu que je le sache ? Essaie les deux ! le pousse Aquina.

— Sept résultats, annonce Mats d'une voix frémissante.

— Lis, lis à haute voix !

Mats suit chaque ligne du doigt pour s'assurer qu'il ne laisse rien passer.

— Boulangerie Sten, Vivika Sten, mais sans « Rokk », une rue Stenrock...

À chaque résultat qu'il parcourt, Aquina devient plus nerveuse.

— ... une autre boulangerie, une actrice encore vivante...

— Continue !

— Là ! Un couple, avec une photo ! s'écrie Mats.

Tous deux se cognent la tête en se penchant en même temps sur l'ordinateur.

Mats recule le premier.

— Sara et Sten Ackland – youpi, vive Sara et Sten...

— Et le dernier ? demande Aquina doucement.

— Encore une boulangerie.

Les larmes d'Aquina coulent sans bruit. Mats les voit et passe le bras gentiment autour de son épaule.

— Ne désespère pas déjà, on vient juste de commencer !

Mais Aquina est inconsolable ; même Snorri, qui a interrompu sa recherche de sucreries, n'y peut rien.

— Je suis désolée de t'avoir attiré dans cette histoire complètement insoluble ! Je n'aurais jamais dû te persuader que nous étions frère et sœur avant d'en être sûre !

Aquina se rend compte qu'elle exagère, mais sa déception est telle qu'elle ne peut pas s'en empêcher. Tous les doutes de la nuit dernière l'assaillent à nouveau, et les protestations raisonnables de Mats n'y changent rien.

— Tu es folle ! s'indigne-t-il. Tu ne m'as attiré nulle part, tu m'as sauvé la vie, tu as déjà oublié ? Et même si pour l'instant on est dans une impasse, ce sont les meilleures vacances d'été de toute ma vie !

— N'importe quoi, tu pourrais être avec tes amis...

— Pfff, tu veux dire des types sympas comme Bully ? Rayk et les autres gars de mon groupe ne sont pas si méchants, mais ils passent leur temps sur la plage et se moquent de moi parce que ça ne m'intéresse pas. Franchement, tu viens de la mer, mais tu es la première personne qui respecte le fait que je n'ai pas envie d'aller dans l'eau.

En entendant la mention de son élément, Aquina ressent un coup au cœur.

— Je le respecte, mais je ne comprends pas vraiment. C'est tellement merveilleux, dans la mer ! On est plus léger qu'à terre, c'est plus facile.

Mats sourit.

— Tu décris ça tellement bien que cette nuit, pour la première fois depuis longtemps, je n'ai pas rêvé que je me noyais. Je m'en fiche que tu sois ma sœur ou pas. Si j'ai une sœur, il faut qu'elle soit comme toi !

Aquina comprend bien qu'il veut être gentil, mais quelque chose cède en elle.

— Tu vois, toi non plus, tu ne crois pas vraiment que je suis ta sœur ! lâche-t-elle. Et moi, j'ai besoin de prendre l'air !

Elle se lève et sort en courant.

— Non, Aquina ! Ce n'est pas ce que je voulais dire ! appelle Mats.

Mais elle ne veut pas l'entendre, et ses pieds la portent presque d'eux-mêmes vers les falaises. Mats ne la suit pas, et c'est tant mieux. Qu'est-ce qu'elle s'imaginait ? Elle est encore tombée dans le piège d'un mensonge ! Et elle a quitté son foyer pour ça ! C'est le chaos dans sa tête, le chaos dans son cœur. Elle tente de s'enfuir, mais une seule chose peut l'aider dans son désespoir. À mi-chemin de la falaise, elle glisse plus qu'elle ne marche, tellement elle est impatiente. Elle balance son pantalon n'importe comment derrière elle et plonge la tête la première du haut des rochers.

La mer la calme un peu. C'est comme un vieil ami qui lui est resté fidèle. La métamorphose se déroule sans problème. Elle regarde autour d'elle : est-ce que les kelpies sont dans les parages ? Mais Nir et Sleip restent invisibles. Alors elle se laisse simplement emporter. Elle plonge, refait surface, sent l'eau couler sur ses joues brûlantes. Soudain, elle cligne les yeux et se fige. Là-haut, sur un petit surplomb rocheux, se tient une silhouette qu'Aquina ne s'attendait pas à voir là.

C'est Mats.

— Qu'est-ce que tu fais là ? appelle-t-elle.

Mais le vent et le grondement de la mer emportent ses paroles, elle doit se rapprocher du rivage. Tout en nageant vers la terre, elle voit Mats retirer son tee-shirt, le plier soigneusement et le poser. Maintenant, il enlève ses chaussures. Il ne veut quand même pas... ? Il veut sauter dans l'eau ? Mais il ne sait pas nager ! Est-ce qu'il est devenu fou ? Aquina accélère. Juste au moment où Mats enlève aussi son pantalon, elle arrive enfin à portée de voix.

— Mats ! hurle-t-elle. Qu'est-ce que tu fabriques ?

— Je vais te prouver que nous sommes frère et sœur ! répond-il. On n'a pas besoin d'Internet et de vagues bavardes. Si j'ai raison, la mer va le prouver !

— Mais si tu te trompes, tu vas te noyer ! s'effraye Aquina.

Mats hésite, jette un regard timide vers le bas et recule d'un demi-pas.

— Attends, je viens te rejoindre ! crie-t-elle.

Mats refuse d'un geste énergique.

— Je n'aurai plus jamais le courage. *Je* viens te rejoindre !

— Mais ne sau...

Avant qu'Aquina puisse finir sa phrase, il recommence à avancer, puis il fait simplement un pas de plus dans le vide. Il bat des bras et des jambes. Va-t-il tomber de la falaise ? Aquina s'élance à la nage, mais il est trop tard pour l'empêcher de sauter. Heureusement, Snorri apparaît sur la falaise juste

derrière Mats en agitant les bras comme un fou. Oh non, ses pouvoirs magiques ne vont jamais suffire, il peut déplacer une pomme ou un escargot à la cannelle, mais pas un garçon ! Sa tête vire au rouge foncé tellement il fait d'effort. Il ne réussit pas à interrompre la chute de Mats et à le ramener sur la terre ferme, mais Aquina remarque du coin de l'œil que la trajectoire de son frère s'infléchit. Comme si Snorri l'avait poussé mentalement, Mats ne dégringole plus directement le long de la falaise.

Avec un grand plouf et un cri encore plus sonore, Mats s'abat dans l'eau à quelques brasses d'Aquina. Elle file vers lui, regarde autour d'elle en paniquant : où est-ce qu'il est tombé exactement ? Il ne remonte pas. Allez, il ne peut pas se noyer aussi vite ! Là ! Juste en dessous. Aquina plonge en direction de Mats qui est en train de couler. Du fond de l'eau, une ombre se détache et file vers la surface. C'est l'un des kelpies. À cette distance, Aquina ne reconnaît pas lequel des deux est là, mais elle espère que c'est Nir. Elle est surprise de constater qu'il s'agit de Sleip. La puissance de la créature lui permet d'arriver beaucoup plus vite qu'elle près de Mats. Celui-ci aussi semble reconnaître l'animal, et il se met à battre désespérément des bras, non seulement par peur de Sleip à qui il ne semble pas encore faire confiance, mais aussi parce qu'il n'a jamais appris à nager. Pendant un court instant, Aquina craint que Sleip ne profite de l'occasion pour entraîner Mats dans les profondeurs. Mais c'est exactement le contraire : Sleip, habituellement si distant, se glisse doucement sous le garçon, le prend sur son dos et remonte vers la surface.

Aquina émerge en même temps qu'eux et s'apprête à passer un savon à Mats, mais celui-ci est en train de tousser et de cracher, assis sur le dos de Sleip comme dans un canot de sauvetage. D'ailleurs, Sleip a pris exactement la couleur d'une solide planche de bois. Aquina se hisse derrière son frère et lui tape dans le dos.

Elle est bouleversée par son courage, et prodigieusement énervée par son inconscience.

— Tu es fou, tu es complètement fou ! Franchement, te jeter dans la première mer venue ? Sans savoir nager ! Tu es irrécupérable !

— C'est bon, tu peux arrêter, tousse Mats en crachant une dernière gorgée d'eau.

Mais Aquina continue :

— Je m'arrêterai quand tu m'expliqueras pourquoi tu as été aussi stupide !

— Je te l'ai dit : je n'ai aucun doute, nous sommes frère et sœur, même si on n'a pas encore trouvé d'indice. Je voulais te le prouver !

— En te noyant ? Tu as une hélice qui ne tourne pas rond !

— Pourquoi ? Je me suis dit que si tu es moitié merrienne, moitié humaine, alors moi aussi, et peut-être que je vais me transformer dans l'eau.

Leurs regards se dirigent automatiquement vers les jambes de Mats qui pendouillent dans l'eau. Ce sont toujours des jambes.

— Même si ça avait marché, tu te souviens comment j'étais instable au début ? râle Aquina. Il m'a fallu une demi-journée pour seulement réussir à me lever.

— Oui, mais tu étais là. Bon, que ce soit justement un des kelpies qui me rattrape...

— Sleip a des choses à se faire pardonner ! Mais, et ta peur de l'eau ? Pendant douze ans, tu n'as pas réussi à t'en approcher, et maintenant tu sautes comme ça ?

— Quelque chose a changé depuis que tu es là. Je ne m'explique pas encore tout, mais quand tu m'as parlé de Rulantica, d'Aquamaris et de tout ça, il y a eu quelque chose d'autre que ma peur.

— De la curiosité ? sourit Aquina. Moi aussi, je suis curieuse de connaître le monde des humains.

— Oui, sûrement, admet Mats. Mais c'est plus que ça, comme si quelque chose en moi pouvait se souvenir, tu comprends ? Tout avait l'air si familier, et d'un coup je n'ai plus eu peur. J'ai même rêvé de l'île.

— Logique, je t'en ai assez parlé !

— Mais je n'ai pas rêvé d'Aquamaris, rétorque-t-il. J'habitais dans une maison sur pilotis, sur l'île, et je me promenais dans une vallée où vivent de gigantesques créatures empotées que je n'avais encore jamais vues...

Aquina le regarde bouche bée.

— La vallée des trolls. Je ne la connais que par les récits de Kailani. Il paraît qu'au premier regard on distingue à peine les trolls des rochers. On dit qu'ils ressemblent à d'immenses pierres avec des yeux et, quand ils bougent, ils trébuchent sur leurs propres pieds. Tu y es vraiment allé dans ton rêve ?

La main de Mats tâte celle d'Aquina.

— Tout concorde. Mais pourquoi est-ce que je ne me suis pas transformé ?

Aquina presse sa main et veut le consoler comme il a essayé de la consoler. Soudain, elle s'immobilise. C'est... Elle contemple sa main dans la sienne. Aucune différence.

— Mats, regarde ! Tu as les mains palmées, comme moi !

Il écarte les doigts : ils sont liés par de minces peaux élastiques qui n'étaient pas là auparavant. Aquina rapproche sa main, elles se ressemblent comme deux œufs de poisson. Les jumeaux se tombent dans les bras, aucun d'eux n'arrive à prononcer une parole. Les larmes jaillissent, cette fois de joie. Au bout d'un moment, Aquina déclare :

— Les vagues peuvent dire ce qu'elles veulent...

— ... nous sommes de la même famille !

— Et nous allons trouver quelque chose sur notre mère, annonce-t-elle pleine d'un courage renouvelé.

— Mais avant...

Mats ménage son suspense.

– ... avant, tu vas m'apprendre à nager !

Ce n'est pas facile d'apprendre à quelqu'un à faire quelque chose qu'on maîtrise aussi naturellement que respirer ou dormir. Aquina n'a jamais réfléchi à la manière dont elle nage, elle nage, tout simplement. En plus, elle possède une queue de poisson, tandis que chez Mats rien n'apparaît alors que le soleil est maintenant arrivé au zénith. En revanche, ses orteils aussi sont palmés, comme ses doigts.

— Mais pourquoi est-ce que tes jambes ne se transforment pas en queue de poisson ? grommelle Aquina.

— Peut-être que chez nous, c'est comme chez les amphibiens ? réfléchit Mats.

— J'espère que tu ne me compares pas à une grenouille, quand même ?

— Bien sûr que non, rit Mats. Mais à l'école, j'ai appris que les amphibiens sont capables de vivre aussi bien dans l'eau que sur terre, et que chaque espèce s'adapte au milieu dans lequel elle se trouve.

— Vous apprenez des choses très intelligentes, dans vos écoles. Ce serait une très bonne explication. Les deux formes sont présentes en nous, mais comme nous vivons chacun dans un endroit différent, jusqu'à présent tu en as utilisé une, et moi l'autre !

— Tout s'explique scientifiquement, répond Mats en citant son professeur.

— Je crois que les humains aussi font de la magie, affirme Aquina. Mais ils appellent ça de la science et de la technologie !

— Est-ce qu'il existe une magie pour m'apprendre à nager ? demande Mats. Je trouve que c'est beaucoup plus difficile que marcher !

— Absolument pas, se défend Aquina. L'eau te porte. Essaie, mets-toi juste sur le dos.

— C'est génial, constate Mats en clignant les yeux face au soleil.

Mais dès qu'il se redresse, il coule à nouveau comme un sac.

— Tu dois faire quelque chose avec tes jambes, explique Aquina, ça ne suffit pas de pagayer avec les bras.

— Mais quoi ?

— Je ne peux pas te dire. Moi, je pousse simplement avec ma queue et je nage.

Mats essaie désespérément de reproduire avec ses jambes le même mouvement qu'Aquina avec sa queue, mais ça ne marche pas du tout. Il faut l'intervention de Snorri qui joue les bouées vivantes pour empêcher Mats de couler et lui permettre de se concentrer sur ses mouvements de jambes. Mais ce qu'il préfère, c'est se laisser porter par Sleip.

— Gros paresseux, tu n'apprendras jamais à nager comme ça !

— Bah, j'ai tout mon temps ! Regarde ce que j'arrive à faire !

Il se laisse glisser du dos de Sleip. Aquina plonge aussi. Mats nage avec l'adresse d'un phoque nouveau-né lors de son premier bain.

— Hmm, fait Aquina.

Mats rit.

— Ha ! Pour toi, c'est évident, mais pour moi c'est dingue : j'arrive à respirer et à parler sous l'eau ! Tu sais ce que ça veut dire ? Je n'aurai plus jamais peur de me noyer !

XV

KRØNASÅR

Même si les doutes d'Aquina se sont un peu apaisés et qu'elle aime Mats de tout son cœur – et pas seulement parce qu'il a sauté dans l'eau pour elle –, au bout d'une petite semaine, son souhait ardent d'en apprendre plus sur leur mère ne s'est toujours pas réalisé. Mats s'est à nouveau renseigné auprès du foyer pour tout savoir du jour où on l'avait trouvé, et a demandé si quelqu'un avait déjà entendu le nom de sa mère. En vain ! Il a seulement obtenu la confirmation de ce qu'il savait déjà : un joggeur l'a vu sur la plage et l'a amené aux Trois Bouleaux. Comme on n'a pas trouvé qui étaient ses parents, Mats est resté au foyer jusqu'à aujourd'hui. Aquina a plongé avec Snorri pour interroger les poissons, mais même la vieille raie manta qu'ils ont rencontrée n'a jamais entendu parler d'une noyée nommée Vivika Stenrokk ni d'un bébé secouru.

Cette question l'obsède, et Mats aussi commence à perdre patience. En plus, il doit sans cesse trouver de nouveaux prétextes pour expliquer ce qu'il fait de la nourriture qu'il emporte dans sa chambre à chaque repas, afin de l'apporter ensuite à Aquina et à ce goinfre de Snorri. À plusieurs reprises,

Aquina réussit de justesse à se glisser dans son coin sous le sac de couchage de Mats avant que quelqu'un entre dans le hangar et la trouve. C'est Snorri qui se préoccupe le moins de la situation. Aux Trois Bouleaux, on commence à jaser au sujet d'un étrange crapaud-salamandre-grenouille-fantôme qui apparaît un peu partout et convoite toutes les sucreries. Carla et Ignace, les responsables du foyer, se demandent même s'il ne faudrait pas installer un piège à souris pour rassurer tous les enfants. Mats a beau avertir Snorri, la curiosité du poulpe finit toujours par l'emporter sur la sagesse. Mais le pire, c'est quand Mats tombe sur Bully au supermarché, pile au moment où il achète du vernis à ongles turquoise pour Aquina.

— Il va falloir que je quitte le foyer, ou même la ville, annonce-t-il d'un air lugubre en retrouvant Aquina au hangar.

— Pourquoi ?

Mats pose le flacon par terre devant elle.

— Parce que Bully m'a vu acheter ça pour toi.

— Oh, de la couleur pour les orteils ! Tu es vraiment le meilleur, le plus adorable, le plus chouette frère du monde !

— Dis ça à Bully, il croit que je l'ai acheté pour moi et il le raconte à tout le monde. Ce midi, un gars de mon groupe, Rayk, a dit que c'était moi le voleur de bonbons bleu turquoise et que je me déguisais avec du vernis à ongles ! Je n'avais certes pas beaucoup d'amis avant, mais au moins les autres me fichaient la paix, à part Bully. Là, tout le monde va se moquer de moi.

— Tu veux que je leur parle ? demande Aquina d'un ton compatissant. Maintenant que j'en sais plus sur le monde des humains, je pourrais...

— Surtout pas ! la coupe Mats. Ce serait encore pire. Réfléchissons plutôt à ce que nous pourrions faire pour découvrir quelque chose !

C'est toujours sur ce point que le bât blesse, ils n'arrivent à rien. Le silence s'installe.

— Tu as déjà cherché Rulantica dans ton rectangle savant ? demande Aquina au bout d'un moment.

— Honnêtement, non. Il vaudrait mieux qu'Internet ne sache rien de ton île secrète, répond Mats, mais on peut essayer.

Sans grand espoir, il tape les lettres sur son smartphone – il a dû rapporter le portable au foyer avant que Carla s'aperçoive qu'il l'avait emprunté.

— Oh non ! grogne Mats.

— Toujours pas de résultat ?

— Je ne sais pas encore, mais mon crédit est presque épuisé et je ne pourrai le recharger que le mois prochain.

— S'il te plaît, tiens le coup, implore Aquina en s'adressant au rectangle.

Mats lui a expliqué comment fonctionnait son système de carte prépayée.

— Hmm, c'est ce que je pensais, pratiquement aucun résultat, déclare Mats. Il n'y a qu'un truc à propos de *L'Edda* de Snorri Sturluson, et d'une exposition sur les mythes et légendes au Krønasår... mais c'était il y a quinze ans. Et c'est tout !

Il brandit son mobile comme pour le jeter dans un coin.

— Et on n'a pas avancé d'un pas ! se lamente Aquina.

— Attends, ce n'est pas tout à fait vrai, déclare soudain Mats.

— Excuse-moi, mais il n'y a rien là-dedans sur Rulantica et pas le moindre mot sur notre mère !

— Eh bien, parfois, les résultats sur Internet ne sont pas à prendre au mot, il faut considérer leur sens. On doit se demander pourquoi un lien est proposé, et savoir lire entre les lignes...

— Ah, et qu'est-ce que tu as lu ?

— Je te le dirai quand on y sera ! répond Mats. J'imagine que derrière les mythes et légendes, il doit y avoir quelque chose que nous cherchons, et l'époque coïnciderait, en plus.

— Nooon, je n'y comprends rien ! Tu ne peux pas me torturer comme ça, ce n'est pas juste ! proteste Aquina.

Pas la moindre trace de Snorri, il est probablement encore parti à la chasse aux friandises.

— Pour une fois, ce n'est pas plus mal, déclare Mats. Comme ça, je n'aurai pas besoin de payer une entrée en plus pour lui !

— Qu'est-ce que c'est, payer une entrée ?

Mais Mats se contente de sourire d'un air entendu sans donner le moindre indice supplémentaire. À la place, il entraîne Aquina et lui fait traverser la moitié de la ville. Entre-temps, elle s'est habituée à la marche et même aux boîtes roulantes et aux hordes d'humains. Mais pas aux chaussures. À la grande gêne de Mats, elle est encore en train de marcher pieds nus, mais il garde ses commentaires, parce qu'elle est intraitable sur la question des chaussures.

— Ouah, c'est formidable ! À côté de ça, même le palais de coquillages a l'air moche !

Aquina contemple la façade de bas en haut. Aucun bâtiment ne l'a encore autant impressionnée que cet édifice en briques rouges avec ses tours, ses saillies et ses pignons.

— Permets-moi de te présenter le Krønasår, notre muséum d'histoire naturelle, déclare fièrement Mats, comme s'il l'avait construit de ses propres mains.

— Tu penses qu'on va trouver quelque chose ici ? Tu as pourtant dit que l'exposition avait eu lieu il y a quinze ans.

— Oui, mais c'est déjà un indice, ça veut dire qu'il y a quinze ans il y avait quelqu'un au muséum qui connaissait au moins la légende.

— Et si on le trouve, il en saura certainement plus, et peut-être qu'il connaîtra maman. Tu es un génie ! complète Aquina avec enthousiasme.

— Ne me félicite pas trop vite, on n'a encore rien trouvé, tempère Mats.

Le muséum a un air respectable et savant, comme si on y avait vraiment accumulé une masse immense de connaissances. Comme le sage dieu borgne Odin pour le monde des humains, et un peu plus accessible qu'Internet, se dit Aquina. Les grandes fenêtres invitent tous ceux qui en ont envie à s'approcher pour découvrir toutes ces connaissances. Pendant un moment, Aquina oublie pourquoi ils sont là. Elle tire Mats de l'autre côté du merveilleux bâtiment pour l'observer sous toutes les coutures. Mais ils ne vont pas très loin, parce que le muséum donne directement sur la mer. Les vagues clapotent le long des murs et des fenêtres comme si elles étaient en train de discuter avec lui, pour lui raconter les dernières histoires de marins qu'elles ont entendues sur le port, ou lui décrire les tempêtes en haute mer. En échange, le muséum les laisse jeter un coup d'œil à l'intérieur. Voilà pourquoi elles en savent autant ! Aquina reconnaît tout de suite les vagues bavardes.

Juste pour essayer, elle leur demande :

— Qu'est-ce que vous voyez ?

— *Viens*, répondent les vagues, *regarde toi-même !*

— Génial, elles parlent vraiment ! s'émerveille Mats. Mais pourquoi est-ce que je les comprends, maintenant ?

— *Quand un enfant merrien nous écoute, alors il nous comprend*, expliquent les vagues.

L'idée qu'il est un merrien paraît toujours étrange à Mats, c'est évident. Mais il saisit quand même l'occasion de demander des comptes aux vagues :

— Si vous savez que je suis un merrien, pourquoi est-ce que vous dites qu'Aquina n'est pas ma sœur ?

— *Aquina, non, ce n'est pas le nom de ta sœur !* répètent les vagues en reprenant mot pour mot les paroles qui obsèdent toujours Aquina.

— Là, tu l'as entendu aussi ! dit-elle tristement.

— Et je ne le crois toujours pas, rétorque Mats.

— *Alors, trouvez-le vous-mêmes !*

— C'est ce qu'on va faire ! répond Mats en ramenant Aquina jusqu'à l'entrée du muséum.

Le grand portail possède deux vantaux plus richement décorés l'un que l'autre ; au centre de chacun, une impressionnante tête de loup les accueille – celle de gauche regarde amicalement les visiteurs et semble presque sourire, tandis que celle de droite montre les dents. La poignée du côté du loup de gauche est usée. D'innombrables visiteurs ont utilisé cette entrée et, à force de le toucher, ont poli son museau qui brille. Mats se dirige d'abord vers la gauche, puis vers le loup de droite.

— Personne ne veut de toi, hein ? demande-t-il plein de pitié. Juste parce que l'architecte t'a fait faire la grimace. Si ça se trouve, tu as seulement faim, mais tu es très beau quand même !

Doucement, il caresse le loup sur le bout du nez. Celui-ci cligne les yeux d'un air surpris, tandis que le loup de gauche s'ébroue, ouvre la gueule et émet un bruyant hurlement. Mats recule en trébuchant et Aquina doit le retenir.

— Tu crois qu'ils sont dangereux ? demande-t-il.

— Ça dépend à qui ils obéissent, répond Aquina. On devrait faire attention à ce qu'on dit.

Elle se tourne vers le loup de gauche.

— Excuse-nous, nous ne voulions pas te vexer ! Tu aussi, tu es un très beau loup, bien sûr.

— À qui est-ce que tu parles, jeune fille ?

Derrière Aquina et Mats, un homme se dirige vers l'entrée.

— Aux loups, ils ont bougé !

— Ils sont en bronze, ça ne bouge pas, le bronze !

L'homme fait la grimace et passe entre Mats et Aquina.

Les loups ont retrouvé leur immobilité sur les deux vantaux. Est-ce qu'ils ont tout imaginé ? Le soleil, la chaleur... Ils doivent se dépêcher d'entrer.

— Tu prends le côté droit, moi le gauche ? propose Aquina. Comme ça, aucun des deux ne sera vexé.

Dans leur dos, les deux loups se fendent d'un large sourire.

Dès que Mats a payé leurs deux billets d'entrée, Aquina se plante dans le grand hall, fascinée. La vue sur la mer à travers la large baie vitrée donne au Krønasår une ambiance maritime spéciale, et l'immense squelette suspendu au plafond a l'air de nager. Il devait s'agir d'une créature marine, mais maintenant ses ossements sont accrochés immobiles dans un musée. Ou bien les apparences sont-elles trompeuses et le squelette n'attend-il qu'un signe pour s'éveiller, comme Svalgur ?

Aquina et Mats admirent le colosse sous tous les angles.

— Je suis bien contente de ne jamais avoir rencontré ce monstre vivant, avoue Aquina.

— Il aurait fallu que tu vives il y a une éternité, dit Mats. La pancarte dit que c'est un kronosaure, qui vivait il y a plus de cent millions d'années.

— Vraiment, il est mort depuis si longtemps ? Ce squelette me fait un peu penser à Svalgur. Sans muscles et sans peau, il ressemblerait certainement à ça. Il est aussi grand, il a le même crâne large avec les dents pointues, et la longue queue aussi. J'ai du mal à imaginer que c'est vraiment un kronosaure.

— Tu n'es pas la seule, approuve Mats qui a lu la suite du texte de présentation. Ça dit que les scientifiques émettent régulièrement des doutes sur le lieu de découverte d'un saurien marin, à commencer par Ander Svenson, qui a trouvé le squelette en 1948 au large de l'Islande et a daté les ossements d'une période beaucoup plus récente.

— Et c'est parfaitement vrai ! intervient soudain un grand garçon qui vient de passer devant le squelette.

Il a l'air bien plus vieux qu'Aquina et Mats, semble assez musclé et arbore une coiffure avec beaucoup trop de gel qui maintient chacune de ses mèches brun clair à sa place. Ce qui doit ressembler à une coiffure naturelle lui prend certainement des heures dans la salle de bains. Il porte un tee-shirt avec le logo du muséum. Ses mains sont profondément enfoncées dans les poches de son pantalon. Il se donne un air cool, mais il est sympathique, juge Aquina. Sur son badge, on peut lire « Gunnar Svenson, guide ».

Il regarde attentivement autour de lui avant de continuer.

— Mon grand-père a toujours dit que c'étaient les restes d'un serpent gardien des dieux nordiques. Il était bien placé pour le savoir, c'est lui qui les a trouvés.

Aquina ouvre de grands yeux.

— Et à son avis, qu'est-ce qu'il gardait ?

— Une île secrète qu'on n'a pas encore trouvée, explique Gunnar. Mais bon, mon grand-père débloquait un peu, il mélangeait souvent les contes et la réalité.

— Ou pas, déclare Aquina.

Gunnar lui sourit.

— J'adorais ses histoires, qu'elles soient vraies ou non. Malheureusement, la plupart des autres scientifiques ne le prenaient pas au sérieux. Mais l'ACE l'a accepté parmi ses membres.

— Qu'est-ce que c'est, l'ACE ? demande Mats.

— Si vous aimez les vieilles histoires et les légendes, vous devriez le savoir. L'ACE, Adventure Club of Europe, est un club d'aventuriers qui cherchent un peu plus que les seules preuves scientifiques. Mais ne dites pas à la directrice du musée que je vous en ai parlé. Elle et le président de l'ACE ne sont pas souvent du même avis. Et elle insiste beaucoup pour qu'on ne montre que du sérieux et du scientifique ici, au muséum.

— Comme Kailani et Exena, murmure Aquina à Mats.

— Si tu en sais autant, est-ce que tu te souviens d'une exposition sur les mythes et légendes organisée au Krønasår, mais il y a déjà quinze ans ? demande Mats à Gunnar.

— Ouh là, je dois passer mon tour ! Je suis peut-être plus âgé que vous et je suis en deuxième année de paléontologie, répond-il en bombant fièrement le torse, mais il y a quinze ans, j'étais encore à l'école primaire et je n'avais jamais pensé à faire un stage au muséum.

— Évidemment, dit Aquina.

En fait, rien de ce qu'il vient de dire n'est évident pour elle. Tout ce qu'elle a compris, c'est qu'il ne sait rien à propos de l'exposition, et ça lui suffit.

— Mais peut-être que le nom de Vivika Stenrokk te dit quelque chose ?

Gunnar fronce les sourcils.

— Vivika, Vivika... Non, je ne la connais pas, mais ce nom me dit quelque chose, bon sang. Elle a peut-être travaillé ici. Certainement avant mon arrivée. Peut-être qu'elle a écrit quelques cartels, on ne les change pas à tout bout de champ. Si vous voulez en savoir plus, vous devez vous renseigner auprès de la directrice, Catherine Noir. Mais faites attention, quand elle est de mauvaise humeur, elle peut cracher du feu.

— Et où est-ce qu'on la trouve ? demande Mats.

— Si elle ne traîne pas en bas dans les salles d'exposition pour nous garder à l'œil, moi et mes collègues, essayez dans son bureau, répond Gunnar en désignant vaguement le deuxième étage. Nez crochu, chignon sur la nuque, et quand elle marche, on dirait qu'elle a avalé un balai. Vous ne pouvez pas la rater. Bon, je dois y aller, il faut que je réunisse mon prochain groupe de touristes. Croisez les doigts pour qu'il y ait une ou deux jolies filles dans le lot !

Il se passe la main dans les cheveux, leur fait un signe de la main et part en traînant vers son point de rendez-vous.

— Ça a été plus fructueux que je ne le pensais, se réjouit Mats. Maintenant, on va chercher la directrice. Ce serait vraiment le jackpot si notre mère avait justement travaillé ici !

En traversant l'atrium vers l'escalier qui mène aux étages supérieurs, Aquina reste clouée devant l'une des salles adjacentes.

— Hé, ça ressemble à la maison !

— Pas étonnant, c'est la salle sous-marine, répond Mats en lisant le panneau au-dessus de l'entrée.

Aquina ne peut pas résister, il faut qu'elle aille voir. Toute la pièce donne effectivement l'impression d'être au milieu de l'océan. Les dégradés de bleu de la mer et les petites fontaines illuminées rappellent à Aquina les Lumåfals, les plus belles grottes d'Aquamaris. Au-dessus de leurs têtes flottent – ou plutôt nagent – des dauphins, des requins, des raies, des tortues marines et des méduses qui éclairent l'ensemble d'une lueur mystérieuse.

— Ouah, il y a même des narvals et des lamantins !

Aquina se dirige vers l'un des panneaux explicatifs.

— Il y a une éternité que je n'avais pas vu de lamantin, mais notre prof de chant leur ressemble un peu. Qu'est-ce qui est écrit là, à côté des narvals ?

Mats lui lit le texte :

— « Avec leur mystérieuse corne, les narvals sont considérés comme les licornes des mers. La corne spiralée du narval est en réalité une défense qui sort de la lèvre supérieure et peut mesurer jusqu'à trois mètres de long. Depuis des années, les scientifiques s'interrogent sur l'utilité de cette dent unique chez les mammifères... »

— Ben, ils l'utilisent pour la chasse, tout le monde sait ça à Rulantica ! s'esclaffe Aquina.

Mats hoche la tête.

— Là aussi, ils disent que c'est l'hypothèse la plus probable...

Soudain, Mats laisse échapper un cri perçant. Aquina et tous les visiteurs présents dans les parages se tournent vers lui.

— Pourquoi tu cries comme ça ? demande Aquina avec inquiétude.

Mats désigne la dernière ligne du texte, mais avant qu'il puisse en dire plus, un homme en uniforme gris sombre et bleu semble surgir du sol devant eux. Sa casquette est inclinée sur son visage. On distingue quand même sa moustache qui s'étale comme une grosse chenille au-dessus de sa lèvre supérieure, surtout parce qu'elle est beaucoup plus sombre et épaisse que les rares cheveux gris qui dépassent de chaque côté de la casquette. Dès le premier coup d'œil, Aquina trouve l'homme antipathique, notamment par sa manière de renifler bruyamment et de se gratter partout avec ses doigts crasseux tout en se plantant devant eux. Lui aussi porte un badge avec son nom : « Frieso Knizka ».

— On ne crie pas ici, compris ? leur ordonne-t-il.

Il cligne les yeux et son regard descend en direction des pieds d'Aquina.

— Et qu'est-ce que c'est que ça ? Les pieds nus ? On n'est pas à la plage, ici ! Enfile-moi des chaussures tout de suite, jeune fille !

Aquina se cache derrière Mats. Ce gros homme au visage rouge lui fait peur. En plus, il semble en tirer beaucoup de plaisir. Mats aussi se recroqueville et ne répond pas. Frieso se fait encore plus grand.

— Bon, les gosses, qu'est-ce que vous cherchez ici ? Les gamins comme vous ne sont pas là pour apprendre ! Vous venez juste mettre le bazar ! Je vais vous jeter dehors !

— Non, s'il vous plaît, répond doucement Mats. Nous menons vraiment une enquête !

— Ah oui, et vous croyez que je vais avaler ça ? Vous vous prenez pour des détect... détecteurs... détectrucs privés ?

Arrêtez les grands mots avec moi, ou bien...

Mats prend son courage à deux mains et désigne le bas du panneau.

— « VS », vous savez ce que ça veut dire ?

Les yeux de Frieso se réduisent à deux minces fentes.

— Une abréviation, c'est tout ! Apprenez des choses convenables au lieu de poser des questions idiotes ! Et toi, mets des chaussures !

Il laisse les enfants plantés là, contourne les vitrines et disparaît dans un groupe de visiteurs. Ils l'aperçoivent juste sortir son téléphone et le porter à l'oreille.

— Quel sale type, déclare Mats.

— J'espère qu'il nous laissera tranquille, maintenant, murmure Aquina. C'est la première fois que j'aurais préféré avoir des chaussures aux pieds.

— Ne t'inquiète pas, si tu n'avais pas été pieds nus, il aurait trouvé autre chose. Il nous avait dans le collimateur !

— Et l'abréviation, elle est vraiment là, ou bien tu l'as inventée pour détourner son attention ?

— Non, elle est vraiment là. Ça correspond aux initiales de « Vivika Stenrokk ». Je crois qu'il est temps de trouver cette Mme Noir !

Aquina et Mats n'ont pas besoin de monter jusqu'au deuxième étage. À mi-chemin, le claquement de talons sur les marches de pierre leur fait dresser l'oreille. Une silhouette qui correspond exactement à la description de Gunnar est en train de venir à leur rencontre. Elle descend l'escalier, droite et élégante, les cheveux argentés serrés dans un chignon strict. Son nez jaillit littéralement de son visage comme un bec, et sa tête vacille sur un cou long et trop fin. Au fur et à mesure qu'elle se rapproche, la température ambiante semble baisser de quelques degrés, tandis qu'un parfum entêtant de fleurs et de terre fraîchement retournée les enveloppe.

Lorsqu'elle arrive à deux marches d'eux, Mats doit rassembler tout son courage pour lui adresser la parole.

— Madame Noir ?

Aquina et Mats ne s'attendaient pas à un accueil chaleureux, mais la violence de sa réaction les surprend. Elle baisse le regard sur eux comme si quelque chose de dégoûtant osait croiser son chemin. Aquina se sent rétrécir à la taille d'un morceau de plancton. Tout son courage et sa confiance se réduisent aux mêmes proportions.

— Qu'est-ce que vous faites ici ?

La voix glaciale de Mme Noir leur fait presque oublier ce qu'ils veulent lui demander.

Mats doit se racler la gorge avant de pouvoir émettre un son.

— Je... Nous... sommes à la recherche de Vivika Stenrokk. Il paraît qu'elle a travaillé ici.

— D'après qui ?

Quelque chose retient Aquina de prononcer le nom de Gunnar, et Mats semble penser la même chose. Jusqu'à présent, Gunnar a été la seule personne amicale qu'ils aient rencontrée au Krønasår. Il n'a pas mérité de se faire mal voir de sa patronne.

— Pourquoi, c'est faux ? demande Mats en guise de réponse.

— Je ne vois pas en quoi cela vous regarde !

Le mur qui s'oppose à eux est encore plus haut qu'avec Frieso, mais Aquina refuse d'échouer à cause de l'arrogance de cette femme.

— C'est... c'était notre mère !

— Vraiment ? s'étonne la directrice en haussant un sourcil.

Elle descend une marche. Son nez de rapace plonge sur Aquina, ses yeux gris acier la percent comme l'éclair d'une lance de glace.

— Vous feriez mieux de garder cela pour vous !

— Pourquoi ? demande Mats.

— Parce que votre mère était tout sauf une scientifique sérieuse. Elle est même tombée dans le piège de rumeurs sur une prétendue source miraculeuse. Elle a abandonné son travail du jour au lendemain pour suivre sa lubie. Elle croyait vraiment que sa trouvaille la rendrait immortelle !

Catherine Noir souffle avec dédain avant de continuer.

— Honnêtement, cela m'étonne qu'elle ait réussi à revenir ! Mais bon, vous en êtes la preuve. Cela ne m'aurait pas surprise qu'elle se soit noyée en mer. Elle l'aurait bien mérité, franchement. Comme tous ceux qui font passer leur bonheur avant celui des autres !

La haine et le mépris qui émanent de ces paroles ébranlent profondément Aquina. L'idée que sa mère ait pu se lancer à la recherche de Rulantica pour de mauvaises raisons ne l'avait jamais effleurée. Au contraire. Jusqu'à présent, elle ne s'était jamais demandé ce que sa mère était venue faire dans le secteur avant que son père Falor la trouve et la sauve. Aquina voulait seulement savoir qui elle était, d'où elle venait. Elle était certaine qu'elle aimerait sa mère. Mais si ce n'était pas le cas ? Si elle descendait d'une traîtresse ? Peut-être que c'est pour cette raison que Kailani lui a tout caché pendant si longtemps ?

Elle voit que son frère ressent la même chose. Son visage a perdu toute couleur et il cherche à lui prendre la main. Lui non plus n'ose pas poser d'autres questions à la directrice. Mme Noir les toise d'un air hautain.

— Et maintenant, excusez-moi ! J'ai des choses plus importantes à faire que de parler d'anciens employés.

Considérant que l'entretien est terminé, elle leur passe devant et se remet à descendre l'escalier. Un sanglot muet secoue Aquina et sort Mats de son mutisme.

— Vous devez bien vous souvenir de quelque chose de positif. S'il vous plaît, c'est très important pour ma sœur !

Mme Noir s'arrête une marche plus bas. Elle a l'air toujours aussi menaçante, même si elle est maintenant à leur hauteur.

— Je ne dois rien du tout ! Maintenant, vous feriez mieux de partir ! Et ne vous avisez pas de revenir ici, vous pourriez le regretter !

Ses doigts minces se referment et elle serre le poing comme si elle voulait écraser quelque chose. Aucun doute sur ce qu'elle envisage.

Aquina et Mats restent figés sur place. Tout l'espoir de la journée précédente a disparu. Soufflé comme une bougie dans le vent. Épuisée, Aquina se laisse tomber sur la marche et se prend la tête à deux mains. Elle entend résonner le claquement des talons jusqu'à ce qu'il s'éteigne. Mats s'accroupit près d'elle et lui passe le bras autour des épaules. Inconsolable, Aquina éclate en sanglots.

XVI

À L'ACE

Aquina et Mats ont perdu toute envie de continuer à visiter le musée. Une fois le premier torrent de larmes séché, Mats aide Aquina à se relever et la guide vers la sortie.

— Viens, on va se payer une glace !

— Notre mère était une traîtresse qui voulait détruire tout ce que j'ai toujours protégé. Comment est-ce que tu peux penser à manger ?

— La glace, ça passe toujours ! affirme Mats. Et comment est-ce que tu peux être sûre que cette horrible bonne femme nous disait vraiment la vérité ?

Plein d'égards, il escorte sa sœur jusqu'au portail pour sortir.

Derrière eux, un doux « aouhhhh » se fait entendre, mais lorsque Aquina regarde par-dessus son épaule, elle ne voit rien d'autre que l'imposant bâtiment du muséum. Néanmoins, le Krønasår a l'air bien plus lugubre qu'à leur arrivée. Ou bien est-ce parce que le soleil vient de se cacher derrière un nuage ?

— Pourquoi la directrice nous mentirait-elle ? demande Aquina en reniflant, encore blessée et hésitante.

Une voix s'élève, douce mais clairement audible :

— Tiens, tiens, mais qui avons-nous là ?

Aquina sursaute. L'homme lui semble familier. N'est-ce pas celui qui la fixait dans la rue, le premier jour ?

— Vous nous connaissez ? s'étonne Mats.

L'homme de haute taille s'incline poliment. Aujourd'hui encore, il est vêtu de noir – Aquina sait maintenant qu'il porte un costume, avec une chemise blanche.

— Mais où sont passées mes bonnes manières ? Malus, Johan Malus.

Mats fait un pas en avant et se place devant Aquina.

— Et qu'est-ce que vous nous voulez, à ma sœur et à moi ?

— Frère et sœur, tiens donc ! Eh bien, nous ne nous connaissons pas encore, mais cela ne doit pas forcément durer.

— Je ne vois pas pourquoi ça devrait changer !

Johan Malus fait un large sourire.

— Mon jeune ami, pourquoi cette agressivité ? Elle n'a aucune raison d'être ! Au contraire, je peux peut-être vous aider.

— Pas besoin, laisse échapper Aquina.

— Bien au contraire ! Si j'ai bien compris, vous cherchez quelqu'un.

— D'où est-ce que vous savez ça ? demande Mats complètement stupéfait.

— Ah, un homme d'honneur entend des choses ici et là, répond Malus. Et si quelqu'un cherche ma chère collègue Vivika, je réponds présent.

— Vous connaissez notre mère ? Vivika ? Vivika Stenrokk ?

La voix d'Aquina déraille presque.

Malus acquiesce gracieusement.

— Comme je l'ai dit, c'est une collègue qui m'est chère. Nous avons même travaillé ensemble très étroitement pendant un moment.

— Vraiment ? Vous pouvez nous parler d'elle, alors ? jubile Aquina.

Mats aussi s'enflamme.

— Vous avez une photo d'elle ? Nous cherchons depuis si longtemps !

Johan Malus sourit.

— Oui, j'ai une photo ! J'ai même plus : de vieux dossiers de travail et une lettre, manuscrite.

Aquina aimerait embrasser cet homme si gentil.

— Quand et où est-ce que nous pouvons les voir ?

— Ma foi, aujourd'hui, si vous voulez, propose Johan Malus. Il y a juste un tout petit problème.

— Oh non, quel problème ?

Aquina a du mal à ravaler sa déception.

Malus la regarde avec pitié.

— Je vois bien que tout cela est très important pour vous, ce sera donc certainement très facile à résoudre ! En fait, c'est juste une formalité.

— Oui, oui, dites-nous, qu'est-ce que nous devons faire ? demande Mats.

— Eh bien, vous comprenez certainement que les documents et surtout la lettre sont des affaires très personnelles...

Aquina et Mats acquiescent à l'unisson. Malus continue :

— Je ne peux donc pas les montrer à n'importe qui. Je dois d'abord m'assurer que vous êtes vraiment ceux que vous prétendez être.

— Hein ? lâche Aquina qui ne comprend pas vraiment où il veut en venir.

— Euh... fait Mats.

— Est-ce compliqué ? demande Malus avec inquiétude. Une simple pièce d'identité ou tout autre document qui prouve votre lien avec votre mère me suffira amplement.

— Mais nous n'en avons aucun, admet Mats.

Aquina est soulagée que Mats ait répondu à sa place, parce qu'elle n'a pas la moindre idée de ce dont l'homme parle.

— Ah, comme c'est dommage, déclare Malus. Je vous aurais bien donné la photo, mais sans preuve...

Il se tourne pour partir.

Aquina voit que Mats est tout aussi déçu qu'elle.

— Il n'y a pas d'autre possibilité de prouver que nous sommes Mats et Aquina, les enfants de Vivika ?

Malus réfléchit brièvement, mais hoche négativement la tête d'un air triste.

— Et l'amulette ? demande Mats. Sur la mienne au moins, il y a mon nom.

— L'amulette ? répond Malus en haussant les sourcils avec intérêt.

— Oui, oui, explique Aquina avec empressement. En fait, c'était l'amulette de Frigg, mais notre mère nous en a donné une moitié à chacun pour nous protéger. Ça prouve qui nous sommes, non ?

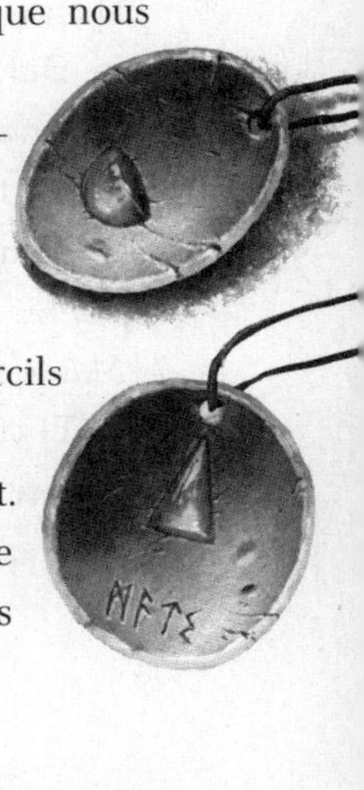

Malus se rapproche et examine attentivement les deux pendentifs. Il a l'air indécis.

— Très beau travail, apprécie-t-il. Il correspond tout à fait à mon estimée collègue. Malheureusement, je ne connais pas cette amulette...

— Vous croyez qu'on ment ?

Mats est ébranlé.

— J'aimerais vous croire, se défend Malus, mais il faudrait que ce soit un objet dont je sois sûr qu'il ait appartenu à Vivika. Par exemple, si vous aviez la corne... mais non, ce serait trop beau...

— La corne, bien sûr, la corne ! Je l'ai ! s'écrie Aquina.

— Tu l'as ? demandent Mats et Malus d'une seule voix.

— Dans ma sacoche, au hangar. Je peux aller la chercher et vous la montrer, si ça vous convient. Mais je ne peux pas vous la laisser ! ajoute-t-elle rapidement.

Les joues de Johan Malus se mettent à rosir de joie.

— Oui, oui, c'est une preuve suffisante ! Venez simplement me voir avec la corne cet après-midi à l'ACE. Nous pourrons regarder tranquillement tous les documents de votre mère.

— Vous êtes de l'ACE, comme Ander Svenson ? s'étonne Mats.

Malus éclate de rire.

— Et comme votre mère ! D'ailleurs, maintenant, j'en suis le président. Je pourrai donc nous faire servir du chocolat chaud et des escargots à la cannelle lors de notre rencontre !

En attendant l'heure du rendez-vous à l'Adventure Club of Europe, le temps s'écoule trop lentement au goût d'Aquina et Mats. Assis dans le hangar, ils racontent à Snorri ce qu'ils ont découvert. Ils gloussent et s'esclaffent et s'imaginent tout ce que peut contenir la lettre que Malus va leur montrer.

— Peut-être que c'est une lettre d'amour que maman avait écrite à ce Johan ? chuchote Aquina.

— N'importe quoi, elle avait notre père.

Aquina lui donne un coup dans les côtes.

— Tu n'as pas vu comment il est devenu tout rouge ? C'était peut-être son amour de jeunesse. Chez nous aussi, à Aquamaris, les merriens tombent souvent amoureux. Par exemple, avant Bror, il paraît que Kailani vivait avec un certain Finn.

— Si tu le dis ! sourit Mats. Mais je suis content que Malus ne soit pas devenu notre père. Il est si rigide et un peu bizarre.

— Tu trouves ? Au moins, il veut nous aider.

— Oui, c'est super gentil, et pour les escargots à la cannelle aussi...

À ces mots, Snorri devient très attentif et s'accroche au bras d'Aquina. Mais celle-ci secoue simplement la tête.

— Non, on ne peut pas t'emmener !

Snorri boude puis grimpe alternativement sur Mats et sur Aquina en tentant de les attendrir :

— Snr, snrrrr !

Mais Mats reste aussi inflexible que sa sœur.

— Tu ne vas faire que semer le bazar ! Et on va se faire expulser avant d'avoir pu lire une ligne de la lettre ou vu un pixel de la photo ! Désolé, Snorri, mais tu restes ici !

Aquina vérifie au moins trois fois que la corne est dans sa sacoche avant de partir.

Le bâtiment de l'ACE est, dans son genre, aussi imposant que le Krønasår, mais beaucoup moins aéré et accueillant. Il ressemble plutôt à un château fort, un bastion capable de résister au vent et au mauvais temps aussi bien qu'à une armée d'intrus.

Mats et Aquina parviennent à une porte de bois sombre au centre de laquelle sont gravés les contours noirs d'une rose des vents. On distingue nettement le « N » du « nord » au-dessus, mais il semble y avoir d'autres lettres et chiffres, en partie effacés, et de vieilles inscriptions auxquelles ils ne comprennent rien. Seules les trois initiales imbriquées au centre de l'étoile sont bien lisibles : « ACE ». Il n'y a pas de sonnette, mais un antique heurtoir que Mats actionne d'un geste hésitant.

À sa grande surprise, ce n'est pas Johan Malus qui leur ouvre la porte mais un autre personnage familier.

— N'est-ce pas l'affreux gardien du muséum ? murmure Aquina à Mats.

Mats hoche la tête. Ça ne peut pas être un hasard ! Qu'est-ce qu'il fait ici ? Cependant, ça expliquerait comment Malus a appris ce qu'ils cherchaient. Un léger malaise les envahit. Après son intervention, Frieso a dû les surveiller et écouter leur conversation avec Mme Noir. Il ne laisse pas voir s'il les reconnaît. Il regarde fixement au-dessus de leurs têtes et déclare solennellement :

— M. le président vous attend au salon !

Il s'écarte juste assez pour les laisser se glisser devant lui. À l'intérieur, un couloir crépusculaire les attend, où tout semble étonnamment endormi. Pas le moindre bruit de voix, pas d'autres sons. Aucun des membres ne semble présent.

Frieso les accompagne le long d'un couloir lambrissé jusqu'à une grande pièce aux colonnes de marbre noir et blanc ornées de sarments dorés. D'épais tapis absorbent le bruit de leurs pas. Une atmosphère magique les enveloppe. La pièce contient un assortiment d'artefacts, de rouleaux de parchemin, de cartes et de livres. Partout, d'élégants fauteuils et des guéridons équipés de lampes attendent les visiteurs qui veulent s'installer pour discuter ou étudier.

Johan Malus les accueille avec enthousiasme.

— Mes jeunes amis ! C'est merveilleux que vous soyez venus ! Prenez place !

Il désigne deux fauteuils à oreilles surdimensionnés tout en s'asseyant dans un troisième.

— Frieso, faites le service, s'il vous plaît !

Frieso obéit. Il apporte un pot fumant qui dégage un parfum délicieux et verse le liquide crémeux brun clair dans les tasses

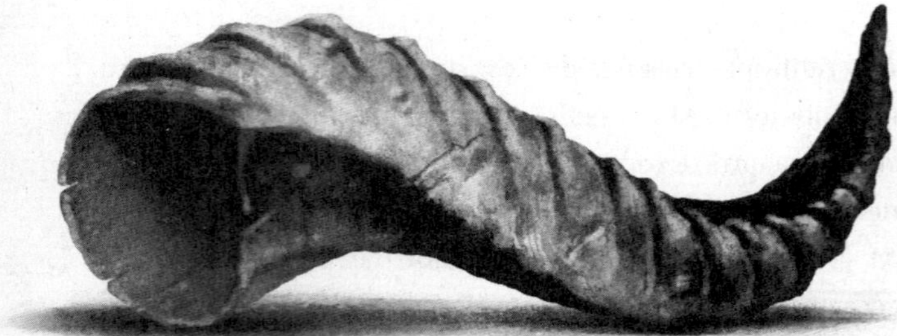

en porcelaine installées sur de petites tables à côté d'Aquina et Mats. Ensuite, il leur présente un plateau d'argent couvert d'une montagne d'escargots à la cannelle et d'autres délices inconnus d'Aquina. Puis, quand le frère et la sœur ont fait leur choix, il dépose leurs pâtisseries à l'aide d'une pince sur des soucoupes en porcelaine somptueusement décorées.

— Goûtez ! leur ordonne Malus en mordant dans une tresse aux noix.

Même si la pâtisserie est aussi savoureuse qu'elle en a l'air, Aquina n'est pas assez sereine pour en profiter. Après tout, ils ne sont pas là pour manger ! Elle jette un regard vers Mats qui est tout aussi agité. Il n'a pris qu'une seule bouchée et brûle d'impatience de voir la photo promise.

— Nous n'allons pas vous faire attendre plus longtemps, déclare Malus en désignant du menton la sacoche qu'Aquina a posée à ses pieds. Si je peux vous demander...

Aquina attrape la sacoche pour en sortir la corne.

Soudain, une douleur cuisante lui transperce le bras ! Elle est obligée de lâcher la corne, qui retombe dans le sac. Bizarre, c'est exactement là que le poisson violet pris dans le filet de Hel l'a mordue. Elle se frotte le bras.

— Qu'est-ce qui se passe ? demande Mats.

— Une crampe, je crois. Ça va passer !

D'un geste résolu, Aquina attrape à nouveau la corne. Cette fois, aucune douleur ne l'en empêche. Elle la brandit fièrement. Malus ne peut plus avoir le moindre doute à leur sujet !

Celui-ci a bondi sur ses pieds, le scintillement de ses yeux est évident.

— C'est elle, c'est vraiment la corne de Loki !

— Vous savez ce que c'est que cette corne ? s'effraye Aquina.

— Naturellement ! Votre mère et moi l'avons cherchée ensemble ! dit-il en riant. Elle a juste été un peu plus rapide que moi, mais la voilà !

Les mains tremblantes, il tente de l'attraper. Aquina la glisse précipitamment dans sa sacoche.

— Je vous ai déjà dit que je ne pouvais pas vous la laisser !

Johan Malus ressemble à un enfant auquel on vient de retirer son jouet préféré. Son front se plisse d'une ride bombée.

— Mais, mais, mes chers enfants... nous sommes amis ! Et de toute façon, vous ne pouvez rien faire de cette vieille corne !

Le bras d'Aquina palpite et pulse. Elle voudrait se lever et s'en aller sur-le-champ. Mais ils n'ont pas encore obtenu ce qu'ils étaient venus chercher, et elle ne veut pas abandonner son espoir. Mats non plus, qui demande bravement :

— Si vous voulez être notre ami, vous devez tenir votre promesse et nous montrer les affaires de notre mère !

Malus se reprend et leur sourit même.

— Naturellement, naturellement, vous allez les voir. Venez avec moi aux archives !

Il leur fait traverser le salon jusqu'au couloir, puis passe devant un escalier monumental qui mène à l'étage supérieur. Derrière, un peu dissimulé, un escalier plus petit descend au sous-sol. Aquina tient fermement sa sacoche et suit Malus et Mats dans l'escalier.

— C'est là que nous conservons nos véritables trésors, explique Malus. Notamment le premier appareil volant des frères Eulenstein et la dague de Batavia. À l'ACE, nous pouvons nous targuer d'avoir la collection d'objets la plus distinguée au monde.

— Et pourquoi est-ce que ces objets ne sont pas exposés au Krønasår ? demande Mats.

— Pfff, le Krønasår ! répond Malus avec dédain. Les gens de là-bas ne savent pas garder un secret. Les humains ne sont pas encore prêts pour certaines choses, et pour d'autres ils ne le seront jamais. Mais cette chère Catherine Noir ne le comprend pas. Quelle horrible personne !

Mats et Aquina échangent un regard muet et un signe d'approbation. Malus et Mme Noir ne s'apprécient guère. Au moins, Malus s'efforce d'être plus aimable. Mais bien qu'elle soit impatiente d'en savoir plus sur sa mère, Aquina a hâte de quitter cet endroit.

En ce qui concerne les archives, Malus n'a pas exagéré sa description. On voit à peine les épais murs de pierre tellement les étagères et les armoires sont chargées. Aquina sent que l'air est saturé de magie. Dommage qu'ils n'aient pas le temps d'explorer en détail cette collection.

Leur hôte se dirige d'un pas décidé vers une grille de fer, attrape un trousseau de clés accroché au mur et ouvre la porte avec une vieille clé passablement rouillée.

— Cette cellule est l'une de nos nombreuses raretés d'origine, explique-t-il fièrement. Il ne reste rien d'autre de la Bastille ! Pas la moindre pierre, alors que c'était un emblème de l'histoire moderne !

À nouveau, Aquina n'a pas la moindre idée de ce dont il parle et cette fois-ci Mats aussi fait une moue perplexe. Malus s'en enthousiasme :

— Ha ! N'est-ce pas merveilleux de pouvoir encore enseigner quelque chose aux jeunes d'aujourd'hui ? Qu'en penses-tu, Frieso ? N'est-ce pas la meilleure et la plus noble tâche de l'ACE ? Puisse la sagesse des anciens que nous sommes durer assez longtemps pour que les jeunes en apprennent assez !

— Aujourd'hui et pour toujours, psalmodie Frieso.

Aquina est très gênée de constater que l'homme s'est subitement collé derrière elle, et elle tente de mettre un peu de distance entre elle et lui.

— Est-ce que nous pouvons voir les affaires de maman, maintenant ? demande Mats, visiblement agacé par le bavardage de Malus et Frieso.

— Patience, patience, mon garçon, nous y arrivons !

Malus pénètre dans la longue pièce étroite, meublée d'une simple table en bois et de deux chaises. Sur la table se trouve une mince pile de papiers. Il fait signe aux deux jeunes de se rapprocher.

— Voilà, tout est là !

Le cœur d'Aquina se met à battre follement, son souhait le plus cher, son rêve le plus ardent, va se réaliser. Avec Mats, elle se penche sur la table. Sur une photo au sommet de la pile, une jeune femme leur sourit. Aquina et Mats s'arrêtent de respirer. Leur ressemblance à tous trois est frappante. Du bout des doigts, Aquina caresse délicatement la photo. Les mêmes grands yeux, sauf la couleur : ils ne sont pas bleus mais bruns comme les escargots à la cannelle. Pour le reste – le visage délicat, le nez avec son petit bout arrondi, les lèvres charnues –, c'est Aquina tout craché ! La femme a aussi des taches de rousseur comme Mats et une chevelure cuivrée qui, chez elle, tombe en longues boucles sur les épaules.

— Maman... murmure Aquina.

— Maman... répond en écho la voix de Mats.

— Comme c'est touchant ! s'exclame Malus. Asseyez-vous, asseyez-vous tranquillement, lisez la lettre ! Vous aurez tout le temps pour cela !

Aquina sent un coup violent qui la fait trébucher sur la chaise située devant elle.

— Hé, qu'est-ce que vous faites ? entend-elle son frère demander.

Malus vient de le pousser contre le mur et quitte précipitamment la pièce.

Avant qu'Aquina comprenne ce qui lui arrive, Frieso lui a arraché sa sacoche et suit son président à grands pas. Dans un grand claquement, la porte se referme sur eux. Aquina s'élance à leur poursuite, mais la clé a déjà tourné dans la serrure.

— Tout s'est déroulé à merveille ! se réjouit Malus. Vite, Frieso, donne-moi la sacoche !

— Rendez-la-moi tout de suite ! proteste Aquina.

— Tu n'es pas en position de formuler des exigences ! ricane Malus.

Il ouvre la sacoche et en tire la corne.

— Ah, la voilà ! Enfin, enfin À MOI !

— Depuis le début, vous vouliez la corne ! fulmine Mats qui a rejoint Aquina à la grille.

— C'est un peu tard pour comprendre, mais c'est exact, répond Malus en éclatant d'un rire retentissant et en caressant la corne comme un trésor. Je l'ai cherchée tellement longtemps ! Et votre misérable mère m'a devancé ! Elle avait calculé l'emplacement du naufrage du *Tre Kronor* avec plus de précision que moi, et avait mis la main sur la dernière corne de Loki connue peu avant que j'arrive avec mon équipe. Malheureusement, elle n'était pas aussi facile à rouler que ses enfants aujourd'hui !

— Mais vous ne pouvez rien faire de la corne, ose Aquina en espérant avoir raison.

Johan Malus rit encore plus fort.

— Vous êtes tellement naïfs, les enfants, vous n'avez même pas idée ! Pour vous, il n'y a aucune raison d'être immortel. Quelles connaissances pourriez-vous avoir à préserver ? Mais MOI, je peux continuer éternellement à découvrir les secrets des mondes et devenir l'humain le plus sage et le plus puissant – qu'est-ce que je dis ? – un dieu du nouvel âge ! Je suis destiné à prendre la succession d'Odin ! Et c'était la dernière pièce du puzzle qui me manquait, la touche finale de mon projet !

Aquina est envahie par le désespoir. Comment a-t-elle pu être aussi aveugle ?

— Non ! s'écrie-t-elle. Non, vous n'avez pas le droit, s'il vous plaît, je vous en prie, rendez-moi la corne !

— Mais voyons, ma petite, tu as obtenu ce que tu voulais en échange, non ? Les documents de votre mère sont authentiques. Dans cette confortable cellule, je vous ai déposé pratiquement tout ce que j'ai pu collecter de ses recherches au fil des années.

Il farfouille dans une armoire métallique et revient avec quelques rouleaux de papier.

— Il n'y a que cela que je ne peux malheureusement pas vous laisser, parce que j'en ai encore besoin. Votre mère a eu la délicatesse de laisser ces cartes derrière elle. Elle avait pris bien soin de repérer toutes les avaries, y compris le véritable site du naufrage du *Titanic*, les icebergs inhabituels et autres phénomènes de ce genre. J'ai profité de ces dernières années pour compléter un peu la documentation, déclare-t-il en se frappant la poitrine avec arrogance. Grâce à vous, je suis prêt à partir. Tout est clair ! Et je ne vais certainement pas, comme votre mère, laisser la sensiblerie me détourner du chemin de Rulantica !

Aquina est intriguée : Johan Malus ne semble pas savoir que sa mère y soit vraiment allée. C'est pour ça qu'il traite Mats et elle d'« enfants naïfs », ignorant qu'ils sont le fruit d'une humaine et d'un merrien. Est-ce que cette découverte a une quelconque utilité ? Ils ont quand même atterri dans cette cellule, et aucune magie de l'eau ne les aidera face à des barres d'acier. Mats rumine des pensées similaires ; il tente l'humilité :

— Si vous avez ce que vous vouliez, laissez-nous partir, s'il vous plaît !

— Ne prends pas ma gentillesse pour de la bêtise ! Même si vous ne pouvez plus vous mettre en travers de mon chemin, Frieso veillera à ce que vous ne tentiez rien !

— Mais le foyer va s'inquiéter de notre absence, et ils vont venir nous chercher ! affirme Mats.

Malus élimine l'objection d'un geste.

— Avant que quelqu'un réagisse dans votre foyer, mon navire d'argent m'aura amené à destination depuis longtemps. Et Frieso sait ce qu'il doit faire en cas d'urgence.

Il salue l'affreux moustachu et lui met le trousseau de clés dans la main. Frieso montre les dents en direction des enfants et s'installe sur une chaise de bureau de manière à garder la grille bien en vue.

— Et maintenant, excusez-moi, j'ai un voyage à préparer !

Malus leur fait un salut gracieux de la main et quitte les archives d'un pas dansant.

XVII

PRISONNIERS

Aquina se sent paralysée, à l'intérieur comme à l'extérieur. Elle bouge à peine les lèvres pour murmurer :

— Et je lui ai montré volontairement la corne ! Comment est-ce que j'ai pu faire ça ?

Elle a l'impression d'avoir échoué, non, encore pire, d'avoir trahi ! Elle n'arrive même pas à pleurer, tellement la culpabilité qui l'étreint a glacé toutes ses larmes.

Mats, en revanche, jure à haute voix :

— Le traître ! Il nous a attirés dans un piège et nous avons tout gobé !

— Tais-toi, sinon je me déplace ! gronde Frieso.

Mats éloigne Aquina de la porte, la tire vers la table et la force à s'asseoir.

— Nous devons faire quelque chose, chuchote-t-il.

— J'en ai déjà fait assez ! renifle Aquina.

D'un geste brusque, elle balaie la photo de la table.

— Et tout ça pour une mère qui ne valait pas mieux que Malus !

— On n'en sait rien, murmure Mats. Souviens-toi ! Malus pense que notre mère n'y est jamais allée. Peut-être que nous trouverons quelque chose là-dedans...

Il se penche sur les papiers qu'Aquina a éparpillés sur la table. Sa sœur s'effondre sur la chaise et se dit qu'elle n'aurait jamais dû quitter Rulantica. Mats feuillette les documents, en marmonnant chaque fois qu'il découvre quelque chose.

— Elle croyait vraiment que le *Titanic*... Ah, *L'Edda* de Sturluson sur la mythologie nordique... Hmm, Malus était son professeur. Ils voulaient trouver ensemble l'épave d'un navire, le *Tre Kronor*, parce qu'ils pensaient qu'il contenait une corne de Loki... Là ! dit-il plus fort qu'il le devrait, attirant l'attention de Frieso depuis la porte. Voilà la lettre manuscrite dont Malus a parlé, continue-t-il plus bas. Écoute ça !

Au début, Aquina n'écoute qu'à moitié son frère lui lire la lettre :

Cher Johan,

Pendant des années, nous avons été concurrents dans la quête de Rulantica et de la Source de vie. Ce faisant, j'ai oublié ce qui était vraiment important, et toi aussi, je le crains. Si tu ne l'as pas déjà fait, je te prie du fond du cœur d'abandonner toi aussi cette quête. Il vaut mieux vivre une vie mortelle dans l'amour qu'une vie éternelle dans la solitude.

Pour ma part, j'ai trouvé le bonheur avec mon mari Falor et mes jumeaux Finja et Mats, et je te souhaite du fond du cœur d'en faire autant.

Ta collègue, Vivika

— Il n'y a pas mon nom, vraiment ? demande Aquina d'une voix blanche.

Mats se penche encore sur la lettre.

— Non, il y a écrit « Finja et Mats »... mais ça ne peut pas être vrai, pourquoi... ?

Il s'interrompt.

Dans la tête d'Aquina, tout se mélange, les événements des dernières lunes tournoient dans son esprit comme en accéléré. Bror en train de lui raconter que lui et Kailani ne sont pas ses parents biologiques et qu'elle a un frère dans le monde des humains, le sanctuaire de Frigg, les moitiés d'amulettes, Hel qui lui a révélé le nom de Vivika mais qui lui a dit que sa mère était morte, la rencontre avec Mats qui lui a paru tellement familier malgré toutes leurs différences mais avec les mêmes yeux, moitié merrien, moitié humain comme elle. La joie de l'avoir trouvé, et l'incertitude causée par le bavardage des vagues affirmant que la sœur de Mats ne s'appelle pas Aquina. Et c'est un fait, la sœur de Mats s'appelle Finja. Finja... Qui est-ce ?

Soudain, l'ordre de Hel lui revient en mémoire : « Trouve le véritable nom de ta mère ! » Aquina pensait qu'elle le connaissait déjà, « Vivika Stenrokk » ; mais s'il s'agissait de son véritable nom à elle... le nom que sa mère lui avait donné ?

Elle s'interroge intérieurement. Est-ce que ce serait la solution de l'énigme ?

Mats ne semble plus remettre la chose en question.

— Tu es ma sœur, ma vraie sœur jumelle ! Je le savais ! Et maintenant, tu ne peux plus en douter ! s'écrie-t-il en l'enlaçant.

Aquina est dépassée par tout ce dont elle commence à prendre conscience.

— Mais comment est-ce que cette lettre est arrivée ici ?

— On s'en fiche, non ? L'essentiel, c'est que nous savons que notre mère n'avait pas l'intention de se baigner dans la Source et de nuire à Rulantica !

Elle se dégage des bras de Mats et attrape la lettre. En bas du parchemin, quelque chose est collé : une petite plume de duvet noir.

— Un mauk ! Comment est-ce qu'elle a réussi à le convaincre ?

Puis son regard remonte vers le texte.

— Où est-ce qu'il est ? Où est le nom ?

Mats lui prend le doigt et le pose sous la ligne.

Finja.

Finja, Finja, Finja... Ça sonne bizarre. Comme une nouvelle peau. Pas une peau de poisson, pas une peau humaine, mais sa propre peau. Étrange, familière... Aquina ne saurait le dire. Ou peut-être que si ? C'est la raison pour laquelle les vagues ne connaissaient pas son nom, et pourquoi Malus lui-même avait hésité. Elle a rempli la mission de Hel alors qu'elle ne l'avait pas comprise au début. Elle a trouvé son véritable nom. Celui que sa mère lui avait donné.

— Je m'appelle *Finja*, murmure-t-elle dans la cellule glaciale.

— Est-ce que je dois t'appeler comme ça, maintenant ? lui demande Mats.

Elle réfléchit avant d'acquiescer.

— Oui, à partir d'aujourd'hui, je suis Finja. Peut-être qu'en tant que Finja je pourrai réparer tout ce que j'ai gâché en tant qu'Aquina ! Ce n'est quand même pas à cause de moi que va s'accomplir la prophétie de Frigg ! Je ne serai pas responsable de la destruction de Rulantica !

La lettre et son nom ont beau avoir une réelle importance à ses yeux, elle n'arrive pas à s'en réjouir totalement. Le prix qu'elle a payé pour les obtenir est beaucoup trop élevé.

De l'autre côté de la grille, on entend Frieso émettre un ronflement sonore.

— Au moins un qui réussit à dormir tranquillement, gronde Finja. Je ne dormirai plus jamais ! Je n'aurais jamais dû être aussi imprudente et montrer la corne à un humain ! Même pour quelques lettres et une photo !

— On ne pouvait pas savoir ce que Malus mijotait, répond Mats pour essayer de la consoler.

— Tu n'y peux rien, toi, tu n'as pas grandi à Rulantica. Tu connais la malédiction depuis quelques levers de soleil seulement. Mais moi, j'aurais dû le prévoir ! Dès le plus jeune âge, on apprend à se méfier des humains et à tout faire pour protéger l'île. Je n'aurais jamais dû l'oublier !

— D'accord, mais les navires qu'Exena a coulés sont aussi coupables d'avoir indiqué à Malus où se trouve Rulantica.

— Qu'est-ce qui te fait penser ça ? demande Finja.

— Malus l'a dit lui-même. Notre mère et lui ont rassemblé toutes les informations sur les naufrages causés par des icebergs ou des vagues de glace inexplicables, et les ont notées sur une carte. Le résultat doit ressembler à un paquet de croix qui forment un cercle autour d'un certain endroit. Et c'est là que se trouve Rulantica. Tu comprends ? Exena était tellement paniquée qu'elle a détruit assez de navires pour signaler le chemin de Rulantica comme un phare !

— C'est une catastrophe ! Alors Malus sait vraiment exactement où il doit aller ! Ah, mais attends, il y a Exena ! s'écrie Finja avec une étincelle d'espoir. Comment ai-je pu l'oublier ? Malus ne s'approchera jamais de Rulantica. Elle va le couler, lui et son navire d'argent, avant qu'il puisse approcher la corne de ses lèvres !

— Alors nous n'avons plus qu'à trouver comment sortir d'ici ! décide Mats.

— Tu crois que Frieso va nous laisser partir si son chef ne revient pas ?

— Possible, mais je ne sais pas si j'ai envie d'attendre jusqu'à ce que le navire d'argent de Malus soit déclaré disparu.

Soudain, un souvenir terrifiant fait sursauter Finja.

— Navire d'argent... Oh non, Mats, comment ai-je pu oublier ça ? Est-ce que tu as déjà entendu parler d'un bateau humain capable de naviguer sous l'eau ?

— Bien sûr, ça s'appelle un sous-marin. Ça existe depuis longtemps !

— Et est-ce que ça ressemble à une baleine ?

— Hmm... Pas au point qu'on les confonde, mais la forme est assez proche. Pourquoi est-ce que tu me demandes ça ?

— La première fois que j'ai replongé dans la mer après ma transformation, j'ai découvert quelque chose que j'ai d'abord pris pour une baleine, mais ce n'était pas vivant. J'ai oublié de t'en parler, parce que tout de suite après, le bavardage des vagues m'a occupé l'esprit. Mais cette chose ressemblait à l'une de vos autos, en plus grand, sous l'eau, et avec la peau grise d'une baleine !

Mats comprend.

— Le poisson d'argent de Malus, c'est un sous-marin !

— Il n'y a pas que ça, répond Finja dans un sanglot. Il ressemble à une baleine, tu comprends ? On voit rarement des baleines à Rulantica, et tout le monde les adore, là-bas ! Même Exena n'attaquera jamais une baleine. Et personne ne s'attend à voir un sous-marin, on ne sait pas ce que c'est chez nous ! Malus en a découvert beaucoup plus sur Rulantica que nous le supposions.

— Nous devons avertir les merriens avant que Malus n'arrive là-bas !

Mats se hâte vers la porte, suivi par Finja. Il secoue les barreaux, mais en vain. Sans la clé, ils sont coincés ici. Aucune pitié à attendre de Frieso, qui n'a pas cessé de ronfler. Soudain, Finja dresse l'oreille.

— Tu as entendu ce grattement ? chuchote-t-elle à Mats.

— Des rats ?

— Qui ?

Au lieu de répondre, Mats lui montre ses incisives supérieures.

— Ah, j'en ai vu au hangar, se remémore Finja.

— De la magie ? suggère Mats.

— Impossible, il n'y a pas d'eau, lui souffle sa sœur en retour.

Il ne leur reste plus qu'à observer Frieso dormir tranquillement. Sa casquette est complètement descendue sur son front, sa moustache se recourbe et se déforme comme une chenille en balade. Finja se retient de lui hurler de leur rendre la clé qui trône sur son ventre, montant et descendant au rythme de sa respiration. Mais jamais il ne le ferait. Il vaut mieux qu'il dorme, en fait. Soudain, le grattement recommence. Finja en a froid dans le dos, et même Mats semble inquiet. Quelque chose se glisse à côté de Frieso. Ils ne voient pas exactement quoi, parce que l'éclairage de la cave n'atteint pas le sol. Pang ! Quelque chose rebondit contre la grille. Gris-brun, comme les rats dont se souvient Finja, mais plus grand. Elle doit faire un effort pour ne pas pousser un cri et réveiller Frieso. Un rat effleure ses pieds nus.

— Hiii ! laisse-t-elle échapper sans pouvoir se maîtriser.

— Chhhh, crrrchh, rppppp, fait Frieso.

La clé sur son ventre tressaute, mais ne tombe pas.

— Chut ! ordonne Mats.

— Mais il y a quelque chose, là ! se défend Finja.

— Snr, snr !

Snorri ! Deux tentacules se glissent entre les barreaux. Finja voudrait embrasser son ami.

— Tu arrives pile au bon moment !

Le poulpe reprend sa couleur bleu-mauve habituelle, se lèche les babines et sourit aux deux enfants. Il a deux escargots à la cannelle dans les bras.

— Il n'est pas là pour nous sauver, mais pour se gaver ! constate Mats.

Snorri fait la moue et feint de s'en aller.

— Reste, Snorri, s'il te plaît ! Tu auras autant d'escargots à la cannelle que tu veux, mais d'abord apporte-nous la clé, je t'en prie ! lui demande Finja à voix basse.

Snorri dépose délicatement son butin sucré et se dirige vers Frieso. Mais à ce moment précis, celui-ci émet un ronflement particulièrement bruyant et se retourne, ce qui fait glisser la clé.

« Non ! » pense Finja en fermant les yeux. Si la clé tombe, Frieso va se réveiller, c'est sûr. Cependant, aucun cliquetis ne retentit, et quand elle rouvre les yeux, la clé flotte à quelques centimètres du sol et se déplace vers la grille. Mats s'agenouille et l'attrape.

— Merci, Snorri !

Il passe la main à travers les barreaux et réussit à ouvrir la serrure sans faire trop de bruit. Ouf ! Et maintenant, dehors !

Finja attrape sa sacoche, que Malus avait jetée par terre sans ménagement. Sur la pointe des pieds, ils passent devant Frieso et traversent les archives. Les précieux artefacts les intéressent encore moins qu'à l'aller. Ils ne respirent qu'après avoir refermé la lourde porte de la cave derrière eux.

Mats désigne le verrou.

— Il vaudrait mieux le fermer, comme ça Frieso ne pourra pas partir à notre recherche quand il se réveillera.

Une fois dans le couloir, ils se glissent sous le grand escalier pour ne pas être vus par les autres membres de l'ACE. Mais hormis un léger murmure qui vient du salon, le club semble aussi peu fréquenté qu'à leur arrivée.

— À trois ! déclare Mats. Un, deux...

Ils se ruent vers la sortie. Mats ouvre la porte, Finja et Snorri se glissent dans l'ouverture et filent sans regarder autour d'eux, sans se laisser arrêter par quoi que ce soit. Désormais, ils n'ont qu'un but : Rulantica.

Finja ne se donne pas la peine de faire le détour jusqu'à l'anse que Mats lui a montrée : elle sent le parfum de la mer et sprinte jusqu'au rivage le plus proche. C'est une mince bande de gros galets, et un film huileux recouvre l'eau.

— Ça vient du port, explique Mats, il est juste derrière le quai.

La corne d'un bateau à vapeur ponctue son explication.

Finja enlace son frère.

— Merci de m'avoir crue ! Tu es vraiment le meilleur frère dont je pouvais rêver ! Souhaite-nous bonne chance, à Snorri et à moi. On se reverra, c'est promis !

Mats cligne les yeux avec irritation.

— On dirait que tu me dis au revoir.

— On va mettre longtemps à revenir, même si on se dépêche... s'excuse Finja.

— Mais je viens avec vous !

— Tu veux venir ? Mais...

— Il n'y a pas de mais ! Je suis né à Rulantica et tu es ma sœur jumelle. Ça fait assez de bonnes raisons de venir, je trouve !

— Oui... mais tu sais que nous sommes pressés ? Je ne veux pas critiquer tes talents de nageur, tu as vraiment progressé, mais ça ne suffira pas pour gagner la course contre Malus.

— Tu veux vraiment me laisser ici ?

Finja entend sa déception et hésite.

— Mais tu seras en sécurité, ici.

— Tu n'espères pas que je vais te laisser partir toute seule après tout ça ? Rien ne me retient au foyer. Et même si tu te considères comme la seule coupable, je suis dans le même pétrin que toi. Tu connais mieux Rulantica, mais j'aurais dû mieux connaître les humains et percer Malus à jour. Je vais réparer ça avec toi, ou bien Svalgur nous avalera tous les deux. Tu es la seule famille qui me reste !

Finja est profondément touchée. Mats n'avait jamais fait un discours aussi long, et il est on ne peut plus sérieux, c'est évident. Mais comment parvenir à Rulantica avec lui ? À moins que...

Cette solution serait idéale, et pas seulement pour Mats. Elle va demander l'aide des nageurs les plus rapides de tous les océans du monde.

— Tu oserais monter Sleip encore une fois ?

Mats sourit pour masquer son incertitude et répond :

— Évidemment ! Depuis qu'il ne veut plus me tuer, nous sommes les meilleurs amis du monde !

— Alors on n'a plus qu'à espérer qu'ils ne sont pas trop loin.

Finja lève la tête et émet un son clair avant de se mettre à chanter pour attirer les kelpies.

— Ni-iir, Slei-iip ! Sleiiiip, Niiiir, venez !

Un souffle de vent emporte sa voix sur l'eau et transmet son appel désespéré. Finja laisse les notes résonner pendant un moment avant de se remettre à chanter :

— Niiiir, Sleiiiip, c'est Finja, autrefois Aquina, qui vous appelle !

Mats en reste bouche bée.

— Je ne savais pas que tu chantais comme ça !

— Tu n'as pas encore entendu les vraies sirènes. À côté d'elles, je fais autant de bruit qu'un moustique dans une tempête. Mais j'espère avoir suffisamment appris de Manati pour réussir à attirer nos kelpies jusqu'ici !

Finja scrute la surface de l'eau avec fébrilité. Enfin, au bout de dix interminables battements de cœur, une tête émerge non loin du rivage. Comme elle s'y attendait, Nir est le premier, mais Sleip le suit de près. Tous deux portent encore leur bride tressée. Pour la première fois depuis que Malus lui a volé la corne, Finja ressent quelque chose comme de la confiance. Avec les deux kelpies, Snorri et Mats à ses côtés, elle pourrait réussir à prévenir les merriens à temps.

XVIII

LE RETOUR

Une demi-journée plus tard, Finja et Mats ont parcouru une bonne partie du chemin. Tandis que la sirène monte fièrement Nir, Mats se tient vaillamment sur le dos de Sleip, mais sa peau est toute fripée par manque d'habitude d'être dans l'eau. Ses vêtements lui collent comme une seconde peau mais il a tenu à les garder ; ses chaussures, en revanche, sont attachées à la bride du kelpie avec les habits de Finja.

— Je n'ai pas d'écailles comme toi ! Et à terre, mes affaires vont sécher ! a-t-il argumenté.

Snorri s'est placé comme une ceinture de sécurité sur le dos de Sleip et maintient Mats pour qu'il ne soit pas désarçonné par le rythme de leur course. En effet, la vitesse de Nir et Sleip est vraiment vertigineuse, ils nagent plus vite que les vagues et chassent les rayons du soleil avant qu'ils ne touchent l'eau. Finja est certaine qu'ils vont arriver bien avant Johan Malus. Ils n'ont pas encore vu son navire d'argent ; il n'est probablement pas parti tout de suite mais a pris le temps de terminer tranquillement ses préparatifs, puisqu'il était certain que personne ne le suivrait. Et surtout pas les enfants naïfs qu'il avait enfermés dans sa cave.

Finja a hâte de voir sa tête quand il comprendra qu'il les a sous-estimés.

Mais c'est elle qui fait la tête en apercevant non pas une baleine argentée, mais plusieurs. De frayeur, elle en tombe presque de sa monture. Il y en a sept ! L'une d'elles nage devant les autres qui suivent, légèrement décalées, en deux groupes de trois. On dirait un banc de baleines. Leurs nageoires caudales d'argent battent mécaniquement de haut en bas comme de grands gouvernails de poupe. La scène est lugubre. Mais de loin, on les prendrait pour de vraies baleines, et Finja pense avec horreur à l'idée que tout le monde, à Rulantica, va se réjouir de leur arrivée.

— C'est lui ! Le navire d'argent de Malus ! Et il a toute une escorte ! crie-t-elle à Mats.

— C'est vrai qu'ils ressemblent à des baleines, halète Mats. Il doit les avoir fait construire spécialement, parce que les sous-marins normaux sont différents ! Au moins, ces trucs n'ont pas d'yeux derrière la tête. Ils ne peuvent pas nous avoir remarqués !

— Bien dit ! Et il vaudrait mieux que ça continue, reconnaît Finja en se penchant sur l'encolure de son kelpie. Nir, tu peux prendre la couleur de l'eau ?

Nir s'exécute aussitôt.

— C'est fou ! s'étonne Mats. Si je ne savais pas que tu es sur le dos de Nir, je croirais que tu chevauches la mer !

— Demande à Sleip de faire pareil, propose Finja.

— D'accord, je vais essayer.

Mats se penche en chancelant un peu.

— Alors, mon cher Sleip, voudrais-tu nous camoufler, s'il te plaît, pour que ma sœur ne regrette pas de m'avoir emmené ?

Sleip s'ébroue et prend une couleur verte. Il lève la tête et fait flotter sa crinière au-dessus de Mats. Maintenant, ils ressemblent à un tapis d'algues qui vogue au hasard dans l'océan.

— Pas mal non plus, juge Finja en dissimulant le haut de son corps sous la crinière de Nir, dans l'espoir de se rendre aussi invisible que son jumeau.

— Et maintenant, qu'est-ce qu'on fait ? demande Mats. Est-ce qu'on peut arrêter Malus ?

— S'il était seul, j'aurais essayé, explique Finja. Mais sept sous-marins-baleines, on n'en viendra jamais à bout. Mes pouvoirs magiques ne sont pas suffisants.

— Tu as raison. Si Malus nous attrapait maintenant, nous ne pourrions jamais prévenir personne à Rulantica.

— On n'a qu'à laisser les kelpies nous porter, mais pas trop vite pour ne pas se faire remarquer.

Comme deux nappes d'algues à la dérive, ils glissent le long des submersibles-baleines. Finja espère seulement que Malus n'a vraiment rien remarqué et qu'ils sont toujours invisibles. Son souhait semble se réaliser. Les sous-marins gardent leur cap et ne leur accordent aucune attention.

Malgré leur manœuvre de dépassement réussie, ils n'ont pas une grande avance quand ils atteignent le mur de brouillard. Finja caresse l'encolure de Nir.

— J'espère que tu trouveras le chemin, mon ami. Je me rappelle trop bien comment on peut se perdre là-dedans !

Nir s'ébroue doucement et s'arrête spontanément devant le brouillard.

— Ferme les yeux et laisse faire Sleip, conseille-t-elle à Mats. L'instinct des kelpies est certainement meilleur que mon sens de l'orientation !

— Prêt, déclare Mats.

Finja l'envie pour sa confiance. Elle-même serre les dents pour les empêcher de claquer. Elle aurait voulu ne jamais se retrouver dans cet horrible brouillard. Mais elle plonge et le nuage blanc l'enveloppe. Elle le sent malgré ses yeux fermés. Comme elle est contrainte à l'inaction, ses pensées prennent de l'avance. Elle ne voulait pas revoir Kailani et Bror, elle voulait mettre le plus de distance possible entre elle et leurs mensonges. À la place, elle est en train de revenir, et ce qu'elle a commis est bien plus grave. Par pur égoïsme, elle a trahi toute l'île, elle a piétiné tout ce qu'elle avait appris. Elle n'a aucune justification, aucune excuse. Elle était furieuse contre Kailani et Bror, mais ils essayaient de la protéger. Et en remerciement, elle les met tous en danger, y compris ses amis innocents Jade, Ruby et Ophrys. Elle ne pourra pas leur en vouloir s'ils veulent la chasser, même s'ils réussissent à mettre Malus en fuite. Finja tremble de tout son corps. Le brouillard est froid, si froid…

— Finja ? Finja ! Tu es réveillée ?

— Hein ? Où est-ce que je suis ?

Finja ouvre les yeux et reconnaît Mats.

— On a traversé ? demande-t-elle d'un air hébété.

— Je pense, mais les kelpies se sont arrêtés et je ne sais pas où il faut aller.

Le cœur de Finja se met à battre la chamade. À la peur et à la mauvaise conscience que le brouillard lui a inspirées s'ajoute soudain un sentiment très différent. Elle en a la chair de poule, chose qu'elle n'avait encore ressentie que sous sa forme humaine.

— Moi, je sais, murmure-t-elle.

Elle guide Nir vers la gauche sur les routes aquatiques familières qui mènent à Aquamaris. Elle s'arrête devant le palais de coquillages et se laisse glisser du dos de son kelpie. Mats descend aussi, et Snorri s'accroche tout naturellement à son épaule.

— Voilà, je suis à la maison... Enfin, mon ancienne maison, déclare Finja.

— C'est donc ça, la cascade magique, devine Mats, impressionné.

Finja s'apprêtait à tourner à la deuxième colonne mais elle s'interrompt en plein mouvement. Est-ce qu'elle a le droit ? Est-ce que Kailani et Bror vont accepter sa présence après tout ce qu'elle a fait ? Elle s'est quand même enfuie... il vaut mieux qu'elle actionne le coquillage sonneur.

Une méduse à crinière de lion traverse la cascade et étend ses tentacules vers elle. Finja est palpée et étudiée comme une étrangère jusqu'à ce que la cascade se tarisse abruptement.

Bror apparaît dans l'entrée.

— Par les dieux ! Je croyais que je ne te reverrais jamais !

Avant qu'elle ait pu dire quoi que ce soit, Bror l'a prise dans ses bras et la serre si fort qu'elle a du mal à respirer.

À côté d'elle, Mats sourit d'un air gêné et fait tout son possible pour qu'on l'ignore.

— Papa, je... bredouille Finja sans pouvoir placer un mot de plus.

— Kailani, vite ! Notre fille est de retour ! crie Bror en direction du palais sans la lâcher.

— Aquina ! C'est vraiment toi, Frigg soit louée !

Kailani émerge de l'ombre et Finja a un mouvement de recul. Mais il n'y a pas le moindre signe de colère, pas de rejet. Kailani ouvre les bras aussi largement que Bror et s'avance vers elle.

— J'ai... Nous avons tant espéré...

Finja se dégage des bras de Bror, mais elle ne va pas à la rencontre de sa mère. Elle n'y arrive pas.

— Finja ! dit-elle à la place en essayant de prendre une voix ferme. Maintenant, je m'appelle Finja !

Kailani laisse retomber ses bras et une lueur indéfinissable passe dans ses yeux.

— Le nom que ta mère t'a donné. C'est bien que tu le connaisses, maintenant.

Elle veut ajouter quelque chose, mais son regard tombe sur Mats et Snorri, et elle fronce les sourcils d'un air perplexe.

— Tu as amené quelqu'un ?

— Mats, se présente le garçon.

— Incroyable, murmure Kailani.

Elle observe Mats pendant un long moment avec de grands yeux, puis elle semble se reprendre, redresse les épaules et déclare d'une voix claire :

— Bienvenue dans ta ville natale, Mats, fils de Falor !

— Vous devez avoir autant de choses à raconter que nous ! reprend Bror. Entrez donc.

— Nous n'avons pas le temps, lâche aussitôt Finja.

— Voyons, Aqui... mon trésor, nous aurions dû tout te révéler depuis longtemps, mais allons en parler tranquillement. Nous sommes tellement contents que tu... que vous soyez de retour tous les deux ! répond Bror.

Le cœur de Finja est au bord de l'explosion. Elle adorerait rentrer dans son palais de coquillages et discuter avec Bror. Elle voit bien que sa joie est sincère ; elle lit aussi son inquiétude dans le regard qu'il pose maintenant sur Mats. Il sait que, pour le garçon, la ville sous-marine est tout sauf sûre, mais il n'a aucune idée du danger encore plus grave qui les menace tous.

— Non, vous devez m'écouter tout de suite, c'est important, essaie-t-elle de leur expliquer en cherchant du regard l'aide de Mats.

Celui-ci se racle la gorge et déclare abruptement :

— Un humain est en route pour ici ! Et il a la corne !

Il a trouvé les bons mots. Kailani et Bror se figent en plein mouvement. Kailani change d'attitude, elle dégage soudain une aura de puissance.

— Si c'est le cas, nous devons agir immédiatement. D'abord, nous devons avertir Exena pour que les gardiens de la Source soient prêts à intervenir !

— Pas la peine, je suis déjà là !

La voix d'Exena résonne sur la place où s'élève le palais de coquillages pendant qu'elle se rapproche avec de brusques coups de nageoire.

— Qu'est-ce qui se passe ici ? Pourquoi mes kelpies sont-ils de retour et pourquoi suis-je la dernière avertie ? demande-t-elle tandis qu'elle parvient jusqu'à Nir et Sleip et remarque les brides. Qui a osé s'en prendre à mes animaux ?

— Moi, pépie Finja.

Kailani se place devant elle d'un geste protecteur.

— Nous avons des problèmes plus graves que tes kelpies. Comme je viens de l'apprendre, un humain s'approche, et il a la corne de Loki.

— Mes éclaireurs m'ont seulement parlé d'un groupe de baleines qui se dirige vers Rulantica, et que je voulais accueillir comme d'habitude avec les sirènes. Jusqu'à ce que je voie ces deux kelpies renégats ! D'où est-ce que tu tiens ces informations ridicules ?

— Mes informations sont absolument correctes et fiables, gronde Kailani.

— C'est ce que nous allons voir ! la rembarre Exena.

— Arrêtez ! intervient Mats. Vous êtes comme les humains ! Rien que du bla-bla, et personne n'agit ! Vous ne comprenez pas que Johan Malus a construit une flotte de sous-marins maquillés en baleines pour atteindre votre Source ?

Exena se tourne vers Mats, et Finja a l'impression qu'elle va le congeler d'un regard. D'instinct, elle se rapproche de son frère, et Snorri tend deux bras vers l'avant pour protéger Mats et tenir Exena à distance.

— Qui es-tu ? siffle Exena. Comment oses-tu élever la voix contre moi et raconter une histoire aussi ridicule ? Je n'ai encore jamais vu de sous-marin...

— ... ce qui ne veut pas dire qu'il n'y en a pas, rétorque Kailani.

Elle s'est à nouveau positionnée devant Mats et Finja pour détourner l'attention d'Exena sur elle.

— Qui peut savoir ce que les humains sont capables de faire pour parvenir jusqu'à notre île ?

— Soit ! Admettons que ces âneries soient vraies, soupire Exena. Dans ce cas, vous pourrez certainement m'expliquer comment l'ennemi a mis la main sur la corne ?

Pendant un moment, un silence de mort s'installe. Puis Finja rassemble tout son courage et se glisse devant Kailani.

— C'est à cause de moi. C'est la corne de ma mère.

Même Exena semble avoir perdu la parole pendant un instant, avant de se mettre à tonner :

— Kailani, comment as-tu pu ?

Pour la première fois, Finja voit sa mère adoptive baisser la tête devant Exena, et elle en a presque le cœur brisé. Mais il est impossible de revenir en arrière, Finja doit dire toute la vérité.

— Non, je veux dire que c'est la corne de ma vraie mère, Vivika.

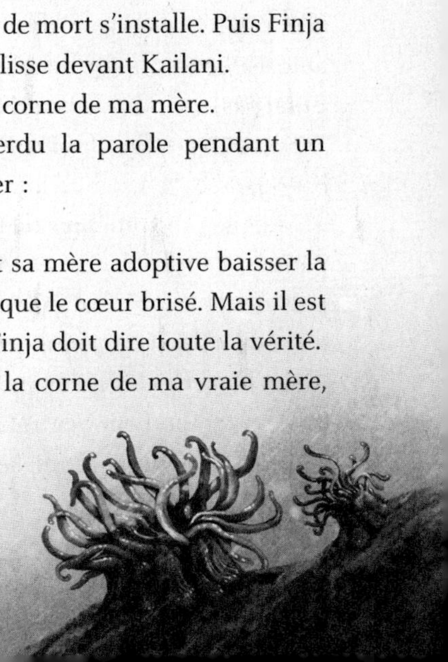

— La corne qui a permis à cette abominable personne d'arriver jusqu'à l'île et de faire tourner la tête à mon meilleur gardien de la Source ? rugit Exena, toujours en direction de Kailani. La corne du *Tre Kronor*, que tu as juré de conserver dans le sanctuaire de Frigg jusqu'à ce que nous ayons trouvé un moyen de la détruire ?

— Kailani n'y peut rien, renifle Finja. J'ai pris la corne et j'ai laissé Malus me la voler.

Exena se jette sur Finja, lui prend le menton et le serre entre trois doigts. Finja sent aussitôt sa peau se glacer, causant une douleur atroce.

— Encore un mensonge, Kailani ! hurle la gardienne de la Source d'une voix perçante. J'aurais dû le savoir ! J'aurais dû la reconnaître à ses yeux ! Oh oui, ce sont les yeux de ton père, qui m'ont regardée d'un air aussi inflexible le jour où il a poussé son dernier soupir ! J'aurais dû tuer votre mère au moment où elle a mis le pied sur l'île ! Dire que j'ai attendu, dire que j'ai autorisé cette stupide histoire d'amour ! Quelle énorme erreur ! Et ne pas avoir compris qui tu es vraiment, c'est encore pire !

Son doigt vrille la poitrine de Finja.

— Laissez ma sœur tranquille !

Mats se précipite près de Finja, qui entend Kailani lâcher un petit cri de frayeur. Le secret que cette dernière gardait depuis plus de douze ans est en train de tomber juste sous les yeux d'Exena. Finja voit son regard incrédule quand elle comprend tout. La cheffe des gardiens de la Source semble devenir deux fois plus grande, elle tire sa lance de glace dont la pointe s'arrête à quelques centimètres de la gorge de Mats.

— Le deuxième enfant ! vocifère-t-elle. Vous l'avez amené du monde des humains directement au cœur d'Aquamaris ? C'est... c'est de la haute trahison ! Vous volez mes kelpies, vous les empêchez de remplir leur mission et vous amenez le malheur directement sur nous. Comme je l'ai toujours craint ! Comme Frigg l'a prophétisé ! Mais cette fois, je vais m'en occuper personnellement !

Elle lève sa lance, mais à ce moment-là un violent tourbillon venu de Kailani la frappe et l'arme s'envole hors de sa portée. Les deux cheffes furieuses flottent l'une vers l'autre, prêtes à porter le prochain coup.

Soudain, la voix ferme et raisonnable de Bror retentit.

— Attendez ! Cela n'a aucun sens de se déchirer mutuellement alors que nous sommes exposés au pire des dangers ! Je ne suis pas chef, mais ne devrions-nous pas unir nos forces pour arrêter ce Malus ? Le reste attendra !

On voit clairement qu'Exena et Kailani tentent de se maîtriser. Finalement, la dirigeante de la ville de glace cède.

— Seul mon serment, qui est au-dessus de tout, me retient de vous réduire en bouillie ici et maintenant. Mais Bror a raison, pour une fois. Maintenant, il faut protéger la Source. Je trouverai quelque chose pour ces jeunes traîtres plus tard – s'il y a un plus tard !

Exena attrape Sleip et Nir par la bride et ajoute :

— Je ne veux pas voir ces deux bâtards à proximité du combat. Sinon, mon premier coup de lance sera pour eux, je le jure par Odin !

Puis elle part en trombe vers la ville de glace.

— Mais nous devons vous aider, murmure Finja désespérée.

Elle est sortie de sa paralysie et regarde Kailani d'un air implorant. Les yeux de sa mère adoptive sont impénétrables. Puis Kailani se retourne vivement vers Bror.

— Appelle toutes les sirènes à leurs positions ! Je m'occupe de ces deux-là et j'arrive !

De toute évidence, Bror laisse Finja à contrecœur. Il pose la main sur sa poitrine et lui fait un signe avant de s'en aller.

Sans un mot, Kailani pousse Finja et Mats dans le palais en passant devant les méduses. Rien n'a changé, tout est douloureusement familier pour Finja. Tandis qu'à chaque brasse les souvenirs remontent en elle, Mats admire les murs de coquillages et laisse même échapper un « Ouah, comme c'est beau ici ! » impressionné. Kailani reste indifférente. Arrivée dans l'ancienne chambre de Finja, elle se dresse devant les jumeaux et leur jette un regard sévère.

— Montre-toi, Snorri, je sais que tu es là ! s'écrie-t-elle soudain.

Surprise, Finja regarde autour d'elle : elle ne s'était pas rendu compte que le petit poulpe s'était caché dans la grotte. Mais effectivement, il se laisse tomber du plafond par un bras.

— Tu n'es pas aussi bon comme gardien que comme meilleur ami, Snorri, mais j'ai besoin de toi pour remplir ces deux missions. Tu as compris, mon très ancien, mon éternellement jeune ami poulpe ?

Kailani fixe Snorri dans les yeux.

Stupéfaite, Finja observe son ami qui acquiesce d'un air inhabituellement sérieux et lève le bout d'un tentacule comme s'il prêtait serment. Bien sûr, elle savait déjà que Snorri l'accompagnait depuis sa naissance, mais « très ancien » et « éternellement jeune » en même temps ? Est-ce que Snorri serait aussi immortel ? Toutefois, elle n'a plus le temps d'y réfléchir, car Kailani poursuit :

— Tu es le seul dont Exena ne remarquera pas l'absence, enfin j'espère, parce qu'elle te sous-estime, comme la plupart des gens. Ce n'est pas étonnant : tu te comportes toujours comme à l'époque, quand je vous ai rencontrés, toi et mon premier grand amour...

Elle caresse brièvement la tête de Snorri avant de s'ébrouer comme si elle voulait chasser ce souvenir.

— Mais c'est une autre histoire qui n'a pas sa place ici. Sauf qu'elle prouve qu'il peut y avoir autant de bon que de mauvais dans les humains aussi bien qu'en nous, les merriens. Certains, surtout Exena, oublient trop volontiers que nous aussi, nous avons été humains ! C'est notre nature originelle, celle dont Frigg parlait et que votre amulette devrait me rappeler ! Bien, maintenant, ta mission est de mettre Finja et Mats en sécurité.

Elle désigne les deux amulettes autour du cou des enfants.

— Chaque moitié, seule, possède la force d'une époque et est très puissante. Votre mère le savait ! C'est aussi pour cela qu'elle m'a laissé la corne : pour que vous soyez tous les deux sous la protection de Frigg. Vous savez ce qu'elle a dû abandonner pour cela ?

— Avec la corne, elle aurait pu venir retrouver Falor, acquiesce Finja.

— Exactement ! Mais elle préférait vous savoir en sécurité tous les deux ! Et comme vous le constatez, l'amulette de Frigg a été efficace. Je connaissais très bien votre mère, je savais qu'elle ne trahirait jamais Falor, les merriens et le secret de la Source. Mais j'étais quand même d'accord avec Exena sur une chose : la corne ne devait pas revenir dans le monde des humains. Sauf que nous avons employé des méthodes différentes pour y parvenir. Exena voulait vous tuer, mais moi, je pensais que vous étiez l'espoir que Frigg avait prophétisé, et je voulais vous protéger à tout prix, comme votre mère.

Finja déglutit.

— Tu t'es trompée à mon sujet, je ne suis pas l'espoir de Rulantica, je suis sa perte ! Je suis tellement désolée de vous avoir déçus, toi et tous les autres ! Tu ne devrais pas te contenter de m'enfermer, tu devrais me donner à manger aux requins d'Exena. Mais s'il te plaît, ne lui livre pas Mats, il n'y est pour rien !

D'un coup de nageoire, Kailani est près de Finja et la prend dans ses bras.

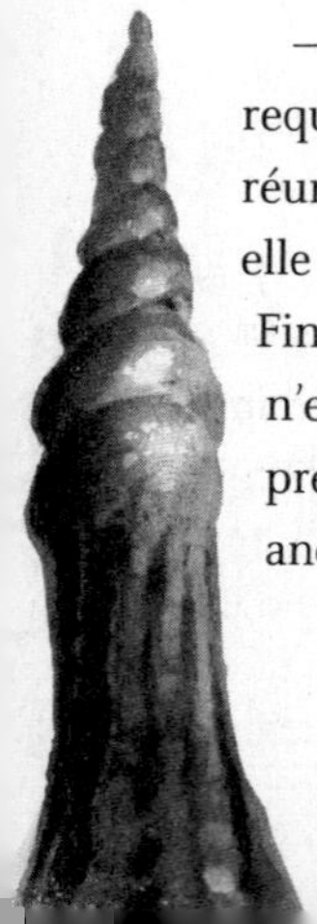

— Ici, on ne livre personne, et surtout pas aux requins. Je ne me suis pas trompée à ton sujet, tu as réuni les forces du présent... et celles du passé, dit-elle en touchant du doigt d'abord le pendentif de Finja, puis celui de Mats. Il va en résulter un avenir qui n'est peut-être pas celui qu'Exena et moi avions prévu. Malgré tout, nous sommes les vestiges d'un ancien monde dont le renouvellement est

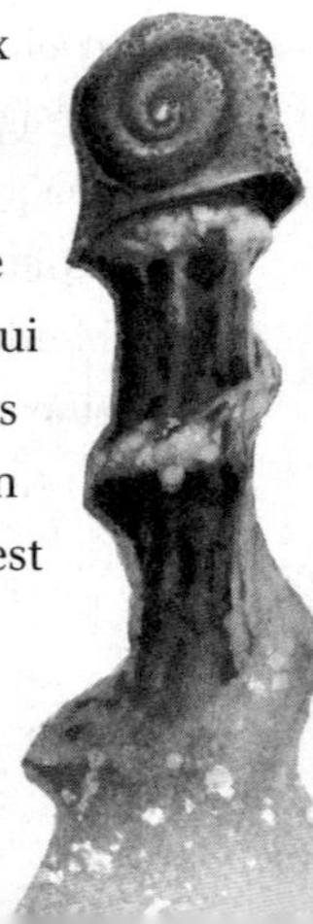

probablement inévitable. J'aurais dû te dire la vérité plus tôt. Mais tu sais, mon trésor...

Elle presse affectueusement Finja contre elle, et celle-ci se laisse faire, elle aimerait même s'enfouir dans les bras de sa mère adoptive qui poursuit :

— ... quand Snorri t'a ramenée et m'a déposé ce petit paquet dans les bras, quand j'ai décidé de t'élever et de te protéger contre Exena en te donnant un nouveau nom, je n'avais pas idée que non seulement je te ferais passer pour ma fille, mais que je me sentirais très vite vraiment comme ta mère.

Elle écarte une mèche de cheveux du visage de Finja.

— C'est pour cela que je n'ai pas compris combien tu étais déjà grande, intelligente et courageuse. Je voulais toujours te protéger, mais surtout je ne voulais pas perdre ton amour. J'aurais dû te rendre ton vrai nom depuis longtemps, et je vais le faire tout de suite !

Kailani tend l'index et sa voix s'élève, cristalline et pure comme la rosée du matin :

— *Vatt galdur !*

Un tourbillon se détache de son doigt et prend la forme d'une plume pointue qui commence à écrire sur le pendentif :

ᚠ ᛁ ᚾ ᛃ ᚨ

« Finja » en runes.

Kailani hoche la tête avec satisfaction.

— Maintenant, je peux partir me jeter dans la mêlée l'esprit tranquille. Peu importe ce qui m'arrivera, tu connais toute la vérité et tu es armée pour l'avenir, quel que soit l'endroit où il te mènera.

La phrase flotte pendant un instant dans la pièce, et à son ton funeste, Finja comprend enfin que Kailani envisage très sérieusement la destruction de l'île et sa propre mort. Avec un léger tremblement dans la voix, Kailani poursuit :

— Nous ne livrerons pas la Source à un humain sans lutter, nous l'avons juré à Odin !

Puis elle se tourne brusquement vers Snorri.

— Mais si nous échouons, Svalgur aussi obéira à l'ordre d'Odin. Tu dois emmener ces deux-là loin d'ici tout de suite, Snorri ! Le mieux, c'est dans le monde des humains. Toi, Mats, veille bien sur ma fille, conclut-elle avec un dernier regard pour le garçon. Et en cas d'urgence, fiez-vous à l'amulette de Frigg. Bonne chance à tous les trois !

Finja laisse échapper un cri d'angoisse et tend la main vers Kailani, mais celle-ci s'est déjà détournée d'un puissant coup de nageoire et a quitté la chambre.

D'un geste instinctif, Finja tâte le pendentif à son cou.

— Moi aussi, je t'aime, maman !

Elle aurait voulu crier assez fort pour que Kailani l'entende, mais sa voix la trahit et elle n'émet qu'un croassement enroué. Avant qu'elle puisse la suivre, Snorri lui barre le chemin.

— Sno !

Sa mine sérieuse et sa couleur bleu foncé indiquent clairement qu'il a bien l'intention de remplir sa mission.

XIX

LA BATAILLE DE RULANTICA

Snorri ferme deux de ses tentacules en boucle et les tend vers Finja et Mats pour qu'ils puissent s'accrocher.

Encore sous le choc de tout ce qu'elle vient d'apprendre, Finja secoue la tête.

— Je ne peux pas regarder Malus détruire tout ce qui me tient vraiment à cœur sans rien faire !

Comment a-t-elle pu oublier combien elle aime sa maman merrienne ? Elle ne va pas se laisser emmener en sécurité, elle va survivre avec son peuple ou mourir avec lui !

— Sno ! répète Snorri en passant un tentacule autour du poignet droit de Mats et un autre autour du poignet gauche de Finja.

— Moi non plus, je ne veux pas fuir, murmure Mats à l'oreille de sa sœur, mais on devrait commencer par sortir du palais avec Snorri !

— Tuut, tuuut, tuuuut !

Au moment même où ils passent la porte à la hâte, un son

grave et puissant retentit. La corne de Loki appelle l'île. Johan Malus a atteint Rulantica !

Au troisième coup de corne commence un spectacle qui ne s'était pas déroulé depuis des siècles et que seuls les merriens immortels avaient peut-être déjà vu une fois dans leur vie : le mur magique qui cache Rulantica aux yeux de l'humanité s'éclaircit. Le brouillard s'amasse en nuages et ouvre des passages. Puis un remous de milliers de tourbillons attrape les nuages de brume et les aspire sous l'eau jusqu'à ce qu'il n'en reste pas la moindre trace. À la place, on peut maintenant voir les sous-marins. Ils flottent à mi-distance entre l'île et le fond de la mer, et s'approchent d'Aquamaris et de la ville de glace par tous les côtés. Les merriens ont pris position en cercle autour des deux villes. Impossible de voir si les humains qui se trouvent à l'intérieur des baleines d'acier sont surpris de cet accueil. Mais aucun des deux camps n'attend que l'autre passe à l'action, ils attaquent en même temps.

— Skjol ! ordonne Kailani.

— Árás ! hurle Exena pour donner le signal de l'attaque.

Sur les submersibles-baleines, des volets de fer glissent devant les fenêtres des yeux.

Le chant des sirènes commence.

— *Vatt, vatt, vatt !* grondent Bror et ses basses sur le récif pour réveiller progressivement les eaux en battant un rythme de plus en plus rapide.

— *Ga, ga, ga, ga, ga, ga !* entonnent les femmes menées par Manati.

La première grosse vague s'élance vers les sous-marins et les fait tanguer.

De grosses chaînes équipées de crochets fusent de la coque des navires vers le fond de l'eau pour les ancrer en position.

— *Isssssss* !

Les premières flèches de glace fendent les flots, mais s'écrasent sur la peau des baleines sans leur faire le moindre mal.

Quatre navires ouvrent la gueule d'un mouvement saccadé et vomissent d'énormes boulets d'acier. L'un d'eux touche le récif et en fait tomber la troupe des ténors qui s'apprêtait à lancer la vague suivante. Un autre vise les cavaliers qui esquivent à la dernière seconde avec leurs kelpies. Exena intercepte le troisième avec un bouclier de glace. Le dernier roule sur le côté et s'immobilise juste avant la forêt de kelp.

Ensuite, les ennemis se rendent coup pour coup.

— *Duuuuur !* crie Kailani en envoyant une nouvelle vague monstrueuse.

Des plongeurs équipés de caisses émergent de la coque des navires. Une salve de glace en touche quelques-uns, puis les cavaliers kelpies s'élancent en brandissant leurs lances de glace. Des boules d'acier, bien plus petites que les premiers tirs, mais plus rapides et plus nombreuses, leur sifflent aux oreilles.

Au début, le combat semble relativement équilibré. Snorri contourne le champ de bataille avec les jumeaux et tente de gagner la pleine mer. Finja et Mats le freinent sans cesse pour jeter au moins un coup d'œil sur les combattants. Snorri n'arrive pas à les en empêcher totalement, mais il ne leur laisse pas de répit et les tire toujours plus loin. Ils ne peuvent qu'observer, impuissants, certains plongeurs protégés par le feu de leur sous-marin réussir à nager adroitement presque jusqu'à la surface et fixer le contenu de leurs caisses sur le rocher, non loin d'eux. Finja est surprise de voir un plongeur arriver avec une torche enflammée. Comment est-ce que le feu peut brûler sous l'eau ? On dirait que c'est l'eau qui brûle...

— Aïe, fichue chimie ! jure Mats. C'est du magnésium. Et dans les caisses, il y a certainement des explosifs. Vite, on dégage avant que les rochers nous volent autour des oreilles !

L'explosion qui retentit juste après cet avertissement est assourdissante. Finja, Mats et Snorri sont emportés par une onde de choc et projetés au loin. Finja ne sait plus où est le haut, le bas, la gauche ou la droite, elle ne sait même plus si elle est encore vivante. Puis tout devient brûlant autour d'elle et une poussière noire se met à pleuvoir. « Je dois être à la surface, sinon je ne pourrais pas sentir la pluie de cendres... » se dit-elle. Bon sang ! La montagne de feu ! Les plongeurs l'ont fait exploser ! C'est la seule explication logique ! Mais pourquoi ? Ou bien ce n'était pas leur intention et les conséquences les ont surpris aussi ? Comment vont les merriens ? Où sont Mats et Snorri, et quand est-ce que ces sifflements et ces tremblements vont cesser ?

Pendant un long moment, Finja flotte immobile à la surface et se sent incapable de faire autre chose que respirer. Mais elle finit par céder à l'inquiétude et se force à plonger malgré la chaleur. Cependant, au bout de quelques brasses, elle s'immobilise, stupéfaite. La montagne de feu n'a pas explosé sur l'île mais sous l'eau. La lave s'écoule sur le fond et jaillit vers le haut. Si Finja y voit correctement, une sorte de cloche de glace probablement créée par la magie d'Exena entoure les derniers merriens et tient à distance la menace mortelle du feu liquide. Les sous-marins ne sont plus argentés mais rougeoient comme s'ils avaient pris la température de leur environnement. Seules les combinaisons des plongeurs semblent leur offrir une certaine protection, car Finja en voit un, à quelque distance, nager à travers la lave comme si c'était de l'eau ordinaire.

Derrière son dos, quelque chose lui touche l'épaule. Mats ! Quelle chance, il est vivant !

Son frère lui montre ses poumons et tend le pouce vers le haut. Finja comprend immédiatement, car elle aussi a du mal à respirer dans l'eau soufrée, et la lave se rapproche de plus en plus. Ils remontent à la surface aussi vite que possible.

Ils touchent terre à proximité de la ville sur pilotis de Rangnakor et respirent profondément. Sur l'île, étonnamment, l'éruption est nettement moins sensible.

— Malus est encore plus fêlé qu'on le pensait, tousse Mats.

— Tu crois qu'il a déclenché ça volontairement ? Mais il ne pouvait pas connaître l'existence de la montagne de feu !

— Tu oublies que c'est un scientifique. Ils sont capables de prévoir la météo, les tremblements de terre, les tsunamis et plein d'autres phénomènes naturels, même sans aller directement sur place. Et il a dit lui-même qu'il se préparait depuis toujours à cette expédition. À coup sûr, il connaît le volcan. Si tu veux mon avis, il l'a utilisé exprès comme arme contre les gardiens de la Source et la magie de glace.

— Mais ça a touché ses sous-marins et ses hommes aussi, objecte Finja.

— Ses hommes, il s'en fiche, je crois. Surtout s'il s'est trouvé un plan B personnel.

— Tu veux dire quelque chose comme une combinaison de plongée résistante au feu ?

— Par exemple.

— Pas seulement par exemple, je viens de le voir nager vers la surface. J'imagine que c'était lui.

Mats bondit.

— Alors nous n'avons pas de temps à perdre. Est-ce qu'il y a un accès à votre source magique par la terre ?

— Oui, mais il est fermé.

— Je ne compterais pas là-dessus. Viens, on doit y aller !

À son tour, Finja comprend.

— Tu crois que Malus va passer par la terre ?

— Je parie que c'était son plan depuis le début. Qui pourra le suivre sur l'île, puisque les merriens vivent seulement dans l'eau ?

— Nous ! jubile Finja. Je sais enfin pourquoi nous avons des jambes ! Seulement, l'entrée de la grotte est de l'autre côté de l'île.

— Alors, espérons que Malus ne connaît pas son emplacement exact et qu'il prendra son temps parce qu'il n'imagine pas qu'on le suive, déclare Mats.

Finja se redresse.

— Avant qu'on y aille… est-ce que tu as vu Snorri ?

— Non, répond Mats en baissant la tête. Il m'a lâché et depuis je ne l'ai plus…

Il renifle. Finja aussi a les larmes aux yeux. C'est impossible. Pas Snorri ! Son meilleur ami ! Son sauveur ! Sa tristesse et son désespoir se teintent d'une bouffée de colère qui l'encourage à agir pour sauver ceux qui peuvent encore l'être.

— Malus le paiera au centuple ! jure-t-elle.

— Carrément ! Par où est-ce qu'on doit aller ? demande son frère, fermement décidé lui aussi à venger Snorri.

Finja réfléchit. Comme tous les merriens de Rulantica, elle sait exactement où se trouve la Source, même si elle n'a encore vu de près que l'entrée côté mer.

— Ça dépend si on choisit le chemin le plus court ou celui que je connais le mieux, explique-t-elle. Je ne suis jamais allée sur l'île, mais je connais le rivage, du moins depuis l'eau.

— Prenons quand même le chemin le plus court, on arrivera avant Malus !

Finja hésite, fait quelques pas dans une direction puis dans l'autre.

— En fait, ça n'a peut-être aucune importance, Malus a gagné depuis longtemps, il est venu, exactement comme Frigg et Exena le prédisaient depuis toujours.

— Ah, arrête de t'accrocher à cette prophétie ! Si tu veux mon avis, Frigg voulait simplement dire que nous sommes maîtres de notre destin. Et moi, je décide qu'on va survivre !

Sur ces mots, Mats se met en marche, et Finja lui emboîte le pas, heureuse de la détermination avec laquelle il l'entraîne. Juste après les ruines de la ville sur pilotis, ils traversent un bois et émergent dans une vallée de verdure, sur un chemin ponctué de gigantesques formations rocheuses. Finja perçoit de temps en temps un mouvement du coin de l'œil, mais chaque fois qu'elle tourne le regard, il s'agit simplement d'un morceau de roche qui roule ou d'une touffe d'herbes folles caressée par le vent.

Ça doit être la vallée des trolls dont Kailani lui avait parlé quand elle était enfant. Elle s'est souvent demandé à quoi elle ressemblait, et aujourd'hui elle a à peine le temps de regarder le paysage. Encore une bonne raison de vouloir vaincre Malus : alors, elle pourra revenir avec Mats et explorer les moindres recoins de l'île. Il y a quand même une chose qui l'étonne.

— Tu ne trouves pas bizarre qu'il y ait un vrai chemin ici ?

— Pourquoi est-ce que ce serait bizarre ? demande Mats.

— Il y a une éternité que les Vikings ne vivent plus sur l'île. La ville sur pilotis est complètement en ruines et, hormis les mauks, plus personne ne s'y intéresse. Mais ici, tout a l'air tellement... comment dire... bien rangé, en quelque sorte.

Mats fronce les sourcils.

— Qu'est-ce qui te fait dire que plus personne ne vit ici et ne s'occupe du chemin juste parce que les Vikings sont devenus des merriens ?

Finja se rapproche de son frère.

— Tu crois que quelqu'un vit ici ?

— Je ne le crois pas, je les ai vus. Les grandes pierres juste derrière nous et là devant en font partie. Elles ressemblent aux trolls de pierre que j'ai rencontrés quand j'ai rêvé de Rulantica. Tu te souviens ? La nuit avant que je saute dans l'eau pour la première fois ?

— Je me souviens de ton rêve, mais je n'avais pas reconnu les trolls. Kailani m'avait pourtant bien dit qu'ils ressemblaient à des pierres, mais je ne pensais pas qu'ils seraient aussi bien camouflés. Pourquoi tu ne me les as pas montrés tout de suite ?

— Tu étais perdue dans tes pensées. En plus, ils m'ont l'air parfaitement inoffensifs, et tout à l'heure de drôles de petits bonshommes des bois avec les cheveux en pétard ont même dégagé un bout de chemin pour qu'on arrive à passer.

— Vraiment ?

Finja se tourne et sourit à l'une des grosses pierres.

— Merci ! Quand nous aurons sauvé Rulantica, je reviendrai vous remercier comme il faut. Promis !

L'aide invisible des trolls se poursuit, et les jumeaux parviennent bien plus vite que Finja ne le pensait à une paroi rocheuse qui ressemble aux innombrables autres parois rocheuses des environs.

— On y est !

— Où ? demande Mats.

— Parfait ! Si tu ne la vois pas, peut-être que Malus non plus !

Mats fait un tour complet sur lui-même.

— Mais il n'y a rien ici.

— Parce que Odin a verrouillé la porte de la Source.

— Et tu peux l'ouvrir ?

— Je pourrai si tu te retournes.

Finja se demande si elle doit révéler le secret à Mats. Après tout, il est à moitié humain et il n'a pas prêté serment comme elle.

— Tu ne me fais pas confiance ? se désole Mats.

— Si, mais je me dis qu'on n'a peut-être pas besoin d'y entrer, comme Malus ne connaît pas le signe...

— ... et peut-être qu'il a réfléchi à deux fois et qu'il est tranquillement rentré chez lui ? complète Mats sans comprendre. Mais peut-être aussi qu'il a choisi l'entrée marine et qu'il est en train de vider la Source pendant que tu me regardes comme ça d'un air méfiant.

Cette idée la sort de son hésitation. Il a raison, comment est-ce qu'elle a pu douter de lui ? Mats est son allié et son frère jumeau !

— Excuse-moi, je crois que je suis complètement retournée.

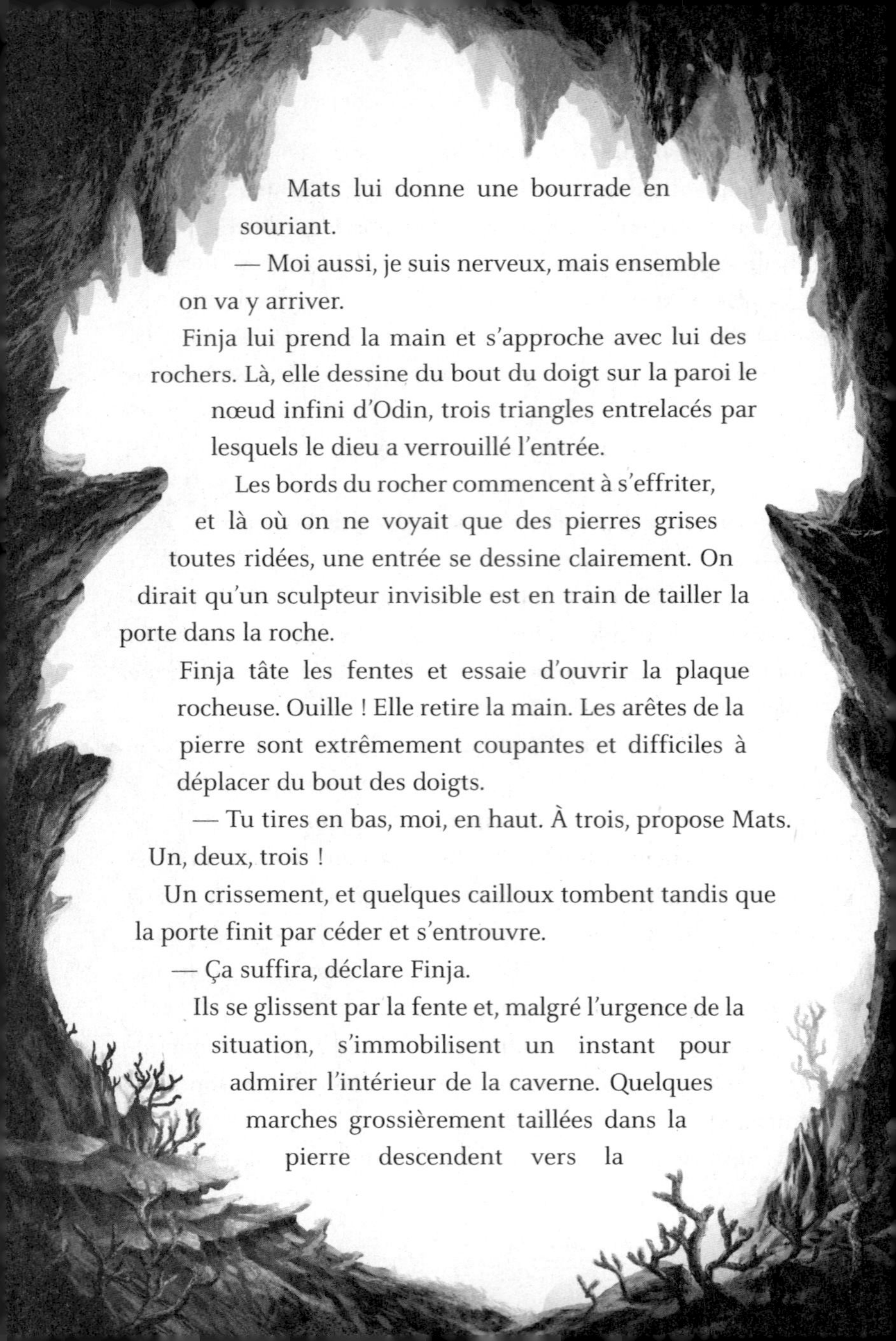

Mats lui donne une bourrade en souriant.

— Moi aussi, je suis nerveux, mais ensemble on va y arriver.

Finja lui prend la main et s'approche avec lui des rochers. Là, elle dessine du bout du doigt sur la paroi le nœud infini d'Odin, trois triangles entrelacés par lesquels le dieu a verrouillé l'entrée.

Les bords du rocher commencent à s'effriter, et là où on ne voyait que des pierres grises toutes ridées, une entrée se dessine clairement. On dirait qu'un sculpteur invisible est en train de tailler la porte dans la roche.

Finja tâte les fentes et essaie d'ouvrir la plaque rocheuse. Ouille ! Elle retire la main. Les arêtes de la pierre sont extrêmement coupantes et difficiles à déplacer du bout des doigts.

— Tu tires en bas, moi, en haut. À trois, propose Mats. Un, deux, trois !

Un crissement, et quelques cailloux tombent tandis que la porte finit par céder et s'entrouvre.

— Ça suffira, déclare Finja.

Ils se glissent par la fente et, malgré l'urgence de la situation, s'immobilisent un instant pour admirer l'intérieur de la caverne. Quelques marches grossièrement taillées dans la pierre descendent vers la

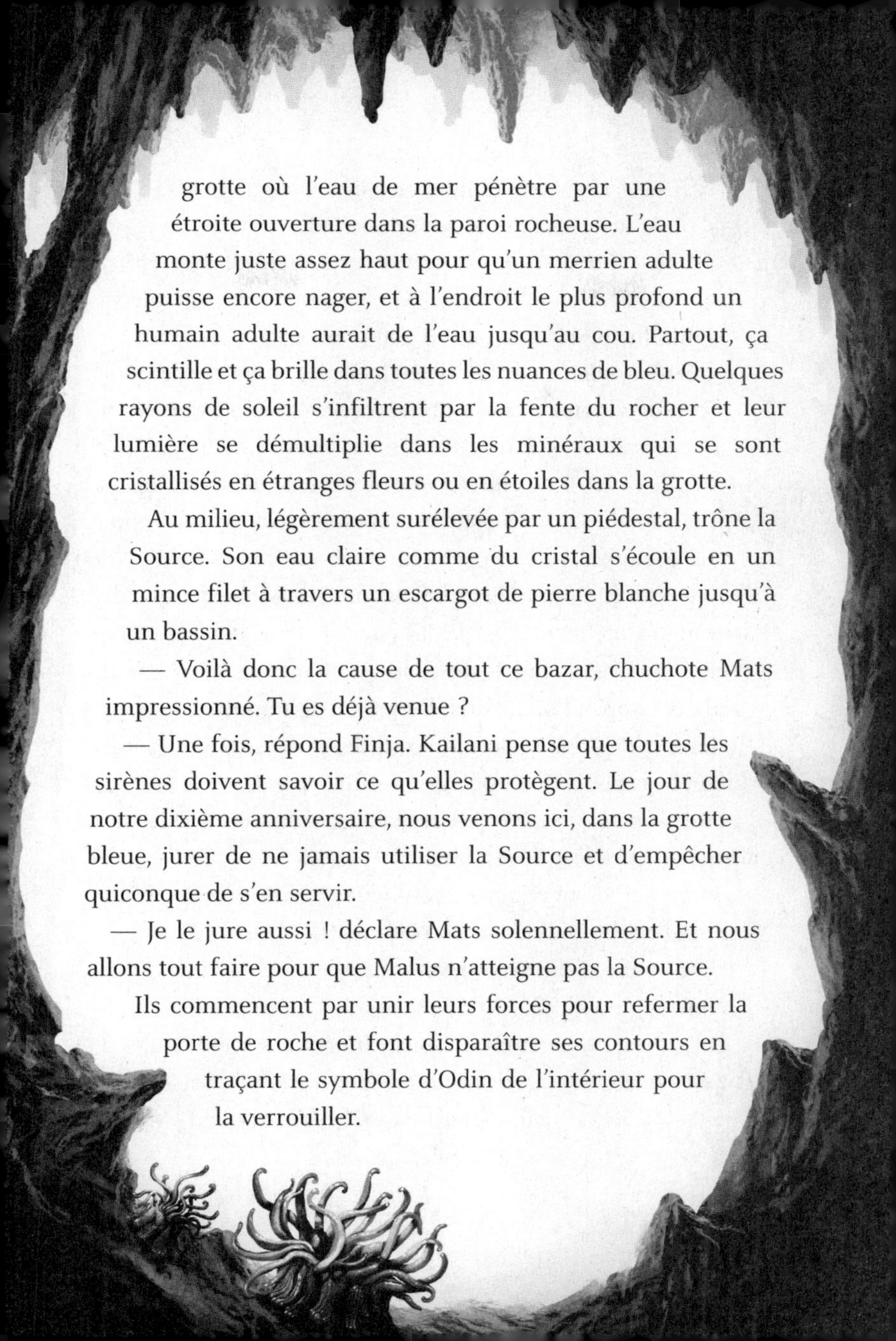

grotte où l'eau de mer pénètre par une étroite ouverture dans la paroi rocheuse. L'eau monte juste assez haut pour qu'un merrien adulte puisse encore nager, et à l'endroit le plus profond un humain adulte aurait de l'eau jusqu'au cou. Partout, ça scintille et ça brille dans toutes les nuances de bleu. Quelques rayons de soleil s'infiltrent par la fente du rocher et leur lumière se démultiplie dans les minéraux qui se sont cristallisés en étranges fleurs ou en étoiles dans la grotte.

Au milieu, légèrement surélevée par un piédestal, trône la Source. Son eau claire comme du cristal s'écoule en un mince filet à travers un escargot de pierre blanche jusqu'à un bassin.

— Voilà donc la cause de tout ce bazar, chuchote Mats impressionné. Tu es déjà venue ?

— Une fois, répond Finja. Kailani pense que toutes les sirènes doivent savoir ce qu'elles protègent. Le jour de notre dixième anniversaire, nous venons ici, dans la grotte bleue, jurer de ne jamais utiliser la Source et d'empêcher quiconque de s'en servir.

— Je le jure aussi ! déclare Mats solennellement. Et nous allons tout faire pour que Malus n'atteigne pas la Source.

Ils commencent par unir leurs forces pour refermer la porte de roche et font disparaître ses contours en traçant le symbole d'Odin de l'intérieur pour la verrouiller.

— Même s'il ne connaît pas le sceau d'Odin, il ne faut pas se contenter d'attendre, juge Finja.

— Tu as raison ! On va lui tendre un piège, propose Mats.

Finja repense au filet de Hel. Il était assez solide pour capturer non seulement Snorri et elle, mais aussi Nir. Il devrait donc être assez résistant pour Malus.

— Et en plus, il est invisible. Quand Malus s'apercevra qu'il est prisonnier, il sera trop tard pour s'échapper.

— Parfait ! On va le tendre comme une toile d'araignée sur toute la hauteur et la largeur de l'escalier. Dès que Malus commencera à le descendre, il tombera directement dedans, propose Mats. Et si on le pousse par-derrière pour le faire tomber, avec son poids, il devrait s'empêtrer assez longtemps pour qu'on puisse refermer le filet.

Finja considère d'un œil sceptique les parois rocheuses abruptes entre lesquelles descend l'escalier.

— Si j'ai bien compris, ton idée a l'air géniale, mais comment est-ce qu'on va accrocher le filet là-haut ?

Elle essaie d'escalader le mur mais échoue au deuxième pas.

— Si seulement on avait Snorri et ses tentacules à ventouses... se lamente-t-elle.

— Laisse-moi essayer, lui répond Mats. À l'école, je

séchais les cours de natation mais je n'étais pas mauvais en escalade.

Il passe le filet sur son épaule et cherche des prises pour ses mains. Adroitement, il pose le pied droit, puis le gauche, et se colle contre la paroi. Petit à petit, il progresse vers le haut. Finja est pleine d'admiration pour son frère. Elle préférerait quand même que le filet reste une précaution et que Malus ne réussisse pas à entrer dans la grotte.

Un raclement suivi d'un bruit de grattement sur la paroi rocheuse met fin à ses espérances. Non ! Malus arrive trop tôt ! Mats s'interrompt en plein mouvement. Il pourrait fixer le filet sur un surplomb rocheux, mais d'un seul côté. Pour l'instant, il est suspendu près du plafond et il n'a plus qu'une chose à faire : rester immobile et tenir le filet s'il veut que leur plan réussisse au moins en partie.

Finja a juste le temps de s'accroupir sous la dernière marche pour qu'on ne la voie pas depuis l'entrée avant que la porte de roche ne vole en éclats.

— Par Odin, Loki soit loué ! tonne Malus en entrant dans la grotte.

Il a échangé son matériel de plongée contre un étrange harnachement qui, de loin, ressemble à un sac à dos. Il porte un casque et une tenue qui semble faite à partir d'un sac de couchage comme celui que Finja utilisait dans le hangar. Contrairement aux jumeaux, il ne s’immobilise pas en haut de l’escalier, mais appuie sur un bouton de son équipement et manipule deux leviers placés juste devant sa poitrine.

Au même moment, l’étrange sac à dos est traversé de secousses et Malus décolle du sol. Ce n’est pas possible ! Il n’a pas l’intention de descendre l’escalier et de traverser la grotte à la nage pour atteindre la Source. Il va voler ! Visiblement, il ne faisait pas que se vanter : il en a vraiment beaucoup appris sur Rulantica. Est-ce qu’il est au courant aussi pour Svalgur ? Finja le croit maintenant capable de tout. Il a trouvé un moyen de parer tous les obstacles de l’île : les baleines pour tromper Exena, l’éruption du volcan contre la magie des sirènes et des gardiens de la Source. Et maintenant, il va certainement utiliser cet appareil pour fuir Svalgur, qui est un serpent de mer incapable de voler. Finja frissonne. Le plan de Malus pourrait réussir si elle et Mats ne l’en empêchent pas ! Il n’est pas encore assez haut, mais il va bientôt atteindre le filet. Il passe de justesse en dessous de Mats qui est toujours cramponné au plafond rocheux. C’est maintenant ou jamais ! Mats lâche le filet en gardant seulement la corde à la main et se laisse tomber.

Le filet s’enroule autour de Malus et de son appareil volant. L’homme part en vrille.

— Non ! Mon propulseur dorsal ! Qu’est-ce qui se passe ?

hurle Malus en actionnant frénétiquement les poignées sur sa poitrine.

C'est alors seulement qu'il remarque que ce n'est pas son sac à dos qui est en cause. Il agite furieusement les jambes pour se débarrasser du filet.

Pendant ce temps, Mats a atterri plutôt rudement. Le visage tordu de douleur, il tient fermement la corde en rampant vers le haut de l'escalier. Comme Malus plane toujours au milieu de la grotte, le filet se referme inexorablement. Mais la corde se tend dans la main du garçon. Seul, il ne peut pas retenir Malus et son appareil volant. Il se fait entraîner et, toujours accroché à la corde, se retrouve sur la pointe des pieds à l'extrémité de la deuxième marche.

Finja bondit de sa cachette. Peu importe que Malus la voie, elle doit l'empêcher d'emporter Mats. Elle attrape celui-ci par la ceinture et le ramène au sol, puis s'empare du bout de la corde pour aider son frère.

— Il faut le tendre suffisamment pour qu'il ne puisse pas atterrir dans le bassin de la Source !

Tous deux s'accrochent de toutes leurs forces à la corde et tentent désespérément de la tirer à eux. Malus lutte pour leur échapper. Tant que son appareil volera, il ne renoncera pas !

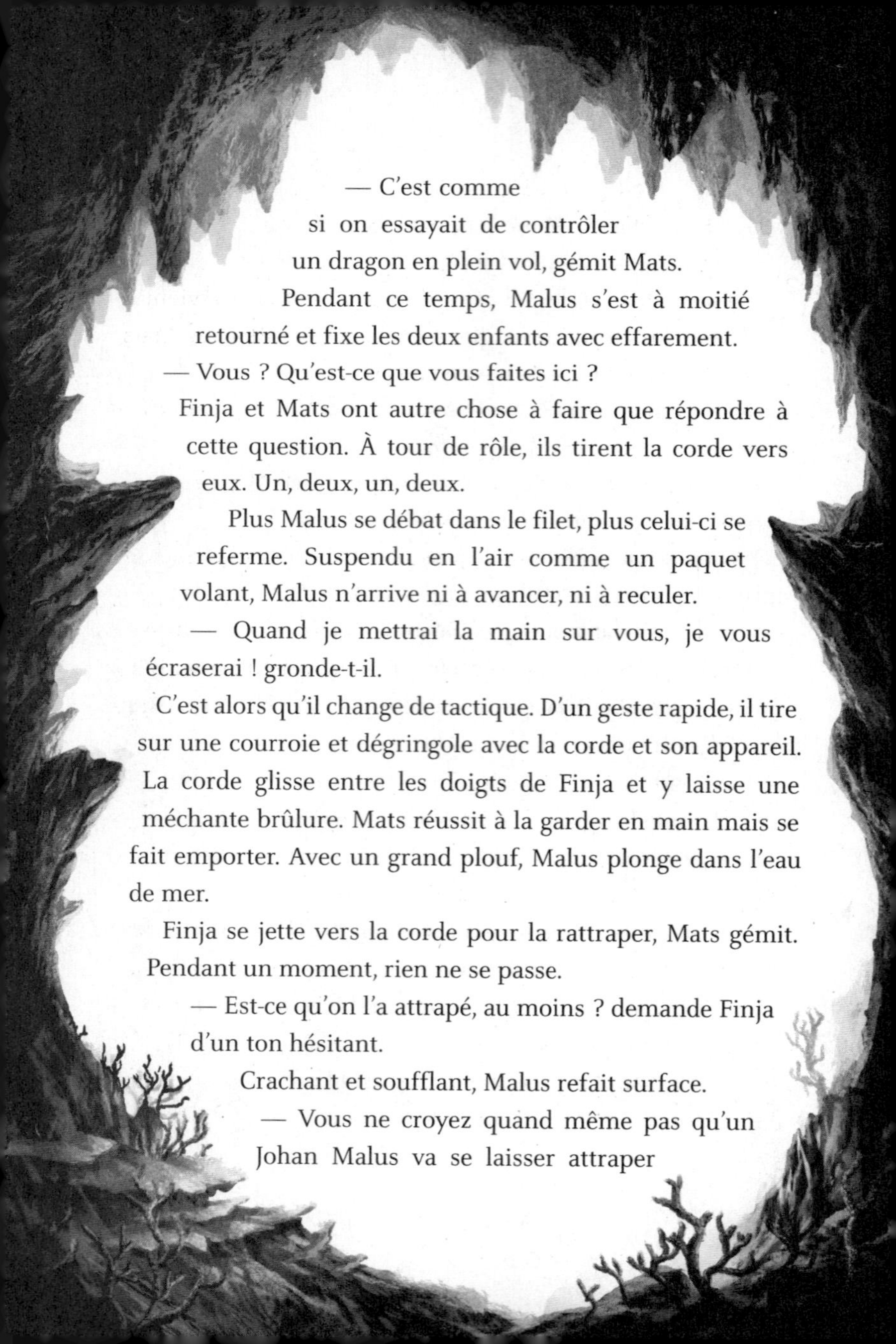

— C'est comme si on essayait de contrôler un dragon en plein vol, gémit Mats.

Pendant ce temps, Malus s'est à moitié retourné et fixe les deux enfants avec effarement.

— Vous ? Qu'est-ce que vous faites ici ?

Finja et Mats ont autre chose à faire que répondre à cette question. À tour de rôle, ils tirent la corde vers eux. Un, deux, un, deux.

Plus Malus se débat dans le filet, plus celui-ci se referme. Suspendu en l'air comme un paquet volant, Malus n'arrive ni à avancer, ni à reculer.

— Quand je mettrai la main sur vous, je vous écraserai ! gronde-t-il.

C'est alors qu'il change de tactique. D'un geste rapide, il tire sur une courroie et dégringole avec la corde et son appareil. La corde glisse entre les doigts de Finja et y laisse une méchante brûlure. Mats réussit à la garder en main mais se fait emporter. Avec un grand plouf, Malus plonge dans l'eau de mer.

Finja se jette vers la corde pour la rattraper, Mats gémit. Pendant un moment, rien ne se passe.

— Est-ce qu'on l'a attrapé, au moins ? demande Finja d'un ton hésitant.

Crachant et soufflant, Malus refait surface.

— Vous ne croyez quand même pas qu'un Johan Malus va se laisser attraper par ce ridicule filet ?

feule-t-il. Même sans couteau, je vais déchirer ce pauvre truc !

« Bonne chance ! » se dit Finja, qui se souvient encore des coupures que le filet lui a infligées. Mais soudain, quelque chose bouge dans le filet.

Juste à côté de la tête de Malus barbote un poisson à la couleur sombre que Finja reconnaît avec un malaise. Elle ressent une piqûre brève mais violente dans le bras. Le poisson montre ses méchantes petites dents pointues.

— J'espère que ce traître de poisson va le mordre comme moi, murmure Finja à Mats.

Mais le poisson a quelque chose dans la gueule. Il dresse sa tête plate et tend un objet à Malus. Dégoûté, celui-ci contemple une petite branche jaune-vert avec deux feuilles à son extrémité.

— Du gui ? Qu'est-ce que tu veux que j'en fasse, stupide poisson ?

Soudain, sa figure s'éclaire et il éclate d'un rire retentissant.

— Voyez, même les dieux sont avec moi !

Il approche la branche du filet et les fils fondent aussitôt comme s'ils étaient en cire. Malus se redresse, le poisson ouvre la gueule et le mord sur le dos de la main avant de prendre la fuite.

— Ha ! Rien ni personne ne peut m'arrêter !

— Oh, si ! s'écrie Mats en se jetant sur lui.

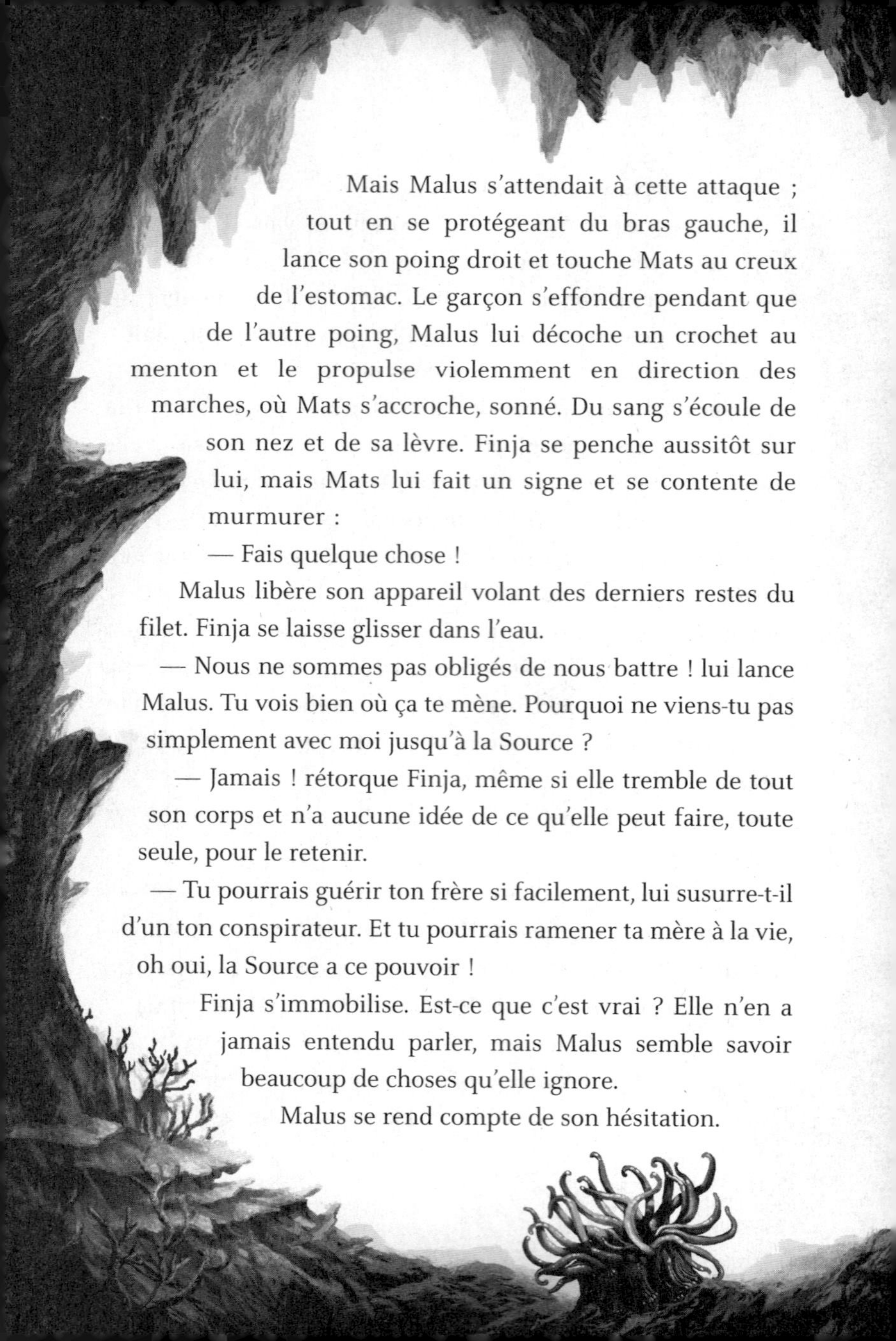

Mais Malus s'attendait à cette attaque ; tout en se protégeant du bras gauche, il lance son poing droit et touche Mats au creux de l'estomac. Le garçon s'effondre pendant que de l'autre poing, Malus lui décoche un crochet au menton et le propulse violemment en direction des marches, où Mats s'accroche, sonné. Du sang s'écoule de son nez et de sa lèvre. Finja se penche aussitôt sur lui, mais Mats lui fait un signe et se contente de murmurer :

— Fais quelque chose !

Malus libère son appareil volant des derniers restes du filet. Finja se laisse glisser dans l'eau.

— Nous ne sommes pas obligés de nous battre ! lui lance Malus. Tu vois bien où ça te mène. Pourquoi ne viens-tu pas simplement avec moi jusqu'à la Source ?

— Jamais ! rétorque Finja, même si elle tremble de tout son corps et n'a aucune idée de ce qu'elle peut faire, toute seule, pour le retenir.

— Tu pourrais guérir ton frère si facilement, lui susurre-t-il d'un ton conspirateur. Et tu pourrais ramener ta mère à la vie, oh oui, la Source a ce pouvoir !

Finja s'immobilise. Est-ce que c'est vrai ? Elle n'en a jamais entendu parler, mais Malus semble savoir beaucoup de choses qu'elle ignore.

Malus se rend compte de son hésitation.

— Qu'est-ce que tu en as à faire, de cette île et de ces merriens ? Pourquoi les défends-tu ?

Comme si de rien n'était, il rajuste les courroies de son sac à dos sur ses épaules. Il n'y a pas plus de quatre longueurs de bras jusqu'à la Source. Finja sent sa métamorphose s'amorcer, les premières écailles se forment sur sa peau.

— Je suis l'une d'entre eux ! lui crache-t-elle.

Malus ne comprend toujours pas et se moque d'elle.

— Misérable gamine, tu es encore plus folle que moi !

Mais Finja se rend compte qu'au moment où elle a parlé une énorme force a afflué en elle. Elle a trouvé sa voix, et sa voix l'a trouvée.

Elle ouvre la bouche et libère sa puissance :

— *Vatt !*

Les deux mains dans l'eau, elle pousse une vague vers Malus. Son chant est si haut et si clair que l'homme ne peut pas s'empêcher de se boucher les oreilles. L'eau devient plus froide.

— Je croyais être débarrassé du chant des sirènes, grince Malus en faisant appel à ses dernières forces pour appuyer sur le bouton de démarrage de son sac à dos volant.

Il jaillit de l'eau comme une fusée.

— *Vatt og !*

Finja envoie une vague à la poursuite de Malus qui monte toujours plus haut. Celui-ci éclate de rire. Il a atteint la hauteur de la Source et

tend les bras d'un geste avide. Ses doigts effleurent presque le bord inférieur du bassin.

— La technique l'emporte sur la magie, et moi, je l'emporte sur vous tous ! se vante Malus.

— *VATT OG IS !*

Finja sent une force inédite l'envahir et la laisse se déployer. La vague suivante trempe Malus jusqu'à la gorge. La jeune merrienne lève encore les mains, et l'homme est submergé. Juste avant que l'eau se retire, elle se transforme en glace bleutée. Finja a enfermé Malus dans une vague de glace. Il est figé comme une statue devant la Source, à une paume de distance et pourtant incapable d'y accéder.

Finja n'a pas le temps de se sentir soulagée : soudain, l'eau de mer recommence à s'agiter autour d'elle. Une gigantesque masse d'eau pénètre dans la grotte par l'entrée marine. D'où est-ce que ça vient ? Encore une éruption volcanique ? Exena ? Odin ? Pétrifiée, elle regarde Mats. Celui-ci est encore avachi, tout étourdi, sur la marche la plus basse qui va être complètement balayée. Mats n'a pas vu l'onde de choc arriver, il perd l'équilibre et tombe dans l'eau. Finja nage à toute vitesse vers lui et tente de le tirer sur l'escalier pour qu'il puisse s'y tenir. C'est alors que la luminosité change dans toute la grotte. Le scintillement bleu s'éteint, masqué par une ombre qui s'étend sur les rayons de soleil à l'entrée.

Puis c'est un immense crâne qui apparaît. Finja sursaute. Svalgur ! Il est vivant !

Même si personne n'a bu l'eau de la Source, le serpent géant d'Odin s'est libéré de son temple de glace et semble prêt à remplir sa mission. Tout d'abord, Svalgur dirige son regard brûlant sur la Source. Pendant ce temps, Mats se hisse sur la marche de pierre à côté de Finja, mais ce mouvement suffit pour que l'animal tourne aussitôt la tête et se lance vers les enfants, montrant ses dents aiguisées comme des poignards. Mats bondit vers le haut de l'escalier, Finja plonge sous le corps du serpent. La première morsure de Svalgur emporte la marche inférieure. Il se redresse et fonce vers Mats. Finja doit l'en empêcher ; elle émerge à côté de la queue du serpent et hurle :

— Ici ! Mange-moi !

Mais l'ouïe du reptile fonctionne moins bien que ses yeux, qui sont toujours fixés sur Mats. Dans sa détresse, Finja n'a pas d'autre idée que d'attraper le serpent par la queue et de se cramponner aux énormes écailles. Ça marche. Svalgur fait demi-tour en agitant la queue de droite à gauche, provoquant une puissante vague dans la grotte. Finja perd sa prise, elle est projetée et repoussée presque jusqu'au fond de l'eau. Devant elle apparaît un gigantesque œil jaune-vert. Pour Finja, la pupille fendue ressemble à une porte ouverte directement sur le royaume de Hel.

Elle fonce vers la surface en hurlant, et l'œil la suit. La seule chose derrière laquelle Finja peut se cacher pour échapper à Svalgur, c'est le bloc de glace. Elle émerge. Ce n'était pas une bonne cachette, Svalgur l'a aussitôt repérée. Il s'enroule autour de la colonne, Finja toujours une longueur de bras devant lui. Elle ne pourra pas continuer très longtemps comme ça, elle est à bout de forces. Elle sent qu'il ne lui reste qu'un son, un son plein de douceur, juste assez pour le plus minuscule tourbillon qui soit.

— *Vatt galdur*, souffle-t-elle en envoyant l'eau tournoyer à la surface du bloc de glace.

L'incantation qui a gravé son nom sur l'amulette. Cette fois-ci, elle gratte le bloc et rend la surface de la glace blanche et mate. Finja a l'intention de se laisser couler le plus discrètement possible pour passer sous le corps de Svalgur. Elle aura peut-être une chance de nager jusqu'à la sortie et d'attirer le serpent hors de la grotte, loin de Mats. Au-dessus d'elle, la glace se couvre de minces fissures. Oh, non, elle n'a pas libéré Malus, au moins ? Finja jette un regard inquiet vers le haut. Svalgur aussi.

— Nage vers moi ! entend-elle Mats l'appeler.

Au même moment, un caillou vole à travers la grotte. Finja s'élance, Svalgur se fige. Le caillou atterrit pile sur la statue de glace. Les fissures s'élargissent, la glace commence à craquer et à se fendre. Un premier morceau de glace se détache et tombe avec le caillou sur la tête du serpent, mais rebondit sur l'immense crâne sans laisser la moindre trace de blessure. Toutefois, l'attention de Svalgur est détournée. L'animal projette la tête vers le haut, son corps puissant se dresse à côté de la statue.

Finja fait tout son possible pour nager sans gestes brusques afin qu'il ne la remarque pas. Ce n'est pas facile, parce que tout en elle lui crie de fuir !

Mats se tient immobile là où était le milieu de l'escalier, une autre pierre à la main. Les muscles de son bras frémissent, prêts à lancer le prochain coup si nécessaire. Mais Svalgur ne s'occupe plus de lui, ni de Finja : la silhouette figée de Malus se détache de la glace en train de se rompre. La tête du serpent géant enfle littéralement, il ouvre une gueule si grande qu'on ne voit plus rien d'autre que son gosier immense. La statue de Malus bascule vers l'avant en plein dans le gouffre sombre. Le puissant reptile a trouvé sa victime. La gueule se referme, Svalgur se laisse retomber dans l'eau et quitte la grotte sans regarder derrière lui.

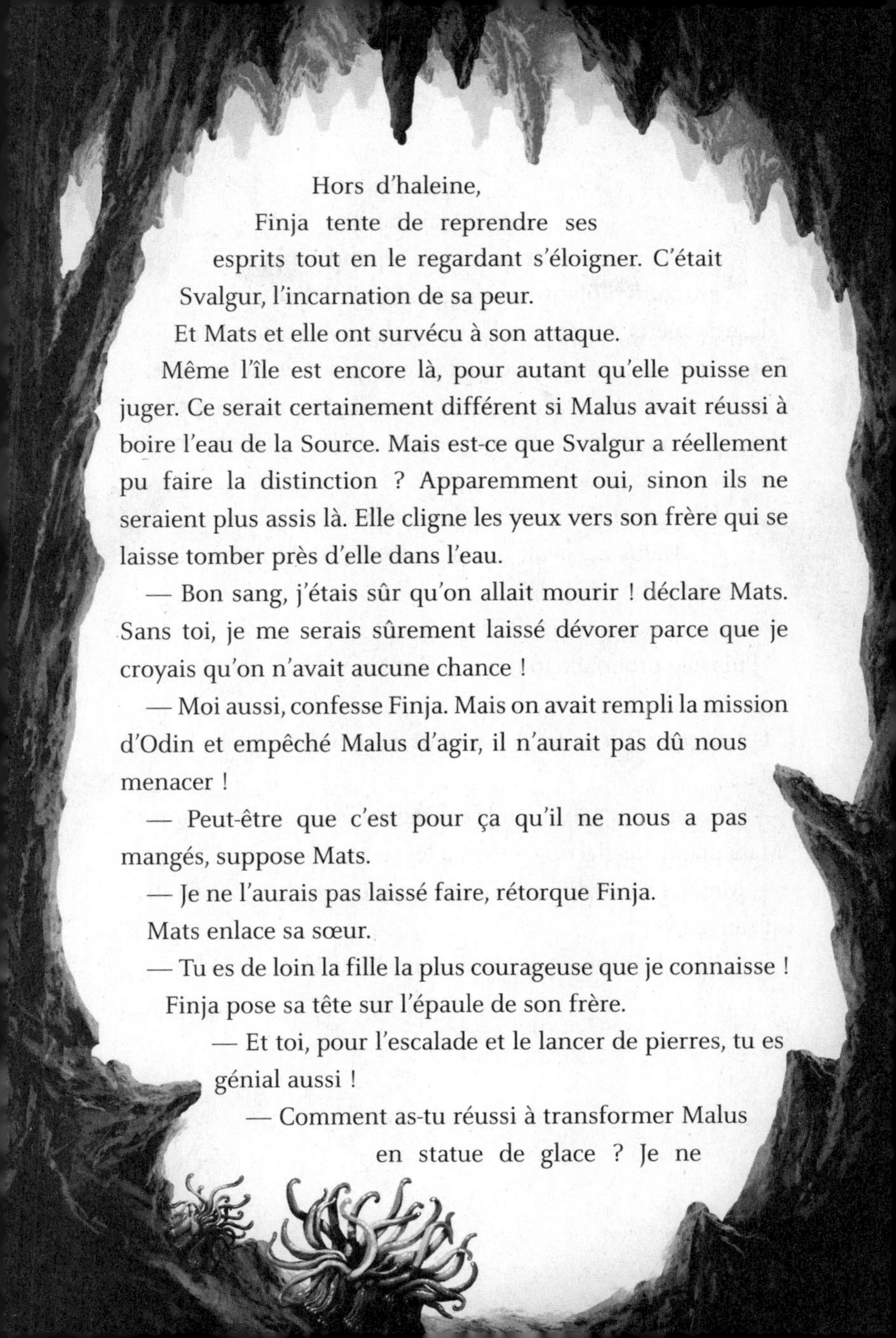

Hors d'haleine, Finja tente de reprendre ses esprits tout en le regardant s'éloigner. C'était Svalgur, l'incarnation de sa peur.

Et Mats et elle ont survécu à son attaque.

Même l'île est encore là, pour autant qu'elle puisse en juger. Ce serait certainement différent si Malus avait réussi à boire l'eau de la Source. Mais est-ce que Svalgur a réellement pu faire la distinction ? Apparemment oui, sinon ils ne seraient plus assis là. Elle cligne les yeux vers son frère qui se laisse tomber près d'elle dans l'eau.

— Bon sang, j'étais sûr qu'on allait mourir ! déclare Mats. Sans toi, je me serais sûrement laissé dévorer parce que je croyais qu'on n'avait aucune chance !

— Moi aussi, confesse Finja. Mais on avait rempli la mission d'Odin et empêché Malus d'agir, il n'aurait pas dû nous menacer !

— Peut-être que c'est pour ça qu'il ne nous a pas mangés, suppose Mats.

— Je ne l'aurais pas laissé faire, rétorque Finja.

Mats enlace sa sœur.

— Tu es de loin la fille la plus courageuse que je connaisse !

Finja pose sa tête sur l'épaule de son frère.

— Et toi, pour l'escalade et le lancer de pierres, tu es génial aussi !

— Comment as-tu réussi à transformer Malus en statue de glace ? Je ne

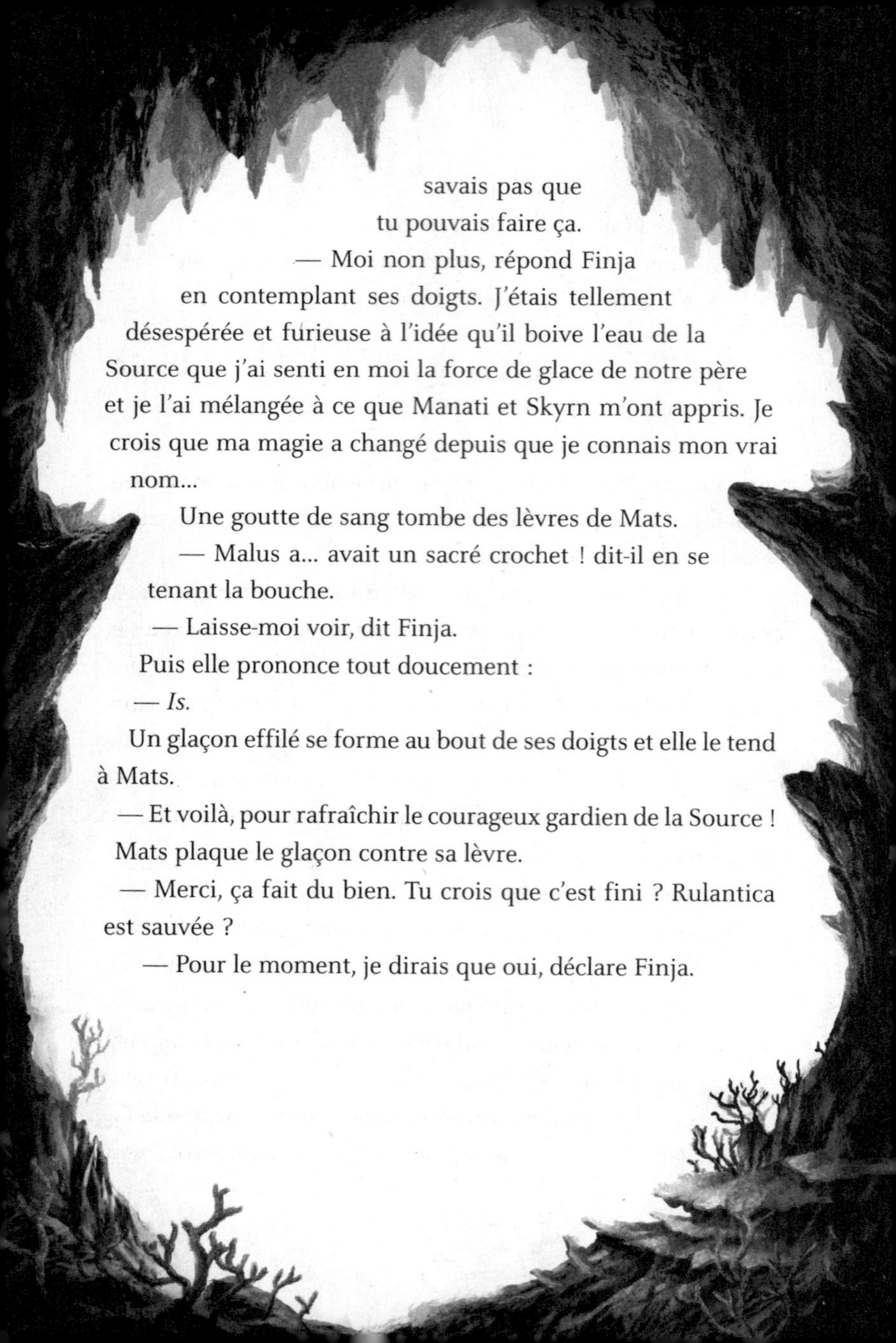

savais pas que
tu pouvais faire ça.

— Moi non plus, répond Finja en contemplant ses doigts. J'étais tellement désespérée et furieuse à l'idée qu'il boive l'eau de la Source que j'ai senti en moi la force de glace de notre père et je l'ai mélangée à ce que Manati et Skyrn m'ont appris. Je crois que ma magie a changé depuis que je connais mon vrai nom…

Une goutte de sang tombe des lèvres de Mats.

— Malus a… avait un sacré crochet ! dit-il en se tenant la bouche.

— Laisse-moi voir, dit Finja.

Puis elle prononce tout doucement :

— *Is.*

Un glaçon effilé se forme au bout de ses doigts et elle le tend à Mats.

— Et voilà, pour rafraîchir le courageux gardien de la Source !

Mats plaque le glaçon contre sa lèvre.

— Merci, ça fait du bien. Tu crois que c'est fini ? Rulantica est sauvée ?

— Pour le moment, je dirais que oui, déclare Finja.

XX

UNE FIN ET UN DÉBUT

Avant d'oser sortir de la grotte, Mats et Finja ont encore besoin d'un certain temps pour se remettre du choc. Mais Finja doit savoir comment va sa famille merrienne.

De loin déjà, on voit que le monde sous-marin a changé. Là où, peu auparavant, des récifs de corail déployaient leurs couleurs vives, se dressent maintenant des collines gris-noir. La lave refroidie a laissé des traces. Dans la ville de glace, certains bâtiments ont fondu, principalement le Vinterhal, le temple de Svalgur. Finja et Mats n'arrivent pas à voir où le serpent géant est passé ni s'il a attaqué d'autres merriens. Pas la moindre trace de lui, comme si le mur de brouillard qui s'est reformé l'avait avalé.

La ville d'Aquamaris a moins souffert que les récifs environnants, même si, là aussi, quelques grottes sont très endommagées.

Avec un certain soulagement, Finja constate que les premiers merriens sont occupés à évacuer de gros blocs rocheux et à dégager les rues de mer. Tous sont pâles et sérieux. Finja ressent la tristesse partout où ils passent, et sa peur revient de plus belle. Est-ce que Kailani et Bror ont survécu ? Elle doit absolument retrouver ses parents adoptifs ! En cours de route, Mats et elle constatent que les hommes de Malus ont eux aussi payé cher leur fidélité à leur patron. Les submersibles-baleines gisent carbonisés sur le fond, certains sont même engloutis sous la lave.

Le cœur battant, les jumeaux se dirigent vers le palais de coquillages, qui ne mérite plus vraiment son nom : à la place de coquillages, il est recouvert d'une croûte sombre. La cascade est tarie, l'entrée, grande ouverte et sans surveillance.

— Ohé ? appelle Finja. Il y a... vous êtes encore... maman, papa ?

La réponse se fait attendre si longtemps que Finja n'espère déjà plus. Les larmes coulent sur son visage.

— Finja ? Mats ?

La voix provient de l'extérieur. Finja se retourne. Kailani lui ouvre à nouveau les bras et, cette fois, la jeune sirène s'y précipite. Elle pleure, rit, pleure et rit à qui mieux mieux avec sa mère. Peu après, Bror arrive et inclut Mats dans l'embrassade générale.

— Les sirènes, quelles pleureuses ! ironise Exena.

Ses joues sont creusées, elle a de profondes blessures aux bras et il lui manque des écailles sur la queue. Elle s'approche du groupe assemblé devant le palais de coquillages.

— Beau combat, Exena, déclare Kailani. Sans tes boucliers de glace, peu d'entre nous auraient survécu !

— Sans ta fille, personne n'aurait survécu ! répond Exena.

— Comment est-ce que tu le sais ? s'étonne Finja.

— Je sais toujours tout ce qui se passe dans la grotte de la Source, c'est mon travail !

Elle tend la main à Kailani.

— Nous devrions mettre nos querelles de côté pour l'instant et rebâtir ensemble nos deux villes.

Kailani prend la main tendue.

— Cela me touche beaucoup, Exena.

— Ne te réjouis pas trop vite, je vais te prendre quelque chose en échange qui va te faire beaucoup souffrir !

Kailani veut retirer sa main, mais Exena la retient.

— Si tu crois autant aux mots de Frigg que tu le dis, tu feras ce sacrifice.

— De quoi est-ce qu'elle parle, maman ? demande Finja.

— De vous, répond doucement Kailani.

Exena hoche la tête.

— Je vais faire de vous deux des gardiens de la Source, pour que vous puissiez suivre les traces de votre père, parce que là est votre place ! Les événements l'ont prouvé, même si, sans vous, nous n'aurions jamais été en danger.

— Mais Malus connaissait l'emplacement de Rulantica rien qu'en ayant suivi la piste des navires naufragés, rétorque Mats.

— Tu as encore bien des choses à apprendre, dit Exena en faisant la moue, mais moi aussi, probablement.

Elle siffle et un kelpie se rue vers Finja.

— Nir !

— Il ne m'obéira plus jamais : non seulement tu l'as dompté, mais tu as conquis son cœur. À partir d'aujourd'hui, il t'appartient. De toute façon, je ne pourrai plus rien tirer de lui et je devrai me contenter de Sleip !

Elle siffle une nouvelle fois, et un second kelpie gris-jaune apparaît lentement d'une démarche fière. Il observe les alentours comme s'il n'était pas encore sûr de vouloir rester, jusqu'à ce qu'il aperçoive Mats. Il se dirige alors vers le garçon.

Exena tend un licol à Mats.

— C'est Venn. Il appartenait à ton père. Mais, depuis la mort de Falor, il n'a accepté aucun autre cavalier. Tu veux peut-être essayer ?

Bouleversé, Mats prend le licol.

— Et sinon, personne ne nous demande si nous sommes d'accord ? intervient Finja.

Kailani sourit aux jumeaux.

— On ne nous demande pas si nous sommes d'accord pour protéger Rulantica contre les menaces, Finja, c'est notre serment !

Mais avant que la conversation devienne trop sérieuse et que Finja puisse répliquer, quelque chose roule du toit du palais en laissant une traînée derrière lui. La boule s'immobilise un instant au milieu du petit groupe, puis des bras émergent de tous les côtés, et enfin le visage épuisé de Snorri. Il se jette sur Finja et Mats, étend ses tentacules autour des deux enfants et se met à rayonner.

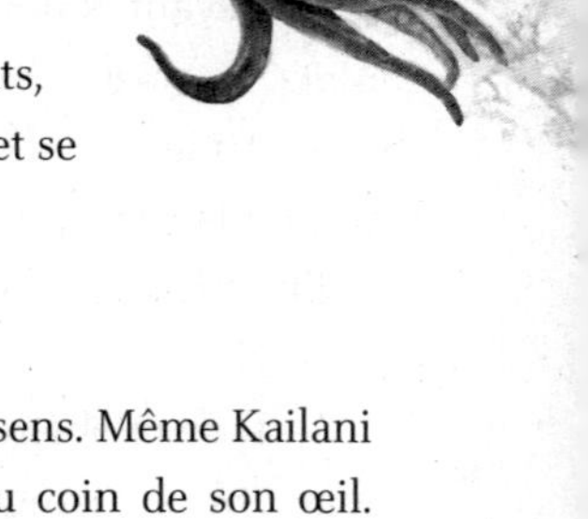

— Snorriiii ! glapit Finja, aux anges.

— Tu es vivant ! se réjouit Mats.

Tous trois dansent et sautent dans tous les sens. Même Kailani essuie discrètement une larme d'émotion au coin de son œil.

Seule Exena garde son air glacial en attendant la fin de ces retrouvailles.

Mais c'est seulement après avoir nettoyé Snorri des dernières traces de lave que Mats se tourne vers Exena et lui annonce :

— OK, je viens, du moment que Finja et Snorri sont là aussi !

— D'accord ! déclare Finja.

— Snr, snr, snr ! ronronne Snorri.

ÉPILOGUE

Étonnamment silencieux et élégant pour sa taille, Svalgur glisse entre les eaux. De retour au cœur de son temple, il jette un dernier regard à travers les fenêtres à demi fondues de son ancien poste de garde. Il dévoile à nouveau ses dents aiguisées comme des poignards. Sous l'emprise de la faim accumulée depuis des siècles, il n'obéit qu'à contrecœur. Mais il sent déjà le souffle froid de la magie divine qui l'enveloppe et aussitôt il se fige, changé en glace comme tout ce qui l'entoure. On dirait que l'éruption volcanique n'a jamais eu lieu.

Réunis dans le palais de Vali, les dieux observent le serpent géant qui s'immobilise.

— Pourquoi n'as-tu pas laissé Svalgur terminer son œuvre ? demande Vali.

— Parce que personne n'a bu l'eau de la Source ! explique Vidar.

— Et alors ? vocifère Modi. Puisqu'il était réveillé, il aurait pu en profiter pour remplir la mission qui lui a été confiée !

— J'aurais bien aimé voir l'île entière disparaître au fond de sa gueule géante, confirme Magni.

— Odin a promis de punir les merriens uniquement s'ils abusent de la Source, rappelle Vidar.

— Je suis d'accord, le soutient Hel. Le fardeau qu'ils ont à porter est déjà assez lourd.

— Ah, c'est la déesse du monde souterrain qui fait preuve de pitié ? Alors que c'est toi que les humains craignent le plus ! se moque Magni.

— J'ai l'habitude, répond Hel.

Mais Vidar se rend bien compte que la remarque de Magni l'a touchée, et la moitié morte de son visage s'assombrit encore avant qu'elle continue :

— Tout de même, j'aimerais éliminer des mondes au moins une partie de l'injustice que Loki a causée.

À son tour, Vali s'en prend à Hel :

— C'est pour cela que tu as rompu notre accord ? Nous devions rester en dehors de cette affaire. Tu tiens autant tes promesses que ton maudit père !

— Je ne m'en suis pas mêlée, j'ai simplement observé de près, tout comme vous avec vos corbeaux et vos loups ! se défend-elle.

— Et le filet ? demande Vidar.

— Juste un vieil héritage, je peux l'offrir à qui je veux ! ronchonne-t-elle.

— Mais il était trop puissant pour que tu le remettes entre les mains des humains ! la tance Vidar.

— Merriens, corrige Hel.

Vali renifle bruyamment.

— Tu penses sérieusement que la queue de poisson fait une différence ? C'est pareil que la couleur de la peau ou des cheveux. Rien de tout cela n'en fait de meilleures créatures, ce ne sont pas des dieux, et pour ma part je ne veux pas risquer qu'ils le deviennent.

— Peut-être que nous devrions leur rappeler qu'ils doivent nous craindre, propose Modi.

Vidar se redresse de toute sa hauteur.

— J'en ai assez entendu et assez vu. Je reste d'avis que nous devons laisser Rulantica et ses habitants tisser eux-mêmes leur destin, comme mon père et ma belle-mère Frigg le leur ont promis.

— Et pour la pierre qui manque à notre rempart ? lui rappelle tout de même son frère.

— Je trouverai une idée. D'ici là, je m'en tiens à mon ordre. On doit pouvoir compter sur la parole d'un dieu, même après sa disparition. Nous devons nous en assurer, en tant qu'héritiers d'Odin.

Les jeunes dieux quittent le palais de Vali. Tandis que Vidar et Hel retournent chacun dans son royaume, Magni et Modi traînent encore autour de Vali dans la cour du château.

— La question est : à qui le deuxième serpent obéit-il ? murmure Vali à mi-voix. Les animaux de compagnie d'Odin vont toujours par paire. Le pendant de Svalgur, c'est Bölvun, si je ne me trompe. Mais qui est son maître ?

— Vous autres, les fils d'Odin, toujours avec vos bestioles... grommelle Modi.

— Nous avons besoin de quelque chose pour contourner la promesse de ton père, même si Vidar veut s'y tenir, déclare Magni.

— Justement ! C'est là que la question du serpent peut nous faire avancer, explique Vali. Le serpent jumeau ne pourrait peut-être pas lever la malédiction, mais il pourrait sérieusement la renforcer.

— Et où est ce deuxième serpent ? demande Modi, peu convaincu.

— Est-ce que tu dormais, sur le trône magique ? demande Magni à son frère. Même moi, je l'ai vu. Au Krønasår.

Modi commence à comprendre.

— Vous parlez de ce squelette dans le musée humain ?

— Tout à fait. Notre père a tout partagé équitablement entre Vidar et moi, par conséquent, c'est mon serpent, répond Vali en souriant de toutes ses dents. Et je devrais réussir à lui faire appliquer la malédiction de Rulantica sur la ville humaine.

— Alors, si l'un de ces arrogants humains tente de s'approprier notre immortalité, il ne lui servira plus à rien de se réfugier dans son monde, réfléchit Magni à haute voix. Parce que là-bas, Bölvun sera prêt à avaler tous les humains...

— Voilà, nous avons une double sécurité ! confirme Vali.

— Mais le squelette du muséum est mort, comment est-ce qu'on va faire ? s'étonne Modi.

— Oh, Modi ! Tu n'es pourtant pas un dieu né de la dernière pluie ! rétorque Vali. Mon frère n'est pas le seul à maîtriser le souffle de glace. Je crois qu'avec mon souffle divin je peux instiller le feu dans le serpent. Sans mission, il est peut-être mort, mais avec la malédiction, Bölvun reviendra à la vie !

Modi tape sur l'épaule de Vali.

— Fantastique !

— Voulez-vous m'accompagner sur Midgard au Krønasår, pour voir comment notre plan va se dérouler ? demande Vali.

— Nous n'allons pas nous en priver ! répondent les fils de Thor d'une seule voix.

Ensemble, ils quittent le château et le monde divin d'Asgard. Ils vont jeter sur le monde des humains une nouvelle malédiction, plus puissante, et utiliser le danger qui menace Rulantica pour peser dans leurs intrigues divines.

Tous mes remerciements à

Michael Mack pour ses idées visionnaires, sa confiance en moi et les perspectives fantastiques qu'il offre à Rulantica.

Wolfgang Hölker, Lambert Scheer et l'équipe des éditions Coppenrath qui forment une maison formidable, capable de donner vie à l'imaginaire.

La famille Mack pour sa décision de consacrer le nouveau monde aquatique d'Europa-Park au thème de Rulantica, ce qui permettra à tout le monde de se plonger dans cet univers unique.

Jörg Ihle pour son inspiration et sa volonté de ne pas se satisfaire d'autre chose que du meilleur.

Tobias Mundinger pour son soutien et sa capacité à toujours trouver une solution afin que les idées deviennent réalité.

Nicola Dröge pour sa force et sa porte toujours ouverte.

Sara Mehring et Hanna Schmitz pour leur aide à toutes les étapes de l'écriture, et leur instinct infaillible au sujet du texte de mes personnages.

Helge Vogt pour ses images qui sont au moins aussi belles que dans mon imagination.

Mes parents qui sont l'exemple parfait des meilleurs parents du monde.

Georg et Else pour être intervenus chaque fois qu'il y avait le feu.

Mon mari pour avoir souvent voyagé avec moi jusqu'à Rulantica et m'en avoir ramenée, à l'occasion.

Je remercie également Dominik Hochwald, Nils Feigenwinter et le Dr Evgeniya Scherer.

L'aventure continue...

bientôt !

©robra

Michaela Hanauer est née en 1969 et vit à Munich avec son mari et leur chat... quand elle n'est pas en vadrouille aux quatre coins du monde ! Si elle n'était pas devenue auteure de livres pour enfants, elle aurait pris des leçons pour apprendre à naviguer sur un tapis volant, elle serait allée plonger avec des dauphins ou aurait fondé une agence de voyages. Elle est partie à la rencontre d'Aquina, Mats et Snorri pour s'imprégner de leur histoire et pouvoir mieux la raconter. Elle sait donc exactement où se trouve Rulantica, mais elle a promis de garder le secret !

www.michaelahanauer.de

Helge Vogt rêvait de devenir paléontologue, quand il était enfant. Au fil du temps, il a réalisé que, les dinosaures et les monstres, il préférait les dessiner – et il en a fait son métier.

Il est l'illustrateur d'*Alisik*, une série de bandes dessinées parue en Allemagne, en France, aux États-Unis, au Japon et en République tchèque.

www.trickwelt.com

Composition
Nord Compo

Imprimé en Espagne
Dépôt légal : avril 2022
ISBN : 979-10-224-0533-1
POC : 0357